传媒时代的文学存在

——以严歌苓的创作为例

杨利娟◎著

红旗出版社

红旗出版社
RED FLAG PRESS
推动进步的力量

图书在版编目（CIP）数据

传媒时代的文学存在：以严歌苓的创作为例 / 杨利
娟著 . —北京：红旗出版社，2017. 2
ISBN 978 - 7 - 5051 - 4057 - 8

Ⅰ . ①传… Ⅱ . ①杨… Ⅲ . ①严歌苓 – 文学研究
Ⅳ . ① I206.7

中国版本图书馆 CIP 数据核字 (2017) 第 037821 号

书　　名	传媒时代的文学存在——以严歌苓的创作为例
著　　者	杨利娟
责任编辑	赵春霞
装帧设计	人文在线
出版发行	红旗出版社
地　　址	北京市沙滩北街 2 号
邮政编码	100727
经　　销	全国新华书店
发 行 部	010 - 57270296
印　　刷	北京市金星印务有限公司
开　　本	170mm×240mm　　　　印　张　14.25
字　　数	183 千字
版　　次	2017 年 7 月北京第 1 版　　印　次　2017 年 7 月北京第 1 次印刷
书　　号	ISBN 978-7-5051-4057-8　　定　价　42.00 元

欢迎品牌畅销图书项目合作联系电话：010-57274627

凡购本书，如有缺页、倒页、脱页，本社发行部负责调换。

序

    美国学者艾布拉姆斯在《镜与灯——浪漫主义文论及批评传统》一书中提出，文学活动是由世界、作家、作品和读者这四个相关要素共同构成的。这个具有高度理论涵盖力的框架对文学研究产生了深远影响。然而，一个不可忽视的疏漏是，该理论框架在对文本外部环境进行分析时显得捉襟见肘。尤其随着现代科技日新月异的发展，作为外部环境的传媒变革对文学实践的重要作用力日益突显出来。大众传媒在推进文学生产和传播进程的同时，也催生了文化市场的形成，进而改变了作家的思维方式和生产观念。而"四要素"理论忽略了现代媒介对文学活动的强力介入及其作为一个独立要素对其他四要素的重要影响，导致了文学生产与传播机制的形成与媒介生态、传播制度之间的扭结，其内在肌理脉络不仅没有得到清晰、完整的勾勒，而且形成了传统文学史叙述的"盲区"。

    种种事实说明，大众传媒对 20 世纪中国文学的参与是全方位的，它不但是传统意义上文本传播的载体，也是建构文学生存环境以及作家身份认同和历史记忆的重要文化力量，同时还承担着传达文艺政策、制造舆论氛围的多重功能，影响着文学创作的思维方式、叙事范型，在不同程度上制约着文学的生产、传播和消费。大众传媒对中国现当代文学的渗透和影响，已被公认为是当前文学研究中的重要内容。因此，当利娟提出以严歌苓的创作个案透视传媒变革对文学生产与传播的影响时，我给予了充分肯定。

2005 年，利娟考入浙江大学，师从著名学者吴秀明教授攻读中国现当代文学专业博士学位。从完成的博士学位论文《时代诉求与革命规限下的乡村言说——1940 年代（1937—1949）解放区农村题材小说研究》可以看出，利娟经历了严格规范的学术熏陶，表现出了敏锐的学术意识与问题意识。2011 年，利娟进入河南大学中国语言文学博士后流动站，跟随我从事博士后研究。当初她拟定的选题是关于华文文学的文化研究。其间，在经历了从行政到新闻与传播学院教学岗位的转型后，她表达了关于专业转型的困惑。鉴于她读书期间以中国现当代文学为专业，而从业一直在宣传部门的实际情况，我建议她从文学与媒介的关系研究入手尝试转型。不惟其间蕴含着中国现当代文学研究新的增长点，而且就专业转型而言，也相对容易介入。于是，她及时调整了自己的研究计划，转向文学与媒介的关系研究，并确定课题为《传媒时代的文学存在——以严歌苓的创作为例》。

严歌苓是享誉世界文坛的海外华人作家，其作品以对人性、文化的深入开掘，表现出鲜明的精英文学特质，而且在电子媒介领域炙手可热，因此，以严歌苓的创作个案管窥文学与媒介关系的视角无疑是确当的。利娟的这部新著虽然从传媒视域对严歌苓的文学创作进行了细密梳理和整体观照，但作者并没有将眼光仅仅局限于严歌苓创作研究上，而是将严歌苓的创作放置于传媒变革的宏阔历史背景中，历时性地考察多种媒介形态的文学如何互动共存。作者主要从严歌苓作品的印刷媒介传播、影视传播和网络传播以及传媒时代严歌苓创作的应变与坚守四个层面展开论述，试图通过考察严歌苓的作品在纯文学创作、影视改编和网络传播中所产生的交流与互动，探讨文学在媒介作用下发生的价值倾斜和艺术审美转变，进而索解传媒时代"文学性"与媒介的新型关系，这种探索无疑是颇具时代价值和文化意义的。

　　当然，由于种种原因，本书还存在着一些不足之处。例如，以个案研究透视文学现象时，如何能使个案研究与现象阐释的论述水乳交融，还有进一步提升的空间；在探究文字如何借助媒介完成价值实现，追问媒介对"文学性"的呼唤、延伸及种种变异方面，其间丰富复杂的关系也有待继续深入开掘。

　　学问是一方广阔的天地，只有耐得住寂寞，持之以恒，才有可能在其中找到自己的正确位置。好在作者在学术之路上目标明确，勤学敏思，甘于寂寞，精益求精。希望她更上一层楼，不断超越自己。

　　是为序。

李伟昉

2017 年 6 月 26 日

目　录

内容提要

　　大众传媒是我们当今社会文化空间中占主导地位的结构性力量，它不仅推进着文学的生产和传播进程，而且催生了文化市场的形成。本书以传媒视域观照严歌苓的文学创作，通过考察严歌苓作品在印刷、影视和网络媒介传播中所产生的交流与互动，探讨文学在媒介作用下发生的价值倾斜和审美转变，索解传媒时代"文学性"与媒介的新型关系。

　　全书除"绪论""结语"外，共分四章，各部分主要内容如下：

　　绪论部分指出传媒视域为文学研究开拓了新视野。传媒是 20 世纪以来一支重要的文化力量，在大众传媒影响下，文学的生产主体、接受主体乃至文体样式，都产生了深刻变革，文学写作的生产性质较以往得以凸显。

　　第一章考察了严歌苓作品的印刷媒介传播。严歌苓在期刊的摇篮中成长，借文学评奖和文学评论提高了知名度，并在传媒公司的市场化运作中走红。严歌苓作品的印刷媒介传播，浓缩了大众传媒语境下我国印刷媒介生存与发展的轨迹，也给我们留下了深刻思考。

第二章论述了严歌苓作品的影视传播。大众传媒时代视觉文化勃兴，文学开始借助影视媒介优势开启转型之路。严歌苓因其作品鲜明的影视化特质而备受影视界青睐，但影视改编也对严歌苓的小说进行了重构。因此，文学与影视的联姻既为文学拓展了生路，同时也消解了文学自身。

第三章分析了严歌苓作品的网络传播。互联网的兴起带来了当代文学的数字媒介转型。网络中气象万千的严歌苓创作信息，共同塑造了作家的多面形象。但网络传播在为文学发展注入无限生机与活力的同时，也带来了足以引人警戒的忧思。

第四章探讨了大众传媒时代严歌苓创作的文学应变与坚守。严歌苓的创作在按照商业逻辑迎合大众审美旨趣的同时，也能够坚守文学的审美规范和艺术追求。但由于大众文化与精英文化之间不可弥合的裂缝，严歌苓的跨媒介写作实践矛盾渐现。

结语部分认为传媒对文学既有消解，也有建构。文学应理智地接受主要传播方式已经改变的事实，在与大众传媒的冲突与融合中实现自身的建构和发展。

绪论　传媒视域与文学研究

一、传媒视域——文学研究的新视野

从革故鼎新到多元文化视野的拓展，20世纪中国文学叙事模式的发展可谓波澜跌宕。20世纪80年代"重写文学史"的闪亮登场，宣告了自50年代以来形成的具有浓郁意识形态色彩的文学史叙述模式土崩瓦解，取而代之以极富对抗性的启蒙意识形态叙事框架；历时10载，当启蒙意识形态研究范式完成其颠覆传统政治意识形态叙事模式的历史使命后，随着其参照系的轰然坍塌，它自身在把握和解释中国当代文学整个历史进程上的局限性也日益凸显。究其实，无论是将文学研究作为意识形态宣传工具，还是把它当作思想启蒙工具，都无法摆脱将文学研究引入工具论的误区，并将最终导致文学研究内在活力的丧失。因此，新的理论视角的引入成为文学研究的当务之急。

进入90年代，随着文化研究热潮的勃兴，对文学的文化观照逐渐引起学界关注。不少学者以大文化视野对文化现象进行多维阐释，文学的研究空间受到相应拓展，对文学自身的理解也得到不同维度的深化，以传媒视域解读文学现象便是其中热点之一。美国学者切特罗姆曾说："新的传播媒介如何重造我们对过去的概念，又如何勾画出知识本身的轮廓，这些超历史的和认识论问题几乎一点也没被讨论过。"在他看来，传播媒介改变了传统的时空观，重塑了人们的日常生活，甚至影响了美国的思想风气乃至社会化进程。因此，他以传播媒介与美国人的思想作为研究的切入点，"去理解媒介是如何直接干预着我们的理性和感性的生活、我们的政治、我们的工作、我们的审美态度以及我们的集体记忆"①，从而将文化研究的触角伸向了传媒领域。现代传播媒体及其传播文化不仅改塑着人们的生活观念、行为方式，也改变着人们对文学的认知。在现代传媒的强势介入下，文学的生产与传播机制都产生了深刻变革。美国现代社会学的奠基人库利 20 世纪初就断言："如果我们不能感知现代传播领域旨在为我们建立新世界这一富于创造性的革命方式，我们就根本不能理解现代。"② 因此，离开传播媒介去谈以现代性为旨归的中国现当代文学，无异于缘木求鱼。伴随着我国市场经济的繁荣和现代传媒的异军突起，大众媒介在现代生活中的意义凸显，从而为研究者从传媒视域阐释文学现象开拓了广阔的空间，相关领域的研究也急剧升温。正如学者陈平原所说："进入 20 世纪 90 年代以后，国内外学界日益关注晚清以降大众传媒与现代文学的紧密联系，相关论著陆续涌现，且有成为新一波'显学'的潜在优势。"③

---

① ［美］丹尼尔·切特罗姆：《传播媒介与美国人的思想》，中国广播电视出版社，1991 年版，第 3—4 页。

② ［法］阿芒·马特拉：《世界传播与文化霸权》，中央编译出版社，2001 年版，第 31 页。

③ 陈平原、山口守编：《大众传媒与现代文学》，新世界出版社，2003 年版，第 3 页。

中国近现代文学自诞生伊始，便与报刊等现代传媒结下了不解之缘。印刷技术的进步推进了传播出版事业的发展，而中国社会内部图变求新的思想潮流也对传播事业提出了启蒙宣传的迫切要求。中国知识分子开始意识到传媒话语权的重要性，于是开始借助报纸、杂志等具有近代意义的新型传媒开启民智、改造社会，现代传媒应运而生。因此，如果说西方文学以贵族文化或沙龙文化为基石，追求的是上流社会的贵族精神；那么中国近现代文学则建基于现代文化传播媒体之上。[①]20世纪初以学习西方宪政为旨归的维新变法运动失败后，梁启超关注的重心由政治变革转向思想启蒙，他把小说看作改良社会的有力工具，"欲新一国之民，不可不先新一国之小说。……小说有不可思议之力支配人道故。"[②] 因此，梁启超以文学作为思想启蒙的利器，致力于创办报刊关注文学，开启了传媒与文学同根共生、相倚为强的格局。1903年，梁启超在东京创办《新小说》月刊。他亲自撰写评论、自作政治小说、翻译哲理小说、尝试创作传奇、杂歌谣，推介历史、政治、科学和传奇小说，如吴沃尧的《痛史》《二十年目睹之怪现状》《九命奇案》等，以各种手段表述"启蒙与救亡"和"新民"的主题。《新小说》同时刊登了苏曼殊等人的翻译作品，向民众介绍西方先进文化。由是观之，中国社会对西方文学的接受，也是借由现代传媒这一新的传播方式发生影响的。传播技术的发展推动了一个以机器复制、报刊连载为主要特征的文艺杂志时代的到来。作为中国第一份小说杂志，《新小说》立竿见影地拉动了文学报刊的蓬勃发展。《绣像小说》《新新小说》《月月小说》《中外小说林》等文学期刊陆续登场，并很快成为文学传播的主要媒介。包天笑在《钏影楼回忆录》中谈道：当时的小说杂志都是

---

① 参见周海波：《现代传媒视野中的中国现代文学》，中华书局，2008年版，第16页。

② 梁启超：《论小说与群治之关系》，见陈平原、夏晓虹编：《二十世纪中国小说理论资料》（一卷），北京大学出版社，1989年版，第33页。

模仿《新小说》的，确实是《新小说》登高一呼，群山响应。而此前创刊的《大公报》及随后创办的《时报》等新闻报纸，也开始刊出一些富有文学趣味的文字。文学借助于现代传媒平台，让人们在一种审美的、娱乐的文化氛围中，潜移默化地完成思想观念的更新和发展。陈平原在研究清末民初小说的专著中就曾说："这无疑是个以刊物为中心的文学时代，绝大部分的小说都是在报刊上发表（或连载）后才结集出版的；而且，大部分主要小说家都亲自创办或参与编辑小说杂志。"① 曹聚仁也曾指出："中国的文坛和报坛是表姊妹，血缘是很密切的。""一部近代中国文学史，从侧面看去，又正是一部新闻事业发展史。"②

狂飙突进的五四运动带来了中国近代报刊发展的黄金时期，报刊以前所未有的独立姿态雄踞中国的社会舞台，其作为"第四种力量"的重要功能在这一时期得到充分展现。新文化运动健将以报刊为主要阵地不断发起向封建主义和旧文学的讨伐征战，一些现代知识分子也开始组织文学团体，创办报章杂志，翻译介绍西方先进文化思想和观念，力图通过报刊来表达自己的愿望理想，传媒与文学日益呈现出胶着状态。据统计，五四期间全国新创办报刊 1000 种左右，进口纸张几乎翻了一番，加上当时已经发行的《申报》《新闻报》《时报》《民报》等近千种报刊，在社会上刊行过的各类刊物达 2000 种。王富仁在《传播学与中国现代文学研究》中说："没有现代印刷业的发展，没有从近代以来逐渐繁荣发展起来的报章杂志，就没有'五四'文学革新。实际上，现代小品散文的繁荣，现代杂文的产生，诗歌绝对统治地位的丧失，小说地位的提高，中国话剧艺术表演性能的一度弱化与阅读性能的一度加强，莫不与现代报章杂志这种主

---

① 陈平原：《二十世纪中国小说史·第一卷（1897—1916）》，北京大学出版社，1989年版，第 16 页。

② 曹聚仁：《文坛五十年》，东方出版中心，1997 年版，第 8、83 页。

要传播媒体的特征息息相关。即使说现代白话文就是适应现代报刊的需要发展起来的，也不为过。"[①]这段话切中肯綮地揭示了现代印刷业与五四文学革新的内在关联。自中国现代报刊诞生以来，现代传媒随着社会的现代化进程获得了飞速进展，并为文学的繁荣奠定了坚实基础。据1961年上海文艺出版社出版的由"现代文学期刊联合调查小组"编写的《中国现代文学期刊目录》统计，从1902年至1949年，全国共出版文学类期刊达1585种，阵容蔚为可观。

进入新时期以来，随着我国市场经济的稳步推进，影视、网络等现代传媒日新月异，传媒的时空与容量逐渐扩大，文学创作手法和文体样式日益丰富和多样化。而且，随着科技力量的加速发展，传媒逐渐由文学的幕后走向前台并凌驾于文学之上，成为在文化空间中占主导地位的结构性力量。传统文学的话语权旁落，大众传媒取而代之。文学由文化中心退向边缘，甚至不得不借助大众传媒的话语权力来展现自身的在场。20世纪90年代以降，大众传媒及其形成的"传媒力量"，更成为一只看不见的隐形之手，掌控并操纵着人们感知外部世界的方式。大众传媒裹挟着"传媒文化"和"传媒权力"，堂而皇之地迈进了属于自己的殿堂。综览此时千姿百态的文坛奇观，无不粘贴着鲜明的传媒制造标签。文学研究者张颐武这样论述："文学的想象和格局所发生的变化的深刻性远远超出了我们的想象。因为它不仅仅是常规性地随着时代的变迁而产生的新的发展和变化，而是从媒介和载体到整个结构的异常深刻的变化。一方面，中国文学随着全球化和市场化的发展和中国的高速发展而出现了诸多新的形态和新的表达；另一方面，文学媒介和载体的变化根本上改变了原有的单一的以纸质出版为中心的文学。中国文学的想象力正在经历一个前所

---

① 王富仁：《传播学与中国现代文学研究》，《读书》，2004年第5期。

未有的重塑的时代。"①

其实鲁迅早就感知到现代传媒与五四以来新文学的关系。在《中国新文学大系·小说二集》序中，他从现代报刊的发展角度，阐释了现代文学的发生与发展、文体生成与流变、流派形成与文体变革等。这些论述厘清了现代文学与现代传媒之间的关系，并成为此后现代文学研究立论的依据。鲁迅以现代报刊为视点来论述五四以来的文学创作现象，无疑在文学史研究方法上极富创新性和启示价值。陈平原也曾在一篇文章中谈道，现代文学史家王瑶很早就关注到报刊研究与现代文学的关系，认为"现代文学之不同于古典文学，与其发表形式与生产流程有关系"，"阅读报刊，可使研究者对那一时的文化氛围有更为直接的了解"。②据此可知，王瑶不仅体察到刊载形式的不同对文学的影响，而且还意识到文学生产、传播、消费的文学生态系统和流通过程对文学的影响。以上种种论述为文学史研究打开了一条崭新思路——从报刊等传媒视角考量文学，探讨文学生产中媒介的力量，重新检阅文学价值被创造、传播、诠释和接受的过程，将使中国现当代文学的发生、发展及其特征获得更立体、全方位的研究。

在传媒视域这个新视角的观照下，文学研究获得了新进展。据黄发有在《媒体制造》一书中介绍，整个 20 世纪，有关文学媒介的研究始终与文学的命运同根共生。现当代文学领域涌现的名家名著，多不胜数。从张元济、张静庐、邹韬奋、茅盾、赵家璧、巴金、叶圣陶、黄源、柯灵等著名编辑家的回忆录，到唐弢、黄裳、姜德明、倪墨炎、陈子善等的书话；从李欧梵、陈平原、王晓明、吴福辉、陈万雄等的报纸副刊与文学期刊研究，到龚明德、王建辉、杨扬、金宏宇、孙晶、路英勇等的文学出版与版

① 张颐武：《文学十年》，《新周刊》，总第 339 期。
② 陈平原：《文学史家的报刊研究》，载《中华读书报》，2002 年 1 月 9 日。

本变迁研究，再到汪晖、旷新年、马以鑫、王本朝、栾梅健等对文学制度与文学接受的研究，委实是"阵容壮观，成绩斐然"。他还为60年来文学媒介研究领域的研究者分门别类地罗列了一个阵容庞大的名录。这张媒介研究关键人物与文献清单，涵盖了20世纪80年代中期以来的黄秋耘、韦君宜、秦兆阳、范用、沈昌文、何启治、黄伊、许觉民、龙世辉、朱正、范若丁、丁景唐、古维玲、崔道怡、张守仁、聂震宁等编辑家的著述，还涉及到潘旭澜、洪子诚、陈思和、孟繁华、施战军、吴俊、程光炜、吴秉杰、於可训、洪治纲、李频、靳大成、陈霖、邵燕君等学人的编著和论著。从一定意义上说，这些人的研究与著述从不同侧面考察了媒体文化与文学变迁的复杂关系，具有重要的史料价值。①20世纪90年代以来，随着传媒社会的崛起，现代社会被传媒强力覆盖，越来越多的批评家与学者加入到文学与传媒关系的研究队伍，部分学者还取得了令人瞩目的研究成果。如周海波的《传媒时代的文学》（人民文学出版社，2007年版）将中国现代文学置放于现代传媒语境中，重新探讨传媒与中国文学的现代转型、现代传媒语境中文学的雅与俗、传媒与现代文学场的形成等，从而提出建构新的中国现代文学的诗学体系的设想。吴玉杰、宋玉书的《冲突与互动——新时期文学与大众传媒研究》（辽宁人民出版社，2006年版）以当代文学研究的前沿性问题为研究对象，运用文学、文化学、传播学、社会学、消费学等多学科交叉知识，对新时期文学与大众传媒的关系进行了比较全面、系统、深入的研究，为媒介化时代文学与文论研究提供了新的思路。单小曦在《现代传媒语境中的文学存在方式》（中国社会科学出版社，2008年版）中把对影响文学存在方式的传媒要素分为四类：一、符号媒介，由各民族的口语语言、书面语言和文字符号组成。二、载体媒

---

① 参见黄发有：《媒体制造》，山东文艺出版社，2005年版，第2—5页。

介，它是书面文学语言，文字的承载物。三、制品媒介，指符号媒介与载体媒介结合物被进一步加工成的成品。四、传播媒体，是对文学的可能作品进行选择加工乃至于集体生产和再生产，然后向读者传播的传媒机构。这些传媒机构集生产职能与传播职能于一身，从传播学角度来说，就是传媒媒介。全书围绕这一见解进行多方位论述，力证传媒是文学存在方式的内在组成部分，并对这一新的文学存在方式进行了系统性洞悉和研究。刘茂华的《媒介化时代的文学镜像》（武汉出版社，2010 年版）主要阐述媒介传播对于 20 世纪 90 代中期以来即"后新时期"文学的影响，重点探讨走向市场后媒介与文学之间的关系，重新审视"后新时期"小说格局的变动。该书以媒介传播与文学创作之间形成的一种前所未有的互动空间——媒介化环境为背景，从共时层面上展现了众声喧哗的文学现象背后错综复杂的历史表象。

通常而言，硕博学位论文选题是学术研究动向的晴雨表，对传媒与文学关系的研究热度由此亦可窥一斑。笔者 2015 年初在 CNKI 中国知网期刊全文数据库中以"主题"为检索项对"文学传播"进行 10 年来的硕博论文检索，结果图示如下：

年度	2005—2014	2005	2006	2007	2008	2009	2010	2011	2012	2013	2014
篇数	545	16	31	45	47	49	48	42	61	76	91

由以上表格数据可以看出，尽管近 10 年来关于传媒与文学关系的硕博论文选题并非均衡递增，但递增趋势却是一目了然。可以说，传媒与文学的关系问题从来没有像今天这样引起人们的广泛关注。从诗经、唐宋文学、近代文学到现当代文学，传媒与文学关系的研究贯通了中国文学的发展脉络。无怪乎陈平原如此感慨："在现代中国文化史、思想史及文学史上，大众传媒的巨大影响实在无法回避。如果一定要在文化领域找一个指

标，说明 20 世纪中国与传统中国的差别，我宁愿选择大众传媒的迅速崛起并独领风骚。读书人的写作，从预想中的'藏之名山，传之后世'，转变成'朝甫脱稿，夕即排印，十日之内，遍天下矣'，不只是生产及传播速度加快，更包括阅读趣味与写作心态的变异。"①更有论者通过一个案例指出："今天，电视不仅成为文学名著一个特殊的传播载体，同时也是文学名著重新畅销的最成功的广告渠道。有研究者指出，自《红楼梦》问世以来，所有的读者加起来都远不及电视剧《红楼梦》的观众多。"②现代传媒之于文学发展的作用由此可窥一斑。

　　大众传媒已经成为 20 世纪一支举足轻重的文化力量，它不仅推进了文学的生产和传播进程，改写着文学的精神生态，而且催生了文化市场的形成，并进而改变了作家的思维方式和生产观念。研究者已达成共识，20世纪中国文学诞生于中国甩掉落后耻辱记忆的现代化进程中，并在现代传媒的飞速发展中迅猛成长，传播技术的发展与文学艺术的发展休戚相关。已有的研究和待开掘的领域都在昭示，传媒对 20 世纪中国文学的参与是全方位的，它不但是传统意义上文本传播的载体，也是建构文学生存环境以及作家身份认同和历史记忆的重要文化力量，同时还承担着传达文艺政策、制造舆论氛围的多重功能，影响着文学创作的思维方式、叙事范型，在不同程度上制约着文学的生产、传播和消费。"通过分析各个社会转型时期的各种传播手段对文学生产、文学观念的影响，去考察 20 世纪中国文学的命运及其变迁，从而思考传媒时代的生存处境和文化环境中人们的精神和文化现实，叩问文学艺术生存与发展的诸种可能性等等，都是全新

---

① 陈平原：《大众传媒与现代学术》，《社会科学论坛》，2002 年第 5 期。
② 陈定家：《现代传媒带来的审美观念的转型》，《常德师范学院学报》，2000 年第 6 期。

的课题。"① 因此，程光炜强调："大众传媒对中国现当代文学的渗透和影响，是当前文学研究中的重中之重。"②20 世纪的中国传媒与文学一直在自觉和非自觉中产生着互动，作为一个亟待深入发掘且潜力无穷的领域，传媒与文学的互动研究，不仅是对以往文学研究过于重视文学的社会价值、文艺思潮以及外国文学影响倾向的修正与补益，而且是对多年来新闻理论研究中忽视传媒对文学传播研究的一个重要拓展。应该说，传媒与文学的相遇，突破了既有的学术思路，丰富了研究对象，打通了文学研究与文化研究领域的壁垒，为我们提供了新的认知范式。

众所周知，作家、作品和读者三位一体，共同建构了文学史，忽视其中任何一个环节的文学史都是残缺和不健全的。但长期以来对于文学的研究，一直因袭传统的文学史观念，关注文学思潮演变和对作家作品的解读，把立体丰富的文学史硬生生拆解成了作家作品罗列史；而读者（包括批评家、学者、翻译家、编辑、文艺记者、文艺官员等专业读者）参与构建文学史的功绩却常常被忽视了。因为文学的传播与接受和公众信息不同，它不是机械被动地接受，其间包含着一个审美再创造的过程，"一千个人心中有一千个哈姆雷特"。因此，文学史是作家、作品和读者三者共同创造的产物。不仅如此，既往的文学研究对文学传播过程中传媒变革对作家思维方式的影响、媒介生态对文学实践的作用力等也鲜有论及。文学与传媒各行其道，了不相关，文学尚未被置放在特定的媒介环境和传播场域中进行动态考察，从而形成了传统文学史的叙述"盲区"，以致文学生产与传播机制的形成与媒介生态、传播制度之间的扭结，没有得到清晰、完整的勾勒。正因如此，"从传媒视域观照文学，通过考察传媒文化对中

---

① 赵抗卫：《现代小说艺术的命运与大众文化和多种传播手段的挑战》，《当代作家评论》，2001 年第 1 期。

② 程光炜：《文人集团与中国现当代文学·序》，人民文学出版社，2005 年版。

国文学的深层影响，从传播接受的角度重建中国现当代文学史，探寻文学的传播、接受对文学外部环境的重塑以及对文学内部规律的渗透，能够拓展现当代文学的研究视野，修正文学史研究中的偏失，摆脱一些历史盲点和思维惯性的负面影响，对被以往文学史所遮蔽的文学创作和文学现象进行再解读，对曾经在文学史上发生过重大影响的作家作品进行新的开掘，使文学史研究变得更加健全和完善。"①

　　本书便是以传媒视域观照文学的研究尝试，旨在通过考察作家的创作个案，管窥传媒时代的文学存在方式，进而索解文学与媒介的新型关系。传媒指传播各种信息的媒体，又称媒体或媒介。加拿大著名传播学者麦克卢汉有句名言："媒介即是讯息"。在他看来，对于整个人类史而言，真正起作用的不是那些转瞬即逝的信息，而是不断发展和变革的媒介本身，这些媒介改变着我们传播和接收讯息的方法，造就了我们生活方式的本身。当然，麦克卢汉的媒介定义是一个泛媒介概念，国人在引用这个西方文化研究中的术语时缺少必要的理论廓清，同时在实际研究中也容易引起混乱。为论述之便，本文有必要对所要论及的文学传媒概念加以界定：即以文学信息为主体内容的传播媒介，主要包括文学副刊、文学期刊、文学书籍、广播、影视、网络及其生产与传播机构。其中传播媒体中有私人机构，也有官方机构，而具有官方色彩的传播机构在当代文学的生产与传播中占据绝对主导地位。

二、传媒时代的文学书写

　　文学自诞生之日起便与传媒伴生而行。换言之，离开了传媒，就不存

---

① 黄发有：《文学传媒与文学传播研究》，南京大学出版社，2013年版，第1页。

在真正意义上的文学，更遑论今日文学的繁荣。在口头传播阶段，文学对外在媒介的依赖度很小，几乎可以达到忽略不计的程度。文字发明后，稍纵即逝的语言需要记录以便保存和传播，文学对传播媒介的依赖度增强。彼时，由于充当媒介材料的甲骨、竹帛、羊皮等不易获取，文学的传播只能限定在具有一定经济基础和社会地位的人群之中。因此，这些媒介对文学的传播而言就成了双刃剑——在推动文学前行的同时，也在一定程度上限制了文学的发展。13 世纪毕昇发明活字术和 15 世纪古登堡的印刷机出现后，文学借助新的技术手段获得了跨越式发展。近代以降，西风东渐，报章杂志等新兴的文学传播方式传入中国，文学的传播渠道由书籍独霸天下一变而为与报章杂志分庭抗礼。现代稿费制度的出现则以不可抗拒的力量将作者与大众传媒汇聚在一起，加深了文学与大众传媒的联结。随着第三次科技革命的到来，电子技术大规模应用，尤其是互联网的出现，使文学与传媒的关系发生了逆转。传媒已不再作为文学传播的工具存在，而是逐渐凌驾于文学之上，成为左右文学发展的主导性力量。毋庸置疑，随着市场经济的繁荣和科技革命的深入，我国已经进入大众传媒时代。所谓大众传媒，也称为大众传播媒介，是传播者为实现一定目的而向受众进行信息符号的复制和传播时运用的传播方式、工具和途径。大众传媒形式既包括报刊书籍等印刷媒介，也包括电影、电视、网络乃至手机等通过视频显现的电子媒介。当下，大众传媒以无所不在的渗透力覆盖了我们的物质和精神生活，并势不可当地全面改塑着我们的思想观念和生活方式。鉴于大众传媒对文学的引领与掌控日益强势，有研究者将其称为"传媒时代"。①

马克思在《1844 年经济学哲学手稿》中指出："宗教、家庭、国家、法、道德、科学、艺术等等，都不过是生产的一种特殊形态，并且受生产

---

① 管宁：《传媒时代的文学书写》，江苏大学出版社，2010 年版。

的普遍规律的支配。"① 这里，马克思将艺术生产置放于社会生产的大系统中考察，肯定了艺术生产是生产的一种特殊形态，指出其必然在生产活动普遍规律的支配下运行，提示艺术生产的存在离不开社会历史背景，而且必须与特定时代密切关联。因此，作为一种特殊的生产活动，文学写作自然具有鲜明的生产性质，也必然受到生产规律的制约。但与其他生产活动的群体性/集体性诉求不同，文学写作往往以个体方式开展，强调写作的主体性和独创性，追求生产成果的审美品格和精神价值。如果说在计划经济体制下，作家的创作受到诸多政策因素的掣肘，文学写作的生产性质受到遮蔽；那么，在市场经济催生的传媒语境下，文学写作的生产性质浮出水面。"市场经济和商品逻辑对文学写作活动的规制、文化产业对文学写作的收编、消费文化对文学的制导，还有大众传媒对文学写作活动的深度介入，及其促成的文学写作、传播和接受方式的改变，都清楚地昭示文学写作无以摆脱具体的历史文化语境，无以游离于各种权力之外而获得真正的自主性，必须在社会生产的轨道上运行，在遵循着生产规律的前提下开掘文学写作的生产力，发挥写作主体的审美创造力和创造个性，体现文学写作的艺术生产、精神生产特点。"② 随着传媒权力的崛起，媒介由文学生产与传播活动的工具一跃而成为左右文学发展的制导性力量，纯文学一元独大的传统文化格局裂变为多元共生的多声部合唱，文学的审美自律性和生态多样性显现出前所未有的自主性，充满了生机勃勃的生命激情，文学书写因此呈现出多样化风貌：话语权旁落的纯文学不甘心中心地位的失守，矢志不渝地坚守经典美学的追求；趋影视化写作盯紧市场的风向标，与"钱"途无量的影视剧市场暗度陈仓；网络文学则竖起民间文学的

① 马克思：《1844年经济学哲学手稿》，刘丕坤译，人民出版社，2000年版，第82页。
② 宋玉书：《坚守与应变：大众传媒时代的文学及传播形态》，文化艺术出版社，2013年版，第111页。

旗帜，振臂一呼，引得大批文学爱好者应声云集。市场经济与大众传媒共谋，打破了纯文学独霸文化中心的格局，代之以纯文学、趋影视化写作与网络文学三足鼎立的文学新图景。

1. 纯文学的经典美学坚守

尽管对纯文学的界定存在着多种定义，但学界基本上公认：对纯文学的阐释总体而言指向精神层面，这是一种能令文学保持强大渗透力的内在的东西，也即我们通常所说的文学精神。按李西建先生的提法，这样一种文学精神是指在文学的整体结构中比较高的层次，是文学内容的哲学内蕴，它代表了文学的内在价值。[①] 这种纯文学，亦被称为传统文学、精英文学，是与大众文学、网络文学相区别而言的指称，其实质是指一直延续文学传统、体现精英作家的文学理想、追求审美品质的文学。新时期之初，纯文学作家怀抱神圣的历史使命感，心系社会民生，以文学诠释人们对时代、社会变化的种种疑惑。20世纪七八十年代堪称纯文学的黄金时代，以报刊书籍等纸媒为主要传播媒介的文学，一直雄踞传媒文化和思想播散的中心地带。纯文学高擎启蒙主义的大纛，对传统意识形态进行对抗和反思；精英知识分子关注"生命个体"的存在状况和人类所面临的困境，并对个体与群体、人与世界的复杂关系进行了孜孜探求。他们以精神导师的姿态展望人类精神家园，自上而下展开对大众的启蒙。然而，进入90年代，随着商业化对我们日常生活的全方位渗透，作为纯文学核心诉求的诗和诗意被消费的魔杖逐出了人们的语义系统。纯文学的启蒙理想很快如强弩之末，陷入精神荒芜、审美溃败的困境，既乏力拯救自己，更无

---

① 李西建：《中国文学需要什么——关于世纪之交重建文学精神的思考》，《甘肃社会科学》，1999年第4期。

力救赎别人。正如学者吴秀明所说："如果说80年代文学的精神主干是承继了五四反封建、反封闭、反禁锢，争取民主、自由、平等的传统，那么进入90年代以后，随着市场经济体制的初步确立和文学生态环境的极大变化，整个文学渐渐收敛起文化批判的锋芒，驻足于对现状的揭示，其精神主线转移到了对世俗物化的各种不同的体验上。于是，80年代充满理想和崇高精神的撼人之作迅速减少，虚无缥缈的情绪在文坛大行其道。"①大众文化以凶猛火力击溃了纯文学，逐渐建构起文化中心的霸主地位。

然而，尽管理想主义的羽翼被商品浪潮打湿，但纯文学凌空翱翔的梦想并未停滞。在商业气息弥漫的时代，那些有志于纯文学创作的理想主义者依然恪守文学的真善美标准，以夸父逐日的悲壮情怀，为大众文化浸淫的喧嚣文坛吹进了一阵清新的风，为那些追求诗意栖居的人们送去了温暖的守护。尽管与无处不商业的时代氛围格格不入，并沦为没落的贵族，但纯文学的历史功绩却不容抹杀。正如有论者所言："近二十年来，'纯文学'是一个极为重要的核心概念，它不仅创造了一种崭新的文学概念，同时也极大地影响并改写了中国的当代文学。这个概念有效地控制了具体的文学实践，同时也有效地渗透到文学批评甚至文学教育之中，任何一个人都不能对此漠然视之。"②应该说，正是纯文学的实践建构起了当代文学的精神世界，为中国当代文学史注入了令人敬仰的人文价值。作为人类精神的创造性展示和人类精神的温馨家园，纯文学尽管风光不再，但也从来不乏有责任意识和担当情怀的优秀作家勇敢坚守。为了理想火种生生不息，他们秉持着纯粹的文学精神，绝不向商品社会摧眉折腰。评论家雷达认为："传统文学这一块，要在时间之流中站得住，绝不是倒向市场化、类

---

① 吴秀明：《转型时期的中国当代文学思潮》，浙江大学出版社，2001年版，第73页。
② 蔡翔：《何为文学本身》，《当代作家评论》，2002年第6期。

型化、时尚代网络化，用通俗文学的某些元素来置换，恰恰相反，它需要的是更加坚守纯文学的审美立场，并且接受经典化的洗礼，才能以强大的生命力存在下去。"① 正是这些优秀纯文学作家满含悲壮意味的承担与守望，为纯文学营造了一方虽不广阔却稳妥的生存空间，与众声喧哗的大众文学和异军突起的网络文学抗衡共生，共同构筑起中国新世纪文学的崭新形态。

检阅坚持纯文学写作而且具有市场号召力和文学影响力的作家名录，可以看到王蒙、张承志、王安忆、铁凝、张炜、史铁生、刘震云、余华、阎连科、王小波等等。他们在写作中始终站在人类精神的制高点上，执着地追寻着理想之光，坚守着纯文学的审美品格和主流地位，捍卫着纯文学的宝贵尊严。张炜在接受记者采访时这样表达对文学的信心："文学追求完美的理想，还有她的浪漫与想象，她与生命的创造本质不可分离的关系，从过去到现在都没有改变过。文学遍布在所有生命之中，严格讲她并不是一种专业和职业。所以说文学从来不会边缘化，现在不会，将来也不会。被边缘化的只能是那些试图以文学为职业来谋生、来以此求得商业利益的人。文学的神圣地位不是某些时代和某些人强加给她的，而由于她是精神和生命最好、最直接的诠释形式，蕴蓄着不可替代的深邃性和完整性，由此决定了文学的使命和价值。不仅文学不会边缘化，所有的艺术，只要是真正的艺术，都不会被边缘化。"② 在 20 世纪 90 年代市场经济和传媒话语构建的物化社会中，当大批作家和知识分子几乎集体放弃启蒙理想，向市场折腰之际，张承志坚守的理想和信仰虽然受到世俗化潮流的挑战和重创，但他却并未轻言放弃，而是从小说转向散文领域，以笔为旗，

---

① 雷达：《新世纪十年中国文学的走势》，《文艺争鸣》，2010 年第 3 期。
② 徐怀谦：《文学是生命中的闪电》，《人民日报》，2004 年 5 月 13 日。

抗议"今天泛滥的不义、庸俗和无耻",执着得近乎偏执地捍卫自己的理想和信仰。他以对人类清洁精神、终极理想的执着追求,站立成文坛上一道奇绝的风景。文学独行侠王小波完全按照自己的价值诉求和文学理想进行写作,他以"难以归类"的美学姿态,为文坛奉献了极富文化魅力和思想风采的"时代三部曲",给中国文学和知识分子带来了可贵的精神启迪。他们对精神的执着守候和对理想的不懈追求,使纯文学展现出多样化风貌,同时也为纯文学开辟了无限可能的发展空间。

对经典美学的追求是作家坚守文学理想的坚决姿态。经典美学追求超拔于庸常人生之上的纯粹精神体验,崇尚对世俗的超越和对高峻理想的建构。精神穿透性、心灵超越性和理想崇高性是经典美学的创作圭臬。纯文学作家怀着对经典的虔敬,一方面在汲取经典的滋养中壮大自身,同时也自觉遵从经典的价值尺度写作,在经典的润泽与规范下追逐自己的梦想。由于长期以来宏大叙事一直被奉为经典应有的特征和品质,因此,这些纯文学作家的经典美学追求路径自然是宏大叙事。宏大叙事包含了对人类历史和现实的深切思考,也蕴涵着对启蒙、理想、道德和崇高精神价值的守护与弘扬,是一种历史的完满构想。因此,纯文学作家的写作,无论是对近现代历史片段的回溯,还是对现实生活的描摹,都力图冲破个人世界的狭小格局,放开视野探寻深邃的历史和纷繁复杂的现实,从被遮蔽的重重矛盾中索解盘根错节的世相,揭示人性的隐秘复杂,高屋建瓴地追寻文学意蕴的丰富深厚,致力于创作出哈金所谓的"伟大的中国小说"。王安忆突破个人经验和现实世界的限制,用"虚构"建立起庞大丰富的精神世界。如《叔叔的故事》在虚实交替、冲突、解构中完成精神向度的形而上思考。"新写实"作家刘震云一改以往写作思路,在20世纪90年代后期推出了堪称"中国第一部真正意义上的精神长篇小说"——《故乡面和花朵》,在现实与幻觉、历史与未来、纪实与虚构杂糅交汇的双重时间中穿梭，表现出对"历史""故乡"等精神记忆进行整合，实现对历史、社会和人的生存境遇的诗性追求与求证。当然，商品经济语境下传统文学史诗性叙事赖以支撑的价值体系支点已然变动，当代的宏大叙事未必立竿见影得到现世社会的确认，但随着时间更易，透过一定的审美空间回望，这些包蕴了作家文化理想和政治理性、张扬着作家启蒙精神的宏大叙事之作必将得到文学史的中肯评价。不可否认，对宏大叙事的追求和对理想主义精神的高扬，是当代中国文学不可推卸的责任与担当。事实也将证明，在当下人们面临前所未有的精神困境与心灵焦灼的社会转型期，纯文学作家的经典美学追求可谓利在千秋。

2. 趋影视化写作的双重目标

20世纪90年代，随着大众传媒特别是电子传媒的崛起，中国社会迈进了视觉文化时代。影视传媒逐渐建立起庞大的影像帝国，以文学样式无可比拟的感知方式吸引了大批受众，成为商业社会消费文化的"掌门人"，文学对读者和社会需求的引领权历史性地移交给影视。"进入新世纪以后，每年生产电影达几百部，超过半数以上的电影改编自文学作品。而电视文化的发展更为迅猛，全国每年产电视剧数千万台，电视台逾三千家，年拍电视剧逾1400多集。可以说，影视剧文化几乎覆盖了全国城乡的各个角落。"[①]影视剧文化的无差别化播撒及其携带的丰厚利润，对作家的传统认知产生了极大挑战。随着越来越多的文学作品借由影视剧传播获得畅销，使作者凭借现代传媒的神奇魔力一夜成名，跻身名家行列。许多作家意识到，通过影视拉动文学作品畅销，是作家建立声誉和走向文化市场，实

---

① 张邦卫：《大众媒介与审美嬗变——传媒语境中新世纪文学的转型研究》，中央编译出版社，2016年版，第86页。

现文学从狭窄空间向广阔市场突围的终南捷径，"触电"遂成为众多作者的集体诉求。如海岩、王朔毫不避讳公然表达自己的影视改编目的；有些作家如刘恒、苏童等干脆直接改行做了编剧；而余秋雨等则直接走进电视成为嘉宾甚至电视主持人。以海岩为代表的"言情派"、周梅森为代表的"官场派"、二月河为代表的"帝王派"等一时间风生水起，形成了一道作家"触电"的壮阔景观。

此外，在传媒时代的文学价值评判体系中，"触电"已经成为衡量作家或作品影响力的一个指标，一个证明作家或作品是否获得大众认同和商业成功的要素。因此，以影视改编为目标的趋影视化写作逐渐成为一种写作潮流。趋影视化写作将以文学之名的写作纳入文化产品的市场生产系统中，同时把影视剧的生产特点、运作规律和艺术方式嫁接到文学创作活动中，从而使小说这一文体形式呈现出剧本化特征。趋影视写作首先在内容上要考虑影视剧的特点和要求，分析能够引起影视投资兴趣的作品特点，以便与影视剧合体达成共谋。海岩的小说热衷于以传统方式讲述爱情＋案情故事，六六的小说擅长以影视艺术的表现手法展现大都市中普通小人物的情感、家庭、伦理、婚姻故事，从而极大迎合了大众的审美趣味，并获得了艺术市场的商业成功。

作为大众文化生产的代表人物，海岩几乎每部小说都畅销，而且都被改编为电视剧，他的小说也当仁不让地成为趋影视化写作的典型文本，极富文学与影视关系研究的个案价值。从《一场风花雪月的故事》改编成电视剧并获得成功后，海岩自觉明确了影视改编的写作目标，并根据影视改编计划安排小说写作日程。他坦言自己的小说写作属于市场需求的命题作文；"我现在的写作基本上是有人相约，许以重酬。命题作文比较多，人家说你给我写一个禁毒的，比如《永不瞑目》，全国禁毒委约的，我就写了；人家说来一个走私的，我琢磨琢磨也写了。谈好价钱，约定好交稿时间，就是这样。电视剧也是，人家让我写，我问问多长的，20集、21集？放三周？好。10集的？不要，挂不上广告，不好卖……"① 这说明海岩的写作兼具了文学与影视双重目标，甚至是把拍摄电视剧的消费意图放在第一位。海岩对小说的热爱和对电视剧改编的钟情，源于他对大众传媒时代文学与影视关系的清醒认知："因为谁都知道，现在已经不是阅读的时代。电脑、电影、电视，早已成为世界上最大的文化传媒，特别是在中国。中国现今的作家很不幸地生在一个电视霸权的时代。"② 但从另一个角度来看，收视热潮带动海岩小说畅销的现实也有力证明了"影视开掘文学资源、文学借助影视畅销是一种可行的双赢模式，文学与影视剧互动经营具有创造双赢的现实性"。③

与现代影视剧媒介优越的综合技术相比，传统文学单一的语言艺术相形见绌。在影视传媒笼罩下，文学逐渐失却了文化中心的霸主地位，不得不重新审视自我的生存空间问题。与影视联姻，借助现代传媒的力量实现文学信息传播的最大化，成为作家们的共识。其实不独海岩等通俗小说作家钟情影视改编，一些主流作家、纯文学作家的作品也或浓或淡地涂上了影视化色彩。研究者申载春认为，"事实上，这样进行小说创作的人绝不止海岩一个，刘心武、蒋子龙、路遥、柯云路、梁晓声、叶辛、邓一光、张宏森、周梅森、王朔、苏童、刘恒、莫言、余华、铁凝、刘醒龙、周大新、柳建伟、二月河等一大批小说家在创作中都自觉地对影视剧本流露出共同的兴趣，他们的小说具有了更多的影视性，成为当代小说创作的一道

---

① 海岩：《我笔下的七宗罪》，文化艺术出版社，2002年版，第171页。

② 海岩：《我笔下的七宗罪》，文化艺术出版社，2002年版，第206页。

③ 宋玉书：《坚守与应变：大众传播时代的文学及传播形态》，文化艺术出版社，2013年版，第131页。

风景线"。① 尽管这些作家自己没有主动表现出对影视的热衷，但其中不乏一些作家在品尝了影视传媒的甜头之后，在此后的创作实践中向影视化倾斜。石钟山的小说《父亲进城》被改编为电视剧《激情燃烧的岁月》获得收视狂潮后，又有数部作品被搬上荧屏。后来他专门成立工作室，亲自对文学作品进行影视改编，此时的作品明显表现出抑文学性而扬剧本性的特点，从情节设计、叙述模式到噱头制造乃至人物语言等，都可以看出鲜明的为影视剧改编的写作意图。当趋影视化成为文学写作的一种潮流，传统文学的想象空间和文学形态发生改变也就成为必然，传媒时代影视剧火爆对文学的影响深度由此可见。当然，影视与文学联手，既可以相辅相成，同时又可以重新发掘文学的审美价值。孙盛涛就不无乐观地表示："文学作为历史悠久的艺术形式有着其他艺术形式不可替代的审美价值和深厚的群众基础，以往经典的文学作品改编为影视剧常是提升艺术品位的标志，而当代由迅速蹿红的影视剧'改写'为文学作品，则明显的是文学家借助拓展的审美空间、扩大文化市场的考虑；而文学家'走进'荧屏，与读者、观众直接对话，或宣讲自己的审美理念与创作情感，更是一种延伸文学影响的极佳策略。"② 从表面看，"触电"貌似文学的媒介选择和传播选择，实际上，这是文学的文化选择和生存策略选择，是文学在影视剧充斥社会文化生活空间之后的另一种生存。这种选择"折射出社会转型期中国作家不甘'失语'拒绝'边缘'，借助已占据文化主流地位的影视传媒之力进行自我身份认同和价值确认的潜在心态"。③

　　然而，尽管同为叙事作品，居于文学主导地位的传统小说与影视文化产业衍生出来的影视小说之间的差异仍然不容小觑。他们之间不仅存在着

---

① 申载春：《影视时代的文学生产》，《甘肃高师学报》，2006 年第 3 期。
② 孙盛涛：《数字化语境中的文学策略》，《东方论坛》，2003 年第 2 期。
③ 梁振华：《转型期影视文化与中国作家的角色选择》，《文艺评论》，2004 年第 1 期。

精英文化与大众文化、艺术审美与文化消费的分野，而且在创作对象的选择、艺术阐释和传播效果等方面也有内在区别。趋影视化写作以"触电"、市场化为目标，消解了文学写作目的的纯粹性。影视与文学的结盟，更大程度上是一种利益交换，而非基于共同的审美理想，二者的合流往往以损害文学的独立性为前提。比如张艺谋将严歌苓的小说《陆犯焉识》改编为《归来》时，进行了大刀阔斧的删减。尽管电影就票房而言取得了成功，但其与原著所要传递的精神价值已相去甚远。作家如果追求文学的精神高度与恢弘气度，作品可能会与影视剧趣味不合而受到冷落；但一味迎合影视剧的商业逻辑和审美旨趣，小说就会面临着独立品格降低而使文学特色削弱。正如刘恒所说："写小说基本上是沿着自己的个性在写作，我想写成什么样子，你读者只有一个被动地接受的问题。但电视剧反作用非常大，时时要考虑的是面对数不清的观众，如果还坚持自己的个性的话，我觉得是不合时宜的。"① 在文学与影视的夹缝中如何游刃有余地行走，是传媒时代令许多作家感到棘手的课题。

3. 网络写作的自由歌吟与商业取向

中国科学院院士、电子学专家罗沛霖先生早就预见："文化领域的以电子技术为立足点的新产业革命将形成一个先进的文化信息技术系统，并且产生许多崭新的文化形式。"② 网络文学即是这种新产业革命衍生的新文化形态。网络文学因互联网平台的建构而诞生，由于在网络发布而命名。网络文学的概念有广、狭义之分：广义的网络文学指所有以互联网为媒介进行传播的文学，既包括在互联网上传播的已经印刷出版的文学作品，也

---

① 刘恒、萧阳：《刘恒谈写作》，《电影艺术》，1999 年第 6 期。
② 柴庆云等：《信息文化：人类文明的新形态》，军事科学出版社，2003 年版，第 1 页。

包括首次在互联网上发布的原创文学；狭义的网络文学则特指利用计算机写作并首发于互联网的原创文学。网络文学诞生之初，其命名具有明确的媒介指向——揭示了媒介作为生产工具在艺术生产中扮演的主要角色，昭示了媒介改变对文学的巨大影响；经过一定程度的发展，其内涵也发生了衍变，由最初贴着媒介标签的新生文学形态，转为特指网络上具有独立价值追求和独特写作风格的一种文学形态或类型。写作者利用网络媒介的特点解构传统作家的威权，打破传统文化成规，致力于建构一种与传统文学有别的展现新的社会和思想轨迹的独特文学类型。至此，网络文学书写与研究的焦点已成功由外部媒介内卷到文学写作自身。

　　网络文学诞生于网络，勃兴于网络，并受制于网络，是网络与文学联姻的结果，是网络化的文学存在方式。与传统文学相比，网络文学首先是一种回归大众的"新民间文学"——主要指网络文学语言向度、文学空间、叙事方式、阅读形式等的民间性，是民间大众民俗性活动在文学领域的反映；其次是虚拟世界的自由性——写作者表达与发表自由、网民自由参与互动等，正如李衍柱所言："网络文学是通自由、民主的理想境界的艺术形式，自由是审美活动的本质，也是文学的本质。网络文学与人类社会已出现的各种文学形式相比，它是最自由、最民主的文学"[1]；最后是网络文学的后现代文化特征——如颠覆历史理性、削平深度、反对权威、抵抗中心话语等后现代情结。[2] 这些是网络文学呈现出的有别于传统文学的新质素。

　　饶有意味的是，同为文学书写者，传统文学作者通常被称为作家，而网络文学写作者则被称为"写手"。也许这一有意为之的命名已经界定了

---

① 李衍柱：《网络文学：通向自由理想境界的艺术形式》，《求是学刊》，2005 年第 1 期。
② 参阅张邦卫：《大众媒介与审美嬗变——传媒语境中新世纪文学的转型研究》，中央编译出版社，2016 年版，第 94—95 页。

他们非专业作家的身份和非主流地位，暗示了他们不被文学创作专业领域接纳的处境。当然，网络写手对此并不介怀，能够写作、发表作品并引起关注，才是他们心之所向。但无论如何，不可否认的是，"网络文学的历史性出场是大众传媒时代一个最突出的文学现象，网络文学不仅是文学的一种媒介形态，而且是文学的一种新形态，是文学革命、文学变迁的一个划时代标志"。[①] 白烨更是这样提出："对于网络要有一个认识的高度，它不只是一种写作，一种文学，一种文化，它可能还是一种文明，我们可能进入了一个新的文明时代——数字文明与文字文明并存与互动的新的时代。这样来认识问题，我们才有可能看到问题的本质。"[②] 网络文学作为一种新生形态的文学，其划时代意义已经得到肯定。

作为新生事物，网络文学经历了从稚嫩肤浅甚至粗陋渐至成熟，从不被主流文学认可到逐渐与其对接融合的过程。网络文学一路行来的经历，记录了新媒体时代文学从网络媒介开始的突破。在消费意识无孔不入的商品社会，伴随着经济资本向网络文学的强势介入，曾经固若金汤的传统文学体制逐渐松动，并开始主动向其曾经俯视的网络文学伸出橄榄枝。除了举办网络文学作家培训班，吸纳网络写手进入作家协会，中国文学的最高奖项——鲁迅文学奖、茅盾文学奖评审也开始授予网络文学参评资格，从而开启了文坛具有试验性、标志性意义的破冰之旅。不唯如此，在网络文学的发展过程中，其媒介形式也随着新媒体的发展而日益多样化。一方面，文学网站、综合网站的文学写作与传播星火燎原；另一方面，博客文学、微博文学、手机文学、广告文学乃至微信文学等应运而生，为新生的

---

① 宋玉书：《坚守与应变：大众传媒时代的文学及传播形态》，文化艺术出版社，2013 年版，第 146 页。

② 白烨：《文学的新变与文坛的新格局》，http://www.chinawreter.com.cn/，2009 年 9 月 19 日。

网络文学家族增添了多样的媒介形式和文体形态。

与传统文学精英写作的高准入门槛不同，网络写作的最大特点是自由。网络写手们游弋在文字的海洋中快意人生，只要把关人发放"政治通行证"，就能畅行无阻地发表、出版，其审美和价值判断交给网民的点击率认定。这种没有任何功利驱使，没有经典、权威压抑，没有发表、出版重重关卡审查，且又可以隐身匿名卸掉主体责任的自由表达，为无数文学青年放飞青春之梦插上了有力的羽翼，成为他们逃离现实不如意的乌托邦力量。以网络小说《悟空传》闻名的今何在就说："感谢网络，它使我有一个自由的心境来写我心中想写的东西，它完全是出于自己的一种表达的欲望，如果我为稿费或者发表来写作，就不会有这样的《悟空传》。因为自由，文学变得轻薄，也因为自由，写作真正成为一种个人的表达而不是作家的专利。"[1] 欧阳友权在探讨数字媒介时代文学转型时称网络文学是"虚拟世界的自由女神"，"数字媒介文学最核心的精神本性在于它的自由性，数字化媒介对自由精神的敞亮和践履，是文学得以走进新媒介的无意识宿命。'自由'是艺术与信息科技的黏合剂，数字媒介的自由本性为艺术审美的自由精神提供了一个又一个新奇别致的理想家园。"[2]

创作自由、发表自由、传播自由、接受自由、作者与读者互动自由，网络文学将文学的自由发挥到了极致。在网络的自由平台上，写作者卸下传统文学沉重的担当，以一种轻松自在的姿态，发出内心最真纯的浅吟低唱，传递对生活的个性化思考，作品因此散发出一种独特的魅力。作家张抗抗受邀担任网络文学竞赛评审时充分肯定了网络文学个人化写作的自由和单纯："那些声音发自自己的内心深处，在浩渺的空间寻找遥远的回声。

---

[1] 尚晓岚：《网络：不把文学当回事》，《北京青年报网络版》，2001 年 3 月 10 日。
[2] 欧阳友权：《数字媒介与中国新世纪文学转型》，《中国社会科学》，2007 年第 1 期。

网络写作者的初衷也许仅仅只是为了诉说，他们只忠实于个人的认知，鄙视名誉欲求和利益企图——这是最重要和最高贵的。"① 然而，当网络文学的勃勃生机昭示了其潜藏的丰厚商业价值后，这种自由的夜莺吟唱便产生了哗变。名列点击榜前列的网络小说成为出版商竞相追逐的猎物，无孔不入的资本运作使网络文学纯美的自由之音产生了变调，逐渐蜕变为商业理性操控的对象。如出版商路金波旗下就汇聚了韩寒、安妮宝贝、饶雪漫、王朔、安意如、蔡智恒、冯唐等诸多名家。商业力量的掌控，禁锢了网络写手天马行空的自由想象力，文学写作开始变异为商业大机器上的一颗螺丝钉。"商业力量对作家个人意志的监控、影响从来没能达到像对网络写手这样细致入微的地步。从这一点来说，今天网络媒介中的各种文学活动已经越来越成为整个社会商业生产中的一个有机环节了，文学写作也变得越来越像是意志'生产活动'了：它只是在生产'一种特殊形式的商品'而已。"② 这种唯市场马首是瞻的写作或许能够生产出一些迎合商品逻辑的文学产品，但从长远来看，则无疑是对文学写作自由性的摧毁和写作者创造力的戕杀，势必灼伤文学的生产力。恰如在传统文学生产领域，政治化写作曾对文学生产造成过不容忽视的戕害。

在纯文学、趋影视化文学和网络文学三分天下却又冷热不均的文学格局中，是追求精神价值还是商业效益？是甘受市场冷落而高蹈精神大纛，还是主动或被动地向市场经济摧眉折腰？这是大众传媒语境中作家所要面临的艰难抉择与调适。

---

① 张抗抗：《网络文学杂谈》，2000 年 3 月 1 日。
② 陈奇佳：《网络时代的文学生产》，《江苏社会科学》，2009 年第 4 期。

三、论题的提出与构想

市场经济与大众传媒联手，改写了传统文学独霸文坛的格局，也为作家提出了是要文学还是要市场的新课题，能在文学理想的坚守与市场经济诱惑的反向撕扯中维持微妙平衡的作家实属凤毛麟角，而海外华人女作家严歌苓即是其中之一。但迄今对于严歌苓创作的研究，尚未在此层面进行深入探讨，这不能不说是文学研究领域的一个缺憾。

严歌苓 1958 年生于上海，母亲是歌剧团演员，父亲萧马是安徽省专业作家。她 12 岁入伍，是成都军区文工团跳红色芭蕾舞的舞蹈演员。1979 年中越自卫反击战时，严歌苓主动请缨，成为手持五四手枪和特别通行证的战地记者。1986 年，她在《收获》上发表第一部长篇小说《七个战士和一个零》，作品融入了她在战场上几次与死神擦肩而过的生命体验；1989 年出版长篇小说代表作《雌性的草地》。同年，严歌苓结束了与著名作家李准之子李克威的第一次婚姻，并赴美留学，翌年进入哥伦比亚艺术学院攻读英文写作硕士学位，1995 年获得学位。在留学之初艰辛的打工生涯期间，严歌苓创作了一批优秀短篇小说，其中《少女小渔》《女房东》分别获 1991 年和 1993 年台湾"《中央日报》文学奖"短篇小说一等奖。1992 年，严歌苓与美国外交官劳伦斯结婚，定居美国旧金山，开始从事专业创作。此后有一系列优秀作品问世，其中既包括长篇小说《扶桑》《人寰》《无出路咖啡馆》，也有短篇小说《天浴》《红罗裙》以及中篇小说《白蛇》《谁家有女初长成》《也是亚当，也是夏娃》等，并因此赢得多项国内外大奖。2004 年，严歌苓跟随被外派工作的丈夫旅居非洲，并于 2006 年发表了长篇小说《第九个寡妇》《一个女人的史诗》以及小说集《穗子物语》。《第九个寡妇》在发表当年即被香港《亚洲周刊》评选为中文十大小说之一。在华文小说创作获得成功的同时，严歌苓开始尝试双语写作，并受邀加入好莱坞编剧家协会，成为该协会唯一的华人专业编剧。如今她不仅在美国参与剧本写作，还积极与内地著名导演合作，穿行于中国、美国、南非和如今定居的柏林之间，继续从事文学创作和影视编剧。

赴美之前严歌苓的文学创作已有了较高起点，出国后更是佳作频出。她的创作成就有目共睹：数百万字的作品和二十多项国内外大奖，使她当仁不让地成为新移民作家中的佼佼者。其作品被翻译成英、法、荷、西、日等多国文字，多部小说被搬上国际银幕并获得大奖。文学评论界也对其创作成就和贡献给予了高度评价：海外华文文学研究专家饶芃子教授认为"严歌苓是近十年来北美华文创作成就最为显著的作家……她的小说闪烁着'新移民'文学独有的精神特质"。① 陈思和认为，"90 年代以后，海外题材创作的代表当之无愧是严歌苓。她的一系列作品在海外华人文坛上获得了巨大成功"，② 并认为严歌苓笔下的女性人物是"作家贡献于当代中国文学的一个独创的艺术形象。"③ 刘登翰指出，"在美国新移民华文的小说界，女性作者的崛起非常引人注目……其中的代表首推严歌苓"。④ 刘俊称赞严歌苓书写"大陆故事"的小说是"北美华文文学 90 年代最高水平的代表之一"。⑤ 美华评论家陈瑞琳称严歌苓的作品"以窥探人性之深、文字历练之成熟而受到读者青睐，屡在台湾、香港及北美文坛获奖，从而成

① 饶芃子：《"歌者"之歌——陈瑞琳〈横看成岭侧成峰——海外文坛随想录〉序》，《华文文学》，2004 年第 1 期。

② 陈思和主编：《中国当代文学史教程》，复旦大学出版社，1999 年版，第 351 页。

③ 陈思和：《第九个寡妇·跋语》，严歌苓《第九个寡妇》，作家出版社，2006 年版，第 369 页。

④ 刘登翰：《双重经验的跨域书写——20 世纪美华文学史论》，上海三联书店，2007 年版，第 221 页。

⑤ 刘俊：《北美华文文学中的两大作家群比较研究》，《中国比较文学》，2007 年第 2 期。

为海外新移民作家一面耀眼的旗帜"。^① 评论家雷达表示，"严歌苓的作品是近年来艺术性最讲究的作品"。^② 旅美作家陈燕妮在《赴美人物访谈》中说："在美国的所有华裔女人中，严歌苓是一个了不得的异数。她制造了一条常人不敢想象的道路，把本不能走的路，硬走成路。"李槟认为，"严歌苓等 80 年代作家对中国移民况味的美国抒写……体现了留学生文学和海外华人文学的最新的，也是最有高度的成就"。^③ 严歌苓以丰厚的创作实绩获得了大众认同，并在学界掀起了严歌苓研究热潮。

　　学界对于严歌苓文学创作的研究，在 20 世纪 90 年代之前基本限于单篇，90 年代以后逐步进入更加广阔和更为专业的研究领域。随着她的作品屡屡斩获国际国内大奖，加上其小说影视剧改编的如火如荼，对严歌苓的研究随之呈现出多元化多角度之势。透过一组数字，我们可以管窥严歌苓研究的火爆：在著名的 CNKI 中国知网上，笔者以"严歌苓"为主题项检索，发现从 2005 年到 2014 年十年间，关于严歌苓研究的期刊论文多达 1189 篇，硕博士论文有 237 篇（其中博士论文 11 篇）。综观 20 年来，大陆对严歌苓的研究主要集中于以下几个方面：

　　一是文本个案研究。这种研究数量众多，且重点多在单篇文章。如诸多论者分别从叙述技巧、历史意识、人物形象、文化意蕴等不同角度对《扶桑》进行细致解读。陈涵平的《论〈扶桑〉的历史叙事》（《华文文学》，2003 年第 3 期），林翠微的《百年良妓的凄美绝唱—严歌苓〈扶桑〉女主人公形象的文化意蕴》（《华文文学》，2004 年第 3 期），朱耀龙的《爱

---

　　①［美］陈瑞琳：《风景这边独好——我看北美当代华文文坛》，《华文文学》，2003 年第 1 期。

　　②《严歌苓作品研讨会在京举行》，《当代文学研究资料与信息》，1998 年第 1 期。

　　③ 李槟：《"自由神"与"曼哈顿"——八、九十年代留学生文学初探》，《世界华文文学论坛》，2002 年第 4 期。

情：一种纯真的原生美—对严歌苓小说〈扶桑〉的情感解读》(《当代文坛》，2004 年第 3 期)。其中尤为值得关注的是陈思和教授的《陈思和谈严歌苓的〈人寰〉》(《当代作家评论》，1998 年第 6 期)，他认为严歌苓的小说总是弥散着阐释者的魅力，《扶桑》是不同时间的阐释，而《人寰》是不同空间的阐释，并从文化角度剖析了《人寰》在人性透视下所凸显的在"他者"视野中显得怪异和令人费解的东方伦理，可谓见解独特。

二是侧重探讨严歌苓小说在艺术层面的开拓。研究者或从精神分析学、心理学角度出发，洞悉严歌苓小说中的隐秘人性，如郝海洪的《女性隐秘情感的揭秘——严歌苓〈人寰〉精神分析学解析》(《湖北经济学院学报》(社科版)，2007 年第 1 期)，刘艳的《异域生活的女性言说——严歌苓创作品格论》(《山东大学学报》，2000 年第 3 期)；或从叙事学角度解读严歌苓的作品，如陈振华的《扑朔迷离的现代性叙事——严歌苓小说叙事艺术初探》(《当代文坛》，2000 年第 3 期)，杨学民的《时间与叙事结构——严歌苓长篇小说叙事结构分析》(《当代文坛》，2004 年第 2 期)，陈思和的《最时髦的富有是空空荡荡——严歌苓短篇小说艺术初探》(《上海文学》，2003 年第 9 期) 等。

三是视野研究，主要是把严歌苓的创作作为个案放置于某个特定群体中加以阐释，主要指海外华文文学、新移民文学、留学生文学、女性文学等。其中较有代表性的论文有：朱立立《边缘人生和历史症结——简评严歌苓〈海那边〉和〈人寰〉》(《华侨大学学报》，1999 年第 2 期)，王震亚的《人文的真切表现——试论严歌苓的移民小说》(《世界华文文学论坛》，2000 年第 3 期)，张长青的《在异域与本土之间——论严歌苓新移民小说中的身份叙事》(《华文文学》，2004 年第 6 期)，王列耀的《女人的"牧"、"被牧"与"自牧"——严歌苓〈雌性的草地〉赏析》(《名作欣赏》，2004 年第 5 期) 等等。这种把作家置于特定群体中考察的视野为我们提供了新的研究方向和维度，有助于对研究对象进行明确定位。

四是比较研究。比较研究中又分为对作家创作自身的纵向比较和与其他作家的横向比较。纵向比较的代表性论文有陈思和的《严歌苓从精致走向大气》（庄园编：《女作家严歌苓研究》，汕头大学出版社，2006年版），李培的《雌性的魅惑———试析严歌苓小说中女性形象的独特内涵》（《华文文学》，2004年第6期）等。横向比较有刘俊的《论美国华文文学中的留学生题材——以於梨华、查建英、严歌苓为例》（《南京大学学报》，2000年第6期），吴宏凯的《海外华人作家书写中国形象的叙事模式——以严歌苓和谭恩美为例》（《华文文学》，2002年第2期）等对同属海外华文作家的创作进行比较；还有跨越时空距离、联通文本精神内核的比较，如刘艳的《困境的隐喻——略论张爱玲、严歌苓的创作》（《文艺争鸣》，2004年第6期），贺绍俊的《中西文化投影下的女性创作——铁凝与严歌苓创作比较研究》等等。这些研究通过纵向或平行比较分析，展开新移民们对个体生命的理性建构，完成对女性形象的全新确立和对女性主体地位的重新梳理。

第五是近年来基于严歌苓影视改编热的传媒研究。如付欣平的《严歌苓小说与影视剧改编对比研究》（延边大学2012年硕士论文）对严歌苓小说与影视的互动进行了系统研究；姜颖的《严歌苓小说影视改编热现象研究》（中国海洋大学2011年硕士论文）主要从严歌苓小说影视改编热现象的深层原因进行探讨，发掘市场因素在"影视热"过程中所起到的重要作用；厉双庆的《试论严歌苓小说的视听化特征》（暨南大学2010年硕士论文）通过文本细读方式深入研究严歌苓小说的视听化特征，探讨了严歌苓文学作品与影视艺术表现手段之间的密切关联；高洁的《论严歌苓的网络传播》（陕西师范大学2012年硕士论文）对严歌苓小说的网络传播进行了系统梳理和分析。基于传媒向度的研究在不同程度上涉及了文学与影视、网络等电子媒介的相互作用与影响，显示出通过传媒视域把握严歌苓小说创作特点的努力。

尽管关于严歌苓创作的研究数量蔚为可观，但相关研究专著目前却仅有两部。其中庄园主编的《女作家严歌苓研究》是国内首部严歌苓研究专著，书中收录了康正果、王德威、李敬泽、陈思和等的"名家点评"，中青年学者陈瑞琳、朱立立等的"作品研究"、严歌苓的"作家自叙"和报章杂志编辑记者等写的"作家侧记"和"作家访谈""，另有"严歌苓创作年表"和"严歌苓获奖项目"两篇附录。该书既有学术的深度，也注重信息的齐备，对于严歌苓研究具有较大参考价值。另一本是青年学者李燕的《跨文化视野下的严歌苓小说与影视作品研究》，该书以跨文化的研究视野，通过文本细读，梳理严歌苓小说在创作题材、女性形象、叙述模式和美学意识等方面的演变和拓展，对作家如何将海外生活体验转化为文学艺术创作的过程进行系统、深入阐释，揭示了东西方文化碰撞下的严歌苓小说创作对中国文学的独特贡献；同时，基于分析严歌苓小说改编制作而成的影视作品大获成功的原因，研究严歌苓小说本身所独具的影视化特质的文本因素，以及主流意识形态、媒介的市场操控、影视资源的成功运作等诸多原因。

由于严歌苓的作品只有小部分是英文版，所以国外对严歌苓的研究比较少，且研究范围主要集中在《扶桑》《赴宴者》《白蛇》等几部英文版小说上。从搜集到的资料看，有关严歌苓的国外研究只有 15 篇左右，其中学术含金量比较高的是四篇博士论文，分别是：

《The conceptions of freedom in contemporary Chinese and Chinese American fiction: Gish Jen, Yan Geling, Ha Jin, Maureen F. McHugh》（《当代中国和美国华裔小说中的自由概念：任璧莲、严歌苓、哈金、莫林·F·麦克林》, Zhou Yupei, Kent State University, 2003 年）；

《The Chinese snake woman：Mythology，culture and female expression》
（《中国蛇女：神话、文化和女性表达》，Chang Chia-Ju，Rutgers The State
University of New Jersey - New Brunswick，2004 年）；

《Rethinking cultural translation：Multiculturalism and Chinese American
transnational literature》（《文化翻译的再思考：美国跨国多元文化与中国
文学》，Jin Wen，Northwestern University，2006 年）；

《Approaching History：The Fictional Worlds of Ha Jin and Yan Geling》
（《接近历史：哈金、严歌苓的小说世界》，Guo Rong，University of Alberta
（Canada），2011 年）。

　　由标题可以看出，这些研究主要是以比较研究法关注严歌苓小说的某
个侧面，尚未涉及对严歌苓的整体研究。

　　综览 20 年来国内外林林总总的严歌苓研究，尽管研究成果颇丰，但整
体显得零散和驳杂，尚未出现令学界注目的论著，在研究的深度和广度上
也有待拓展，尤其是关于严歌苓的整体研究还有不少空白领域亟待发掘。

　　作为享誉世界文坛的海外华人作家和中国少数多产、高质、涉猎度广
泛的作家，严歌苓无论对于东、西方文化魅力的独特阐释，还是对社会底
层人物、边缘人物的关怀以及对历史的重新评价，都折射出复杂的人性哲
思和批判意识。她对生存、生命的深刻思考，对人性、文化的深入开掘以
及对历史与现实的理性思辨，使她的作品蕴涵了深厚的纯文学精神内核；
与此同时，她在电子媒介也炙手可热，每有佳作问世，即被影视大腕导演
争相购买。从台湾电影界改编《少女小渔》到最近几年《一个女人的史
诗》《小姨多鹤》《铁梨花》等相继翻拍，再到电影《梅兰芳》《金陵十三
钗》《归来》的热映，严歌苓作品的影视改编可谓热浪滚滚；不唯如此，
关于严歌苓的网络传播亦红红火火。在大众文化大行其道，精英文化逐渐
式微的消费语境中，严歌苓能够在精英文化与大众文化之间游刃有余地穿

行，不能不说是一个独特的存在。因此，从传媒视域观照严歌苓的创作，深入考察她在传媒时代如何坚守难能可贵的文学理想，为人类的生存注入一腔高远的关切，同时又能让这份关切借由大众传播媒介畅行无阻地抵达人们心灵深处，为阳春白雪般"高处不胜寒"的纯文学开拓更为广阔的生存空间，践行其撼人灵魂的神圣使命。就此意义而言，严歌苓创作的个案研究具有重要的时代意义和文化价值。而此前关于严歌苓的各种研究，尚未在此层面上充分深入展开，这是以往严歌苓创作研究的缺漏，同时也为本书的研究预留了探究空间。

本书便是基于此对严歌苓的创作展开研究。该书以传媒视域观照严歌苓的文学创作，试图通过考察严歌苓的作品在纯文学创作、影视改编和网络传播中所产生的交流与互动，探讨文学在媒介作用下发生的价值倾斜和艺术审美转变，进而索解传媒时代"文学性"与媒介的新型关系。本书主要从严歌苓作品的印刷媒介传播、影视传播和网络传播以及传媒时代严歌苓创作的应变与坚守四个方展开论述：

（一）在文学发展史上，印刷传播所主宰的文学写作与阅读占据着文学生产和消费的主流地位。报纸副刊、文学期刊与图书出版三足鼎立，共同构筑了文学的印刷传媒世界。大众传媒时代的到来打破了这种格局：报纸的主导地位受到前所未有的冲击，并终结了报纸的文学副刊时代；文学期刊在经济体制改革进程中进行着艰难突围；图书出版也走上了市场化转型之路。严歌苓作品的印刷媒介传播之路，浓缩了大众传媒语境下我国印刷媒介生存与发展的轨迹。严歌苓在期刊的摇篮中成长，借文学评奖和文学评论提高了知名度，并在北京新华先锋文化传媒的市场化运作中走红。严歌苓作品的印刷媒介传播带给我们一系列思考：市场语境下，文学期刊改革既不能拒绝市场，但也必须坚持以文学为根本；文学评奖必须捍卫自身尊严，坚守独立品格，同时要制定完善的评奖规则，建立严格的回避机制；出版市场的发展呼唤作家经纪人登场，成立独立于书商与出版社的独立经纪人机构也成为行业发展的众望所归。

（二）大众传媒时代视觉文化勃兴，消费社会和媒介历史演变的共同作用，构筑了影视文化的生存和成长空间，改变了大众的审美取向。面对来势凶猛的图像挤压，文学开始借助影视媒介优势开启转型之路，文学作品的影视改编与创作趋向影视化成为潮流。严歌苓在视觉文化时代率先启动影视化转向策略，并获得了商业成功。独特的个人经历和清醒的市场意识，使她的作品具有故事情节波澜跌宕、画面感强烈以及语言风格精粹灵动等鲜明的影视化特征，从而为影视改编提供了极大可行性。文学与影视的合作是双向互动过程，影视改编同时也对严歌苓的小说进行了重构，通过"雌性"的消隐、英雄主义的提纯和理想爱情的呈现等在影视领域衍生着新的价值。文学与影视联姻的益处是文学做出适媒性改变，借影视霸权的影响拓展了生存空间；负面效应是影视化改编消解了文学自身，一些作家在经济利益驱使下放弃了对文学的承担，丢掉了思想和尊严。

（三）以互联网为标志的数字化媒介的兴起，使文学在创作、传播、欣赏和批评方式等方面发生了巨大改变。互联网激发了民众潜在的表达欲望，网络文学应运而生。文学网站是网络文学生存的家园，主要形式包括在线阅读和电子书下载。文学与互联网结盟，直接促进了文学作品的传播，拓展了文学的影响力。创作历程基本与中国互联网发展同步的现实，使严歌苓作品的网络传播具备了先天优势。严歌苓作品的网络传播气象万千，已经成为一种文化现象。严歌苓作品的网络传播呈现出广泛性和互动性都很鲜明的"多对多的网状传播形态"，其文学文本与作家相关的活动信息、改编文本、网络图像（包括视频）等同生共存，相得益彰，共同塑造了多面的严歌苓形象，并生发了再研究价值。然而，文学的网络传播是一把双刃剑，它在为文学发展注入无限生机与活力的同时，也带来了足以引人警戒的忧思：网络传播的自由性消解了传统文化的精髓，使网络文学陷入平面化和肤浅化；网络文学的技术含量超过审美含量，剥夺了读者进行"二次"创作的权利；网络文学的自由使文学批评失去承担，导致批评秩序的混乱；此外作者著作权保护的失范、复制品和平庸之作的泛滥，也给人们的阅读带来了选择困难。

（四）大众传媒时代，媒介跃升为左右文学发展的主导性力量，文学的生存图景大为改观：大众传媒权力膨胀，文学走向边缘；大众文化崛起，文学转向大众化；文化产业勃兴，文学趋向商品化。在这种媒介环境下，文学必须做出适媒性调整，才能继续生存并获得长足发展。严歌苓便是借助现代传媒的强大传播力量，使文学焕发新生的成功实践者。她按照商业运行逻辑，有意在创作中迎合大众的阅读喜好和审美旨趣，因而作品呈现出明显的大众化倾向。但严歌苓在商品语境下文学创作向着欲望化和生活化转向时，依然能够坚守文学的审美规范和艺术追求。无论是对复杂人性的全方位展示，还是对历史别开生面的另类书写，以及文学实践中对创作自由的捍卫，都昭示着她对人类崇高精神品质和生命价值的坚守与追求。在大众文化语境中，严歌苓的作品以独特的审美范式显示了她在精英文化与大众文化的二元化价值体系中的坐标点。然而，由于大众文化与精英文化之间不可弥合的裂缝，严歌苓的跨媒介写作实践矛盾渐现：与影视合谋导致她的文学表达受限，作为职业编剧也使她陷入工具性困惑；她提出"抗拍"试图表明自己对文学立场的坚守，却被证明"抗拍"无论从主观还是客观都充满了悖论，内中折射的其实是当代作家生存现实和审美理想之间无法调适的矛盾。

文字是文学传达理想的载体，"如果说'文字'作为'话语'的载体而被赋予了某种神圣性的话，那么这种神圣性的实现从来不能脱离更为神奇的一个动态过程——传播。传播不仅决定了文学价值实现的可能向度，在当下而言，传播的方式和途径甚至成为影响文学生产方式的重要因素。这种媒介对文字创造本身的反向影响作用，在当前的文学生态中正日益得以强化"。① 因此，我们不但要探讨文字如何借助媒介完成价值实现，而且要追问媒介对"文学性"的呼唤、延伸及种种变异。就此而言，对严歌苓创作个案的研究，也许会为传媒时代多种媒介形态的文学互动共存，提供一个具有参照意义的范本。

① 蒋述卓、李凤亮主编：《传媒时代的文学存在方式》，广西师范大学出版社，2010年版，引言。

第一章　严歌苓作品的印刷媒介传播

　　造纸术和印刷术的发明与革新在人类文明发展史上无疑具有划时代的意义，而中华民族为这两项技术的贡献举世瞩目。中国的造纸术和手工印刷术传入西方后，质优价廉的植物纤维纸张对当时的图书原材料——昂贵的羊皮纸形成了强有力的竞争，打破了中世纪僧侣、贵族特权阶级对文化知识的垄断格局，使图书这一曾经的奢侈品得以走入寻常百姓家。而德国工匠约翰·古登堡（J·Gutenberg）印刷术的发明则在文化知识的普及和推动科技进步方面具有里程碑意义。因此，学界通常把约翰·古登堡15世纪中期发明的第一台手摇金属活字印刷机和一次印刷了200本《圣经》视为大众传播时代开始的标志。

　　造纸术和印刷术的发明直接推动了文学的长足发展，宋元明清时期我国叙事文学特别是通俗性叙事文学的繁荣，从一定程度上来说堪称明证。"一个无可否认的事实是，福建从宋元开始即成为小说刊刻中心，直至明万历达到其巅峰。这不能不归功于其竹纸技术的发达及廉价竹纸在小说刊刻中的普及应用。""活字印刷在明清处于集大成的发展阶段……并广泛应用于通俗小说的刊刻,推动了小说的传播。"[1] 尽管随着科技的飞速发展,影视和网络不断冲击印刷传播的地位,但在迄今为止的文学发展史上,印刷传播所主宰的文学写作与阅读依然占据着文学生产和消费的重要地位。

第一节　市场经济语境下的印刷传媒嬗变

报纸副刊、文学期刊与图书出版三足鼎立,共同构筑了文学的印刷传媒世界。以报纸副刊、文学期刊、出版为主体的文学生产和传播系统,是中国现当代文学极为重要的组成部分,也是考察中国现当代文学不能绕开的路径。初始,由于报纸覆盖面最大,传播趣味与大众口味最为接近,因而赢得了最广泛的公众影响力。市场经济启动后,改写了印刷传媒的传统格局。随着国家文艺政策的调整和媒介的产业化进程,这三种形式的印刷媒介不得不随之进行市场化调适,并对文学生产与传播产生了深刻影响。

一、报纸文学副刊时代终结

报纸文学副刊的产生和发展与中国近代报刊相伴而行。作为报纸的四大组成板块之一,副刊在报纸中的地位举足轻重。追溯副刊逾百年的发展历程,我国报纸史中曾产生过大大小小5000余种类的报纸副刊,大有与报纸比翼齐飞之势。

实际上,我国最初的报纸并无副刊,偶然可见的一些文艺性资料仅仅

---

[1] 宋莉华:《明清时期的小说传播》,中国社会科学出版社,2004年版,第53、63页。

用以"补白"——弥补报纸信息不足留下的空白。之后，文人办报和报业竞争促成了副刊的诞生。1897年11月24日出版的专载文艺作品的《字林沪报》的附刊《消闲报》可视为我国第一张正式报纸副刊。由于中国近现代报纸副刊肩负着思想启蒙和启迪民智的责任，并由此带动了文学的勃兴，大量诗歌、散文和小说连载占据了副刊的版面，"文学副刊"遂逐渐取代"报纸副刊"，成为副刊不言自明的法定称谓。在相当长时间里，报纸副刊的定位甚至就是发表文学作品，成为"培养作家的摇篮"。报纸副刊作为文学传播的载体和媒介，给整个文学生态带来了极大影响。它为传统文人提供了一条除求仕之外新的生存之道，催生了一批真正意义上的职业作家、同时也为他们的创作注入了新的思想和内容。许多现代知识分子将大众传媒作为救亡图存的工具，主动承担起揭批现实痼疾、传播新思潮的职责，增强了文学副刊作品的现实针对性。因此，副刊是中国现代文学生长发展的重要园地和方式之一，并为现代文学的传播提供了一种新的载体，在文学的发展历程中做出了不可替代的贡献。报纸副刊与中国现代文学之间共生共荣的关系，也成为近年来现代文学研究的热点。

新中国成立之初的报纸副刊是以阐述文艺性为主的综合性副刊，具有较高的成熟度。之后，"文革"的兴起使副刊几近夭折，形同虚设。1978至1991年，报纸副刊迎来了发展的第二个春天。20世纪80年代各级党报和晚报几乎都有文艺副刊，有些报纸还辟有文艺评论专版，副刊的百花园中可谓姹紫嫣红。然而，进入20世纪90年代后，随着报业市场化进程的迅速推进和文学发展的日趋边缘化，文学副刊的黄金时代宣告结束。由于大众媒介的迅速发展，传统媒体经受着来自各方的挑战，报纸的主导地位受到前所未有的冲击。报业之间的竞争、与电视的对抗、和网络的搏杀等，都进入白热化状态。报纸由传者中心模式转为受者中心模式，如何抓住读者的眼球成为报纸的首要任务。而传媒时代大众的阅读习惯和娱乐方式业已随媒介变化发生了逆转。备受传统读者青睐的文学的浪漫情怀和诗性空间被及时、海量的信息以及触手可及的实惠服务所替代。副刊从业者不得不进行反思并积极寻求突围，"大副刊"意识应运而生。"'大副刊'的意识将副刊从'仅发表文学作品'的禁锢中解脱出来，突破了传统的以文人为主导的文艺副刊形态。许多信息，甚至包括一些新闻和评论，通过巧妙地策划与合理地组稿也在为副刊所用。副刊开始迈向多元化的发展轨道。"① "大副刊"的内容多样化不仅意味着文学内容被压缩，还表现在文学体裁、题材与趣味等的现实转型。诗歌、抒情散文、小说等纯文学逐渐淡出副刊的舞台，代之以生活气息浓郁的小品、充满时代特色的随笔、真实感人的情感故事，甚至历史传奇、逸闻趣事等，也有一些报纸专门辟出版面连载畅销小说，消费取向呼之欲出。这种倾向在都市类报纸中尤为突出。不少报纸的文艺评论版已销声匿迹，有些晚报甚至取消了文艺副刊。《中国时报》"人间"副刊副主任刘克襄曾这样谈道："到1987年台湾开始报纸解禁，从3张报纸变成15张，16张甚至20张都可以，以前是3大张，四面版，副刊占十二分之一，后来变成四十几分之一，你的功能就萎缩很多了。副刊本身和文化版、家庭生活版、娱乐休闲版平分之后就更加萎缩。用副刊辉煌的历史来对比这个时期，副刊就等于消亡。"② 在经历了短暂的抗争如设置读书版、偶尔刊登文学评论或文艺短论后，一些文艺副刊开始委身于书商或书店，依靠他们的赞助发表投桃报李的书评，发布各种图书销售排行榜。多数市民报纸上用以发布文艺信息的文化娱乐版，也在市场大潮冲击下蜕变为"娱乐记者"跟踪影视明星和文化掮客的八卦场。

值得一提的是，20世纪90年代初期，市民报纸在市场经济大潮中应

---

① 辛欣、安中：《21世纪报纸副刊的发展趋势》《西华师范大学校报》（哲社版），2007年第6期。

② 夏榆：《"文学"纸上的风云：副刊时代的终结，《南方周末》，2004年9月10日。

运创刊，专栏文章一时风行。作为一种发自内心的真情吟唱，专栏写作一度曾为片面追求"高大上"的散文写作注入了久违的性灵之光。可惜好景不长，这种对脸谱化文学的反叛很快就被传媒的商业意志招安，最终沦为程式化的小资情调，成为一种标志性的商业品牌。从"三家村札记""燕山夜话"到20世纪90年代以来遍地开花的专栏写作，文学风尚经历了地覆天翻的变化。

诚然，报纸副刊的式微与现代传媒的发展不无关系。传媒时代的到来，使"新闻"性得到划时代的凸显。因此，从备受质疑到实实在在的"减副"风潮，最终演变成关于"终结副刊"的讨论，报纸副刊一方面承受着新闻正刊所遭遇的挑战，同时也经受着来自新闻正刊自身的挤压，从而加速了其退出历史舞台的步伐。另一方面，作为脱胎于文学刊物并依托于文学的报纸，副刊的衰落也与当代社会文学发展的日趋边缘化休戚相关。进入20世纪90年代，市场经济启动无形的巨擘，将消费观念无差别地播撒于社会各个角落之后，文学以敏锐感受和深刻思考以及煽情化的表达频频引发社会轰动的情况一去不返，而是被迫退出话语中心日益向边缘位移，副刊随之失去了耀眼的光环，随着文学处境的江河日下无奈地走向沉寂，一个时代曾经的辉煌转眼已是明日黄花。文学副刊这个曾经对大众产生最大影响的文学载体风光不再，文学期刊和图书出版后来居上，文学传播的平台和渠道为之一变。

二、文学期刊艰难突围

作为最传统也是最主要的文学传播载体，文学期刊于1980年代初迎来了发展的春天。大量文学期刊如《上海文艺》（原名《上海文学》）《文学评论》等在短时间内相继复出；与此同时，一大批新刊破土而生，如

1978 年《钟山》和《十月》分别在南京和北京创刊。到了 1982 年，文学期刊的发展进入了黄金高潮，一些著名文学期刊的发行量创下历史之最，动辄达数十万甚至百万份。如《人民文学》发行量达 150 多万份，《收获》达 120 万份，《当代》55 万份。[①]除了发行数量惊人，文学期刊对大众和社会的影响力之深刻也前所未有。个中原因不难索解：1978 年，中国政治、经济、文化发生剧变，文学的指导思想和生产模式随之产生了质变。文艺政策的调整和文学观念的嬗变，为文学期刊的勃兴奏响了号角。彼时，由于刚刚卸下十年"文革"的精神枷锁，尚处于文化匮乏期的人们对精神食粮并没有太多选择余地，文学期刊属于典型的卖方市场。无论办得好坏，品质如何，丝毫不用担心受众问题。遗憾的是，文学期刊的风光恰如昙花一现。随着经济体制改革的逐渐展开，1984 年国务院颁布了一个对包括文学期刊在内的所有期刊从事业性质转向经营性质的重要文件——《国务院关于对期刊出版实行自负盈亏的通知》，文学期刊在告别"吃皇粮"的同时，其风流也渐被市场经济雨打风吹去。堪为称颂的是，在从体制化走向市场化的过程中，文学期刊曾叙写了办刊史上灿烂的一页。从 20 世纪 80 年代中期以来，文学潮流开始分化，从朦胧诗到新生代诗歌，从伤痕文学、改革文学到风情小说、寻根文学以及先锋文学和新写实小说，文学新思潮后浪逐前浪，一浪更比一浪高。文学期刊根据自身定位和地域特色，各显其能，为风格各异的小说流派摇旗呐喊。如《北京文学》对汪曾祺、林斤澜、邓友梅风情小说的赏识，《上海文学》对寻根文学的钟情，《收获》对先锋文学的推崇，《钟山》对新写实小说的青睐等等，都彰显出文化过渡期文学期刊确认自身特色的努力，并借此赢得了文化尊重与象征资本。

---

① 红耘：《面向时代，面向读者的〈当代〉》，《当代》，1999 年第 3 期。

尽管文学期刊改制的通知并未立即付诸实施，但其经营模式从单纯的行政监管向行政命令兼市场调节的思路转变，宣告了文学期刊生产性质和经营者身份的逐步确立。这一震荡在 20 世纪 90 年代初市场经济介入时进一步得到强化，期刊对市场语境的隔膜更加明显，发展举步维艰。文学期刊发行量整体锐减，一部分刊物在市场经济的汰洗下惨淡出局，即便是曾经风光无限的主流杂志也在劫难逃。如《人民文学》在 1992 年文学期刊惨淡经营的时局中发行量仅十多万份，较之 20 世纪 80 年代辉煌时期下降了 90%。为了在市场竞争中赢得一席之地，20 世纪 90 年代前期，文学期刊的第一波改版潮暗流来袭，《山花》《天涯》敢为人先，率先于 1994 年和 1995 年底树起改版旗帜。20 世纪 90 年代中后期，随着市场大潮的猛烈冲击，加上一直赖以糊口的政府财政支持缩减，文学期刊的生存处境更加风雨飘摇。全国数以百计的内部期刊和行业期刊自 1997 年以后忙于关、停、并、转，因为 1998 年底是中央有关部门明文规定内部期刊和行业期刊整顿改革的最后期限。期刊无论天南地北、高雅通俗，至 1999 年必须实行"一刀切"——一切以市场为导向。这一时期文学期刊界的凋敝萧条，用哀鸿遍野来形容都不夸张：曾推出《高山下的花环》《凯旋在子夜》等佳作的《昆仑》杂志于 1998 年初停刊；继之由鬼子等文坛健将操持的与桂林山水齐名的《漓江》"宣告断流"；是年岁尾，文学界享有盛赞的优秀期刊《小说》与读者依依惜别……媒体以"天鹅之死"表达对上述期刊相继停刊的叹惋。而 1999 年，国家将最后一次向中国文学期刊的龙头老大《人民文学》拨款 10 万元以后"完全断奶"的新闻则无疑成为压垮文学期刊的最后一根稻草。

面对市场经济的巨大压力和媒体选择的多样化困境，《山西文学》主编段崇轩不无感慨地著文称：文学期刊的编辑们，从来也没有像今天这样强烈地意识到：读者对刊物是多么重要。有没有读者或有多少读者，直接影响着刊物的兴衰存亡。于是，一场以读者为"轴心"的文学期刊转型拉开了序幕。资深的老牌文学期刊如《收获》《当代》《十月》坚守固有阵地，以不变应万变，仅在局部做出一些调整以应对时局。《人民文学》恪守"文学依然神圣"的理念，几年来除微调栏目设置外，几无大的变化。2003年，贵州茅台集团以协办方式与《人民文学》长期合作，并于当年提供赞助90万元，为杂志继续坚守文学理想提供了有力的经济支撑。相较之下，更多的文学期刊则迫于市场压力主动或被动加入了改版风潮。这种改版大致分三种类型：第一种是坚守文学阵地的同时，向大文化扩容，试图以文化含量增强抗风险能力。具体表现为期刊中小说、诗歌等"纯文学"作品数量减少，纪实、随笔、杂文、回忆等非虚构类、"跨文体"的文章比重剧增。如《上海文学》借鉴学术期刊的做法，新设"思想笔记"和"日常生活中的历史"两个栏目，强化了刊物的文化色彩；改版后的《天涯》不再独尊小说，而是突出了"作家立场""民间语文"等具有独创性的栏目，强调体裁上的兼容并蓄，确立了泛文化、杂文学的文学文体意识。第二种是突破纯文学框架，走中间路线，强调文学性和大众趣味兼容并包。如曾经的纯文学期刊《作家》以创办"中国的《纽约客》"为目标，在新世纪改头换面，以全彩精美印刷的"白领丽人"时尚外形亮相，办刊立足点也由原来"作家们的《作家》"改为"读者们的《作家》"，从中国文坛上"最先锋的杂志"变身为"最豪华的杂志"。这种办刊宗旨的调整体现了对读者趣味的适应——读者的数量、购买力、阅读取向等成为文学期刊必须考虑的生存要素。第三种是向市场妥协，与大众握手言欢。或注重外部包装，突出商品属性；或走时尚、生活类期刊的泛审美路线，增加言情、武侠、纪实等方面的内容，突出文学艺术的消遣娱乐功能；有的则逐渐脱离主办单位，寻求企业联盟办刊，开启市场化转型之旅。

文学期刊的市场化转型中不乏成功的案例。如《短篇小说》的前身《江城》主要走名家路线，改版后则转向"业余作者"路线，受众明确指向业余作者，发行量大概 2 万册，养活一家杂志绰绰有余，从而证明了其自身的存在价值。它的成功在于定位明确，目前作者队伍辐射全国各地，在文体上专攻短篇小说，走专门化经营的路子。《青年文学》改为分设 A、B 版，A 版继续发表社会青年作者的作品，B 版则专发校园作者的作品，并明确定位"80 后"校园学生，展示他们成长过程中真实的自然形态，有效弥补了只发表社会作者作品的不足。这种积极培养文学的核心竞争力、培育新的文学增长点的创意值得肯定。《花溪》则在市场化浪潮中一改文学高高在上的姿态，积极运用现代传媒的营销理念，在亲近读者的同时，引领读者踏入自己营造的时尚都市爱情文学世界。《花溪》也从纯文学期刊成功转型为时尚都市和文学相结合的期刊，既保留了文学自身的优势，又拥有了广泛市场。

遗憾的是，不是所有的文学期刊都这么走运。不少文学期刊基于生存缘由，改版为通俗流行杂志或文化综合性刊物。尽管经过种种努力，甚至不惜自降品位，依然成为市场的弃儿。有些刊物"变脸"后不仅没有吸引新读者，反而导致已有阵地失守。如《湖南文学》改为《母语》后，从文学刊物变成时尚类综合性杂志，由于市场化转型不成功，现已被迫改为成熟女性的时尚杂志《漂亮妈妈》，前途未卜；《天津文学》改成《青春阅读》后再改回原名；《广西文学》从综合型纯文学刊物改为以发表小品文为主的市井型"快餐文学"后，效益不尽如人意……诸如此类文学期刊改版失败的事实表明：作为传承文学精神与理想的载体，文学期刊放弃或削弱文学性，向市场投怀送抱，并不意味着就一定能被认同。因此，在传媒时代，如何妥善处理文学性与市场的关系，是决定文学期刊命运的关键。"20 世纪 90 年代末期改版大潮的起伏涨落，呈显着文学期刊在反思与探索中重新定位。这种角色的转变和重识不仅是为了对社会的精神文化家园进行救赎，同时也是文学期刊自身改造的重要手段。"①

三、图书出版启动市场化转型

从新中国成立初期的"国家文学"到"改革文学"再到新时期的"多元文学"思潮变迁，文学出版依循从"计划出版"向"市场出版"的整体趋向经历了数次转轨。新中国成立后至"文革"期间，全国出版业实行统一的体制化管理，文学出版相对单一化。其间可圈可点的是，国家级文学出版社——人民文学出版社出版了大量在当代文学发展史上堪称经典的作品，如丁玲的《太阳照在桑干河上》、周立波的《暴风骤雨》、杜鹏程的《保卫延安》、曲波的《林海雪原》等，对推行国家意识形态产生了深远影响。随着1978年"解放思想、实事求是"重大决策的制定和改革开放政策的实行，文学出版的计划体制逐渐松动，开始走向生活化、自主化和半市场化道路。出版社以社会效益为重，主旋律图书成为时代的宠儿。20世纪80年代中后期，"寻根文学""先锋文学"等精英文学与古龙、金庸的武侠小说、琼瑶的言情小说同台共舞，文学出版真正形成了雅俗共享的格局。

进入20世纪90年代以后，随着社会主义市场经济体制的确立，国家对出版领域逐步进行市场化改革，在放松监管控制的同时，也缩减了资本投入支持。中国出版体制开始由计划经济体制向市场经济体制转轨，这从根本上意味着出版社必须转变生产经营方式，在市场语境中自谋生存。面对激烈的图书市场竞争和加速发展的大众传媒，文学出版开始在向市场化转型中图变求存。直面市场，确立读者至上的出版观念，进行图书出版策

---

① 李庆勇：《20世纪90年代文学期刊的转型与突围》，《理论界》，2012年第4期。

划以及与影视联姻等手段成为文学出版求存图强的应对策略。

首先是确立读者至上的出版观念。计划经济体制时期，出版行业的职责是为国家意识形态保驾护航，图书生产的内容乃至传播渠道都由国家决定，读者的诉求基本可以忽略不计。随着消费时代的到来，在没有读者就没有生存权的市场体制下，图书出版开始根据读者的阅读需求走向多样化和通俗化。悬疑、神秘、传奇等题材类型的文学作品应运而生，并理所当然地成为文学出版热点之一。20 世纪 90 年代以来版税制度的实施使文学出版以巨大的能量介入到文学生产实践中，能够成为出版热点就意味着文学作品有巨大的市场潜力。于是一些作家把洞悉读者趣味作为提高出版可能性、从而获取更多版税的重要途径。有些作家甚至将才华兑换为赚钱的手艺，处心积虑捕捉读者阅读趣味，为读者量身定做娱乐化、消费性的文学作品，炮制各种毫无营养的文化快餐式畅销书。法国社会学家皮埃尔·布迪厄说："这毕竟是一个颠倒的经济世界：艺术家只有在经济地位上遭到失败，才能在象征地位上获胜（至少在短期内如此），反之亦然（至少从长远来看）。"① 由于消费文学的基本类型和模式相对狭窄，导致作品大量重复繁殖，造成文学生态失衡。更为严重的是，这种一味强调读者阅读兴趣的受者中心生产模式，在很大程度上引领着整个社会的阅读走向浅阅读状态，无形中降低了文学的接受标准，文学所承担的对精神境界的提升和对生活的理性思考被迫退隐。诚如哈贝马斯所说："营销策略与发行组织控制着零售图书和消费者的选择机会，它们所依赖的途径是，促进编审与大众趣味直接接触，不仅仅从经济角度增强主要由低下的社会阶层组成的消费者的文学购买能力，而且更多地从心理角度降低文学作品的

①［法］皮埃尔·布迪厄：《艺术的法则：文学场的生成与结构》，刘晖译，中央编译出版社，2001 年版，第 99—100 页。

获取条件，使人们得以在低弱的前提和后果之下舒舒服服地接受文学。"①
在当下娱乐和休闲占据文化主导地位的消费语境中，以读者趣味为中心的
文学生产机制消解了精英主义的文化担当，致使纯文学的生存空间日益逼
仄，那种能够抵达灵魂深处的深层次阅读渐行渐远。

其次是"出版策划"异军突起，并成为文学出版链条上的一个关键
环节。市场经济视域下的出版，首先是一种商业生产行为，然后才是文
学行为，而策划便是出版商谋求盈利最大化的策略与行动。所谓的出版
策划，就是为了使图书达到市场营销目标而进行的谋划，也就是为了在
合适的时间、地点，以合适的手段，把合适的图书最大量地推销给读
者而进行的创意设计与组织实施。②作为广告业、娱乐业的一种商业行
为，"策划"于 20 世纪 90 年代以来频频被出版传媒运用到文学生产实践
中，试图以超前的创意和策划对市场趋向进行控制和引导，从而拯救文学
的"边缘化"危机。如"布老虎丛书""青春文学""行走文学"的风行，
"出版策划"就功不可没。在文学出版经营惨淡的情势下，"布老虎"摸索
创造出自己的独特理念，找准雅、俗文学融会的聚合点，以清晰的品牌理
念和准确的选题定位，以卓尔不群的市场销售业绩，成功打造了一个文学
图书品牌。再如本世纪初盛行的"行走文学"，便是由出版社制定选题和
出行路线，并物色一批作家，然后由出版社出资带领这些作家记录沿途风
土人情和生活感悟，以行动的姿态激发人们的内在生命热情。其中云南人
民出版社的《走进西藏》、中国青年出版社的《走马黄河》、凤凰卫视策划
的《千禧之旅》、阿正策划的《人文学者南极行》等文化丛书获得了较大
影响。其他如"新生代""美女作家""底层文学"等，无不打上了鲜明的

---

① ［德］哈贝马斯：《公共领域的结构转型》，曹卫东等译，学林出版社，1999 年，
第 193 页。

② 赵焱：《畅销书策划特点及原则》，《出版发行研究》，2001 年第 2 期。

"策划"烙印。

　　"策划"理念主导下的出版传媒致力于发掘作家或作品的商业元素，制造具有市场号召力的消费符码来赚取读者眼球。明星效应是消费时代决定图书销量的关键因素，作家的明星化遂成为图书出版炙手可热的卖点。各家出版社蜂拥而上，竞相结集出版古今中外的名家作品。有出版界人士坦言："作家也有自己的品牌，像余秋雨、王朔、贾平凹等人，并非每一部作品都能达到一定的高度，但实际上每出一部书读者都想买来看。只要能拿到他们的作品，就像印钞票一样。"①一些出版传媒着力对新作家进行明星化包装，举办与作品有关的主题活动、召开新书发布会、签名售书、座谈会、演讲、借助电视和网络等电子媒体开办花样翻新的新书推介栏目，通过大众传媒的"议程设置"引发社会关注，从而推动大众的文学消费活动。郭敬明散文集《岛》堪称出版界的策划神话。2004年底春风文艺出版社举办了一次盛大的"读《岛》赢大奖，浪漫海岛游"活动，支出近30万元为《岛》制造"热点"和"卖点"。结果吸引各大媒体争相报道，《岛》的首印量达到40万册，获得了丰厚的市场回报。余秋雨的《文化苦旅》出版后，知识出版社及时开展大规模的宣传和促销活动：聘请专家学者在各大媒体发表书评，通过召开专家座谈会和研讨会营造新闻事件吸引大众眼球，策划余秋雨签名售书、在各大高校巡回演讲等活动，让作者亲自参与市场营销的各个环节，从而使《文化苦旅》轰动一时，并引领了"文化大散文"阅读潮流。出版领域借用娱乐界的明星化运作方式并获得成功，凸显出文学生产的商业化走向。

　　利用文学批评进行图书宣传和炒作也是出版策划手段之一。"一般说来，在选择阅读的书籍方面，读者群更多地受到批评家的影响，而不是根

---

　　① 舒晋瑜：《当今文坛谁走红》，《中华读书报》，2000年8月23日。

据他们自己对这些书的理解。"① 批评家在图书出版发行过程中的重要性不言而喻。作品研讨会、文学评论都离不开批评家的参与，借由他们向作品输入必要的"价值"与"意义"，刺激读者的购买欲望。诸如此类由传媒策划的"文学批评"，实际上是"依附于现代传播媒介的文化权力和文化主导地位而渐成气候的一种新批评话语。"② 这种传媒批评在 20 世纪 90 年代后愈演愈烈，不但涵盖了报刊、广播、电视等传统媒介，而且吸纳了互联网、手机、电子期刊等新兴媒体纷纷介入到文学批评空间内。这种"介入"不仅仅是作为传播载体的介入，更是意识形态向文学批评内部的渗透，因此对文学批评的创作过程、运作方式、传播接受等各环节产生了深刻影响。大众传媒所主导的商业意识渗入文学空间，在对文学的生产与传播产生了一定积极影响后，旋即将文学批评推向窘境。一些抵制不住市场诱惑的批评家摇身变为商业利益的附庸，成为出版商的御用文人，文学批评逐渐走向"失语""缺席"的境地。当文学批评被大众传媒的运作逻辑收编，其独立品格即被商业利益所肢解，批评的专业性和学理性特征也就无从谈起。如上所述种种策划手段，实质上都是大众传媒凭借其强势的"话语霸权"将原本正常的文学生产和传播活动以"新闻化""事件化"的方式呈现，通过制造"热点"进行"炒作"来吸引受众"眼球"，从而进一步赢得市场。

再者是与影视联姻出版影视作品。西方一些大出版公司为确保出版的成功率和商业利益，"将书拍成电影或电影节目推销图书，或将电影的内容制作成图书。在某些情况下，一部成功的电影片被以图书的形式制作

---

① ［法］戴安娜·克兰:《文化生产——媒体与都市艺术》，赵国新译，译林出版社，2007 年版，第 95 页。

② 邵培仁:《传播学导论》，浙江大学出版社，1997 年版，第 46 页。

成小说"①，这已成为当下中国一种重要的文学出版策略。影视是大众传媒时代最广泛、最强劲的主流艺术传播形式，影视文学的横空出世是对这一主流传播形式的适应性生存和进一步拓展，也是影视与出版传媒最大范围地占有市场份额的一种商业策略。20世纪90年代以来，文学作品"触电"现象蔚然成风。如苏童的《妻妾成群》被改编为电影《大红灯笼高高挂》，王朔的《动物凶猛》被改编为电影《阳光灿烂的日子》等，都获得了极大成功。而其他诸如《渴望》《编辑部的故事》《北京人在纽约》《便衣警察》等文学作品被改编为影视剧后，不仅刺激了原作品销售的火爆，而且催生了"影视同期书"这种新的文学出版模式，为作家带来了丰厚的市场回报。一批专事影视剧本创作的作家如王朔、杨争光、刘恒、海岩、张欣、六六、王海鸰等应运而生，其作品基本都是在影视播出后或同步改编为影视版小说。这种原生态或文学加工甚少的影视剧本，直接采用剧本中的台词和人物对话，辅以简单的场景过渡，基本是影视剧的一种简单复制，文学性和艺术性乏善可陈。而搭乘影视顺风车的图书，封面上都赫然注明作品的影视身份，以彰显在大众消费市场的身价。应当说，这种影视同期书遵循的已不是纯文学的生产逻辑，而是大众文化的消费逻辑。借助影视搭卖图书虽然提高了销量，却牺牲了文学的纯粹性，这种"对影视的商品化手段的妥协，也逐渐消解了文学所应具有的文化批判和人文精神内涵"。②

在市场经济语境下，出版传媒组织者以前所未有的主体意识把出版的各级参与者按照市场运作规则组织起来，通过分工合作完成文学从审美价值到消费价值的转换。在商业利益驱使下，出版传媒以各种方式干预作家

---

① ［美］戴安娜·克兰：《文化生产——媒体与都市艺术》，赵国新译，译林出版社，2007年版，第67页。

② 董健、丁帆、王彬彬：《中国当代文学史新稿（修订本）》，北京：人民文学出版社，2005年版，第573页。

的选题和创作，并召集一些评论家进行研讨评论，然后推出迎合大众消费趣味的文学作品，文学生产方式由传统的"作家创作——媒体出版——读者接受"转变为消费时代的"媒体出版——作家创作——媒体批评——读者消费"，成功实现了资本增值。这种文学生产模式在客观上确实产出了一批商品价值、文学价值和社会价值相得益彰的优质作品，为作者提供了发展空间，拓展了文化市场；但与此同时，文学出版传播中的名人效应、炒作包装行为、对作家的干涉限制以及文学文本审美趣味的异化等也造成了文学生产的模式化后果，进一步压缩了文学的生存空间。

第二节　严歌苓作品的印刷媒介传播

媒介不但在一定程度上决定着文学的生产、传播和接受方式，随着传播技术的迅猛发展，媒介意义的凸显也迫使我们对传统认知中文学要素之间的结构关系、存在态势进行重新定位。媒介作为文学第五要素的观点，打破了自艾布拉姆斯以来围绕世界、作家、作品、读者这文学四要素而展开的文学研究范式，以传媒视域重新打量文学问题势在必行。传媒时代文学的生存生态变易，刷新了文学传播形态的电子和网络媒介自不必言，即便是历史悠久的印刷媒介也发生了天翻地覆的变化。从严歌苓的创作个案出发，印刷媒介运作方式的嬗变可窥一斑。

一、在期刊的摇篮中成长

市场经济潮涌之前，文学期刊与出版之间的关系极为微妙。彼时出版社高不可攀，作家出版作品并非易事，除非他们在刊物特别是重要文学期刊上发表了一定数量的作品，才有机会被出版社纳入视野。因此，从某种程度上来说，文学期刊充当了作家的培训基地，而出版社则担任着鉴定文学期刊质量的试金石。回溯严歌苓的创作生涯，文学期刊对她在文坛上确立地位可谓举足轻重。

20 世纪 80 年代是文学期刊的黄金时代，在乱花迷眼、阵容庞大的文学期刊中，《收获》《花城》《当代》《十月》以非凡的文学影响力被誉为"四大名旦"。下列表格大致勾勒了严歌苓在这四大名刊上发表作品的状况：

期刊名称	作品名称	发表时间
《收获》	《七个战士和一个零》	1986 年第 3 期
	《灰舞鞋》	2004 年第 5 期
	《护士万红》	2015 年第 2 期
《当代》	《谁家有女初养成》	2000 年第 4 期
	《第九个寡妇》（获第三届《当代》长篇小说奖）	2006 年第 3 期
	《小姨多鹤》（获《当代》长篇小说"五年最佳奖"）	2008 年第 3 期
	《金陵十三钗》	2011 年第 4 期
	《悲惨而绚烂的牺牲》	2011 年第 4 期
	《陆犯焉识》	2012 年第 1 期
《十月》	《补玉山居》	2012 年第 5 期
	《花儿与少年》	2003 年第 1 期
	《白蛇》（2001 年获第七届《十月》中篇小说文学奖）	1998 年第 5 期
	《梨花疫》	2003 年第 5 期
	《柳腊姐》	2003 年第 5 期
	《角儿朱依锦》	2003 年第 5 期
	《爱犬颗勒》	2003 年第 5 期
《花城》	《倒淌河》（发表时名为《你跟我来，我给你水喝》）	1988 年第 1 期

在文学期刊的四大重镇中，《收获》是新中国成立后中国第一本大型

文学双月刊，当代文学史上有影响的几代作家如冯骥才、王蒙、张抗抗、张洁、余华等，都与《收获》关系密切，《收获》因此被誉为"中国当代文学的简写本"。在《当代》首发的诸多优秀文学作品中，《将军吟》《芙蓉镇》《第二个太阳》《钟鼓楼》《白鹿原》《尘埃落定》《战争和人》等七部长篇小说曾获茅盾文学奖。1999 年以来举办《当代》文学拉力赛，坚持公开评委名单、公开评委评语、公开评委投票的原则，使之成为透明度和公信度最高的文学奖项。《十月》创刊后几年间曾先后发表过《绿化树》《黑骏马》《高山下的花环》等大量产生广泛影响的作品，至 1981 年发行量达到近 60 万册。在《十月》上发表的作品，很多受到影视编剧的青睐，被搬上银屏。而设立于 1981 年的"十月文学奖"在国内享有盛誉，是新时期以来持续时间最长、影响最大的文学奖项之一。《花城》因中国改革开放的起步而诞生，在很大程度上是新时期以来中国当代文学思潮的风向标，曾经刊发过遇罗锦的《春天的童话》、张洁的《祖母绿》、格非的《锦瑟》、顾城的《英儿》，王小波的《革命时期的爱情》和《白银时代》、史铁生的《别人》、林白的《一个人的战争》、陈染的《私人生活》等不胜枚举的小说佳作。从 20 世纪 80 年代中后期至今，不管文学在传媒时代如何滑向边缘，文学期刊如何在商品化浪潮中风雨飘摇，严歌苓的名字在代表中国文学高端成就的重要刊物上频频出现，本身就是文学界对她的一种肯定和认可，这也为她进入出版社的视野打下了良好铺垫。

　　一个尤其值得思考的现象是，在文学期刊彰显地域特色争夺市场之时，不论是颇有北方风采的《北京文学》，还是独具南方格调的《上海文学》，严歌苓可谓左右逢源，春色占尽。下表是她在这两种刊物上发表的作品：

刊物名称	作品名称	发表时间
《北京文学》	《我的美国同学与老师》	1995 年第 8 期
	《青柠檬色的鸟》	1999 年第 1 期
	《也是亚当，也是夏娃》	2000 年第 11 期
	《谁家有女初长成》	2001 年第 5 期
	《老人鱼》	2002 年第 11 期
	《呆下来，活下去》	2002 年第 11 期
	《密语者》	2007 年第 3 期
《上海文学》	《方月饼》	1992 年第 10 期
	《失眠人的艳遇》	1993 年第 4 期
	《女房东》	1993 年第 9 期
	《拉斯维加斯的谜语》	1997 年第 2 期
	《无出路咖啡馆》	1998 年第 7 期
	《冤家》	1999 年第 2 期
	《奇才》	2003 年第 9 期
	《拖鞋大队》	2003 年第 9 期
	《白麻雀》	2004 年第 1 期
	《小顾艳情》	2004 年第 7 期
	《吴川是个黄女孩》	2005 年第 6 期
	《集装箱村落》	2006 年第 7 期
	《苏安·梅》	2006 年第 7 期
	《热带的雨》	2006 年第 7 期

一北一南两本具有重要影响的文学杂志，一个对北方风情小说激赏有加，另一个对海派先锋文学青眼相向，如此风格迥异的文学刊物，却都成为严歌苓拔撒文学理想的媒介。一方面，固然是由于严歌苓高质量的创作使然；另一方面也反映出这与严歌苓去国赴美、换一种角度看中国而不拘泥于地域限制的国际视野有莫大关系。严歌苓作品之所以能够获得广泛传播，从某种程度上来说，也得益于她的海外移民身份，其创作被贴上了

"新移民文学""海外华文文学"标签并随着海外华文文学的传播进入大陆读者的视野。

20世纪80年代后期，随着国际政治局势的变动和世界文化交流的深化，加之传媒商业化趋势愈演愈烈，文学运作方式在经济资本的介入下发生了改变，本土和本土以外的华语传媒构成了互动性的传播场，共同介入到海外华文文学的生产之中，对海外华文文学的生产、传播和接受等各环节，都产生了深刻影响。其中，《小说界》这本并非声名显赫的期刊就在时代的风云突变中积极介入文学生产，并产生了一定影响，严歌苓就在《小说界》的变革中获得了文学传播的身份标签。

1988年《小说界》为留学生文学在中国内地的整体凸显提供了机遇。此前内地文学期刊上虽有零星刊载的一些留学题材作品，但并没有引起编者、读者和批评家的特别关注。在市场化竞争中，《小说界》为了应对生存压力，选择了以世界性作为刊物立场，率先推出留学生文学专栏，策划了一系列专题座谈会，组织了专门的文学评论，并通过设立海外编辑以及征文评奖等多种方式积极参与海外华文文学的建构。当1988年1月《小说界》特辟"留学生文学·专栏"并全文登载了纽约留学生组织"晨边社"的《"留学生文学"座谈纪要》后，这一文学潮流在内地得到正式命名和初步定位。此后，《小说界》一直以留学生文学为特色，不断刊载相关作品和进行理论建树。从1998年到2006年间，仅"留学生文学·专栏"就刊载作品100多篇，相关引荐与理论文章十余篇，有意识推出和培养了不少新作者。可以说，在当代文学期刊中，《小说界》是留学生文学最重要的倡导者、建设者和支持者。《小说界》之所以在1988年积极介入"留学生文学"，与期刊的整体转向和角色转换密切相关。1988年大陆文学期刊面临发展转型期，在文学创作失去先前的轰动效应和国家对书刊业财政支持减少的双重压力下，由上海文艺出版社主管主办的《小说界》在商业化环境中迫近地体会到了危机感。与那些历史悠久、占据着有利位置的文学期刊相比，1981 年才创刊的《小说界》显然缺乏品牌优势与政策保护优势，生存压力更为迫切。因此 1987 年前后，它开始酝酿变革，重新定位期刊个性寻求突围。实践证明，"留学生文学"成为其角色转换的有力武器，是期刊为立足文化市场所作的成功尝试。而对小荷刚露尖尖角、趋向不明的留学生文学创作而言，《小说界》的转型是其生长的重要契机。在编者的有意建构中，松散流动的作者与多样杂乱的文本逐渐被整合，以其可读性、世界性和新闻性迎合了特定时期的大陆文化与阅读市场需要，成为汉语文学中不容忽视的文学景观。在市场化转型催生的"留学生文学"与"新移民文学"建构潮流中，自 20 世纪 90 年代至今，严歌苓在《小说界》上发表了《抢劫犯查理和我》（1994 年第 3 期）、《茉莉的一日》（1995 年第 4 期）、《约会》（1996 年第 2 期）、《人寰》（1998 年第 1 期）、《风筝歌》（1999 年第 1 期）、《走笔阿布贾》（2005 年第 3 期）等作品，在大陆读者中以新移民作家的身份进一步获得了知名度。

二、借获奖与文学评论提升知名度

事实证明，文学经典是由大众媒介的传播以及在此过程中的筛选和汰洗形成的。经由选择性传播、征文评奖活动等手段，大陆、台湾等地的文学传媒参与到海外华文文学的经典化过程中，并凭借其汉语文学传播中心的巨大影响力，自 20 世纪 80 年代末开始逐渐成为海外华文文学首选的出版园地，华文作家与媒体的交流借此密切起来，文学传媒实现了从引荐平台到生长园地的功能转换，因而对海外华文文学的经典化作用愈来愈举足轻重。

与一般的选择性传播相比，文学评奖这种作品过滤机制更为权威，它能迅速鉴定作家的创作质量。许多海外华文作家通过参与全球性的华文文学评奖活动确认作品品质，树立自己的知名度，尤其是那些具有民间性质和公共领域性质的传媒大奖，已经成为推动海外华文创作的巨大力量。如20世纪80年代台湾的《联合报》《中国时报》等副刊作为文学组织者，对海外华文文学的发展就功不可没。这些副刊奖项非常注重专业性和公正性，地域视野灵活宽泛，各类文学奖金额度很高。如1988年"联副"的征文比赛活动，以"鼓舞全世界中国人，开创文学新纪元"为旗帜，奖金最高曾增加到170万元，很多海外作家通过此类文学评奖活动脱颖而出，从而确立了作品的示范性地位和经典价值，并提升了作家的知名度。严歌苓的《扶桑》和《人寰》就分别获得1995年联合报文学奖长篇小说奖和1998年第二届中国时报百万小说奖，而且几乎达到了每有佳作问世必然获奖的地步，极大地提升了她在华文文坛的影响力。

严歌苓作品所获台湾文学奖一览表：

作品名称	所获奖项	获奖年份
《少女小渔》	台湾《中央日报》第三届文学奖短篇小说一等奖	1991年
《除夕甲鱼》	台湾洪醒夫文学奖	1991年
《女房东》	台湾《中央日报》第五届文学奖短篇小说一等奖	1993年
《虹罗裙》	台湾中国时报文学奖短篇小说评审奖	1994年
《海那边》	台湾联合文学奖短篇小说一等奖	1994年
《扶桑》	台湾联合报文学奖长篇小说首奖	1995年
《人寰》	第二届台湾中国时报百万小说大奖	1998年

与大陆相比，因为没有"文革"造成的文化断裂，20世纪90年代的台湾文坛对文学的创作和鉴赏要求都较高，文学自身的审美性颇受重视。当然，这也与20世纪90年代台湾文学的"文学文化化"趋势不无关系。当时台湾文学遭受市场经济语境下大众文化消费主义、享乐主义和视觉文化的严重侵扰，严肃文学以"文学文化化"为旗帜进行突围和

反驳。"文学文化化"的提出引发了台湾媒体的积极回应。《联合文学》《中时晚报》《台湾时报》《自立早报》《自由时报》等纷纷刊发文化类版面，并推出反映和探讨社会文化的作品专辑；各出版社也竞相出版有关人生、文化方面的书籍，提高文学的文化品位和内涵，推进文学文化化进程。台湾文坛对文学品位的一致坚守有目共睹。因此，台湾文学奖项基于文学自身审美的评选标准和精神内涵不言而喻。严歌苓凭借自身不俗的创作实力，在 20 世纪 90 年代基本囊括了台湾所有文学大奖的奖项，从而大大提升了知名度。

评奖获奖本身即是一种媒介传播，加之这些文学大赛的主办方是台湾各大主流报纸，其传播效力自然惊人。以台湾国民党党报《中央日报》为例，在 1949 年迁至台北发行后，曾一度荣登台湾第一大报宝座。在台湾，即使家里不订阅《中央日报》，想看这份报纸也易如反掌，公共阅报亭、学校、图书馆等随处可以看到。就台湾文学圈子而言，《中央日报》每天两个版的副刊举足轻重。诗人余光中、散文家吴淡如就是通过《中央日报》副刊走进了百姓视野。且每 3 个月或半年，《中央日报》会将发表在副刊上的散文集、小说、政论集结成册刊出，常常令台湾文学爱好者趋之若鹜。因此，严歌苓获得台湾各大报纸的文学奖，无疑扩大了她文学作品的传播范围，严歌苓也从一个不知名的作家一跃成为台湾文坛的知名作家。尽管严歌苓曾坦言是为生活所迫、冲着丰厚的奖金去参赛的，但毋庸置疑的事实是获奖直接导致了她日后的走红。由于获奖，严歌苓小说的出版、发行、宣传变得水到渠成，更为重要的是她的作品引起了电影导演的关注。《少女小渔》获奖之后，李安果断买下了版权，严歌苓从此迈出了与影视合作的关键一步。综览华文文坛，能够像严歌苓这样长期保持着旺盛的创作生命力，且屡屡获得各类奖项的作家，委实鲜有可与匹敌者。

严歌苓获奖作品一览表：

作品名称	所获奖项
《绿血》	全国优秀军事长篇小说奖（1987 年）
《一个女兵的悄悄话》	解放军报最佳军版图书奖（1988 年）
《少女小渔》	台湾《中央日报》第三届文学奖短篇小说一等奖（1991 年） 亚太国际电影节最佳编剧奖
《除夕甲鱼》	台湾洪醒夫文学奖（1991 年）
《学校中的故事》	香港亚洲周刊小说奖第二名（1992 年）
《女房东》	台湾《中央日报》第五届文学奖短篇小说一等奖（1993 年）
《虹罗裙》	台湾中国时报文学奖短篇小说评审奖（1994 年）
《海那边》	台湾联合文学奖短篇小说一等奖（1994 年）
《扶桑》	台湾联合报文学奖长篇小说首奖（1995 年） 美国《洛杉矶时报》年度十大畅销书（英译本，2001 年）
《天浴》	美国哥伦比亚艺术学院最佳实验小说奖（英译本，1996 年） 美国影评人协会奖（1999 年） 台湾电影金马奖最佳编剧奖（1998 年）
《人寰》	第二届台湾中国时报百万小说大奖（1998 年） 上海文学奖（2000 年）
《拉斯维加斯的谜语》	上海文学奖（1999 年）
《白蛇》	第七届《十月》中篇小说文学奖（2001 年）
《拖鞋大队》	《北京文学》年度中篇小说榜首（2004 年）
《金陵十三钗》	获《小说月报》第十二届百花奖原创小说奖（2006 年） 《中篇小说选刊》优秀小说奖（2006 年）
《第九个寡妇》	获中华读书报"2006 年度优秀长篇小说奖" 新浪读书网"2006 年度最受网友欢迎长篇小说奖"
《小姨多鹤》	《当代》长篇小说"五年最佳小说"（2008 年）首届"中山杯"华侨文学奖最佳小说（2009 年） 新浪网络盛典年度作家（2008 年） 中国小说学会"年度小说排行榜"长篇小说组第一名（2008 年） 收录于新中国 60 年中国最具影响力的 600 本书（2009 年）
《幸福来敲门》	2011 年"2010 春季电视剧互联网盛典"最佳编剧
《陆犯焉识》	中国小说协会评选的 2011 年度长篇小说排行榜榜首

续表

作品名称	所获奖项
《The Banquet Bug（赴宴者）》	获华裔美国图书馆协会"小说金奖" 美国亚马逊网站五星级图书 英国 BBC 广播的"睡前一本书"

如果说获奖为严歌苓与影视联姻提供了机会，从而使其在大众视野中走红，那么严歌苓的学术研究热则表明她在精英文化圈获得了认同。从某种意义上来说，文学评论是一种深度传播。作为专业读者，评论者对作家的关注度在一定程度上折射出作品的接受状况。从初出茅庐乏人问津到如今成为学界炙手可热的研究对象，严歌苓创作的研究史清晰勾勒了她在学术界的接受史。

从小说处女作《葱》到《腊姐》《血缘》《歌神和她的十二个月》《芝麻官与芝麻事》再到中篇小说《你跟我来，我给你水》的发表，尽管严歌苓的创作越来越多为外界所知晓，但涉世未深的女孩笔致的稚嫩在作品中也一览无余。因此，严歌苓早期的小说鲜有人论述。直到长篇小说《绿血》《一个女兵的悄悄话》《雌性的草地》等作品发表后，她的小说才开始被部分论及。如王卉的《从个人化的体验出发指向时代的荒诞和人性的压抑》(《南京工业职业技术学院学报》，2004 年第 1 期）通过对《一个女兵的悄悄话》等的研究，指出了严歌苓军事题材小说的独特性和文化意义。《雌性的草地》是严歌苓在国内发表的最后一部小说，也是她早期创作品质最高、为文艺界研究最多的作品之一。据笔者在中国知网查阅资料，自 2004 年至今关于《雌性的草地》的研究共有论文 14 篇，每年都有研究者从不同角度对其进行解读，从某种意义上肯定了作品的价值。1989 年，严歌苓赴美攻读文学写作硕士。在西方文艺复兴以来对"人"的价值观透视的现代文艺理论熏染下，严歌苓的作品在思想内涵和艺术技巧方面迅速提升，评论界也纷纷以新批评方法展开对她创作的评论。这些评论主要围绕她的长篇小说《扶桑》《人寰》《第九个寡妇》和几部重要中短篇小说如《白蛇》《金陵十三钗》等展开，分别从性别、人性、文化认同、叙事学、新历史主义、影视改编等多角度对文本进行深入研究，从而使严歌苓的创作在学界得以广泛深入传播。相关研究的具体情况已在本书绪论中论述，这里不再赘述。

三、在出版市场化运作中走红

由上述文学评论轨迹可以清晰得知，学界对严歌苓的关注日益升温，对严歌苓作品的研究视角不断拓展，评介方法也走向多元化，这意味着严歌苓被精英文学的认同与接纳。在商品逻辑深度介入的市场语境中，严肃文学遭遇寒流，严歌苓何以能获得如此成就？一方面，这固然得益于她作品的高质量；另一方面，也与她日益高涨的知名度不无关系。在商品意识无孔不入的时代，酒香也怕巷子深。因此，严歌苓能够声名大噪，还与她背后的出版公司——北京新华先锋文化传媒（以下简称"新华先锋"）的全版权操作有着密不可分的关系。可以说，严歌苓的一路走红，很大程度上得益于新华先锋的一系列包装和商业运作。新华先锋总裁王笑东认为，打造走红作家需要其背后有只强有力的推手，而新华先锋这匹民营出版公司的黑马就是严歌苓背后那只强有力的推手。

2008 年新华先锋引进了严歌苓的英文小说《赴宴者》，这是双方的第一次合作。在和新华先锋形成合作关系前，严歌苓一直旅居海外，尽管一系列文学奖项证明了她不俗的创作实力，但她还远远没有达到在大众文化市场乃至学术研究领域炙手可热的地步。在中国知网以严歌苓为主题检索，可以看到，从 2001 年至 2015 年有相关期刊论文 1371 篇，硕博士论文 246 篇。其中 2001 年至 2008 年期刊论文 364 篇，硕博士论文 57 篇；而在 2009 至 2015 年略短于上述时间段内，则有期刊论文 1006 篇，硕博士论文 189 篇。由此可以看出，自 2008 年与新华先锋进行合作后，学界对严歌苓的关注度一路飙升，这意味着严歌苓的知名度大为提高。那么，在激烈的市场竞争中，新华先锋是如何提升作家作品的知名度呢？

对作家作品的全方位包装和推广是一个系统工程。对新华先锋而言，一般需要三到五年才能成功推出一个作家，经由一轮又一轮的研讨会、发布会、获奖进行曝光，潜移默化地提高作家作品在读者心中的美誉度。因此，在与严歌苓合作之后，新华先锋便采取各种方式增加严歌苓和她作品的曝光率：召开各类媒体发布会，严歌苓每场必然出席；在时尚杂志上为她安排艺术照拍摄，增加公众对其形象的认知；同时对其优秀作品开展宣传活动和召开发布会，然后把她的作品送去参加各种评奖，提升其知名度。其中尤为重要的是，新华先锋与各影视剧公司都保持着密切联系，只要新书出版，他们会第一时间发送过去，并告知影视剧公司该书适合拍成怎样的电视剧或者是电影。迄今为止，新华先锋出版了 23 部严歌苓作品，相关影视改编权已经全部售出。国内的大导演几乎都从新华先锋手中买过严歌苓的小说版权，如陈凯歌买走了《白蛇》，姜文买走了《灰舞鞋》，张艺谋买下了《陆犯焉识》，蒋雯丽买走了《上海舞男》，甚至严歌苓年轻时候写的一部作品《霜降》也被买走了。

除了为作家量身定制出版规划外，新华先锋还对作家作品的营销实现了全媒体互动，最大限度地利用版权资源。以《娘要嫁人》的版权开发为例，电视剧《娘要嫁人》在地方台播放结束后、登陆卫视进行播放之前，新华先锋趁机将小说《娘要嫁人》推向市场。借助影视剧的热播效应，《娘要嫁人》一书吸引了众多电视观众竞相购买，大有跻身当年畅销书行列之势。与此同时，作为民营出版业中唯一一家获得数字出版许可证的出版机构，新华先锋同步在中国移动手机阅读等平台推出《娘要嫁人》的电子书。电视剧播放、纸质图书上市、数字阅读推广等几乎是同步的，有效实现了全媒体互动。而这只是新华先锋成功开发的众多案例之一。

新华先锋擅长推广纸质图书，严歌苓的多部小说因此创下销售佳绩，如小说《金陵十三钗》销量就超过了100万册。新华先锋选取电影《金陵十三钗》为一个推广高峰，掐准上映前的两个星期，上映之中的时间来进行纸质图书的推广，包括书的码堆、海报的张贴等。一般来说，电影上映前一个月是影视书的销售高峰，上映中是高峰中的高峰，最后还有一个持续时间。电影的热映极大推动了纸质图书的销售。新华先锋当时还联合了中国移动在手机阅读平台首页上推《金陵十三钗》的数字版本，当时这个作品在移动阅读平台上的收入超过100万元。而此前能取得这样销售额的都是盛大文学的言情类小说，这意味着严肃作品在手机用户中仍然存在市场。在《金陵十三钗》运营成功之前，新华先锋还需要花钱请媒体进行报道；此后，他们已经变得没有时间应付媒体；而严歌苓只要回国，一下飞机，各种采访就被安排得满满当当。借助新华先锋的市场化运作，严歌苓的名字伴随着全媒体互动走入千家万户。

第三节　严歌苓作品印刷媒介传播的冷思考

20世纪90年代以来市场经济的稳步推进，对新中国成立后形成的数十年一贯制的文学体制产生了猛烈冲击。文化市场的初步形成，使文学传媒（主要是文学期刊和文学出版机构）的生存环境发生了重大转变。为了在市场经济浪潮中站稳脚跟，文学期刊和文学出版机构各显神通，通过期刊改制、设立各种文学奖项以及实施出版策划等种种手段向市场靠拢。严歌苓的作品借由文学期刊、文学评奖机制以及传媒运作手段获得的极大成功，从一定程度上表明文学向市场倾斜所取得的成效。然而，文学毕竟是一种特殊的精神产品，它虽有作为普通消费商品带来经济效益的属性，但净化人的灵魂，提升人类精神境界，发挥其社会效益才是文学之为文学的根本。因此，作为一种生存策略，文学向市场打开窗牖无可厚非，但文学若要行之高远，则必须坚守其为文学的根本。从严歌苓印刷媒介的传播个案中，我们可以管窥文学市场化生存迫使文学媒介做出的种种调整和应对。其中既有弥足珍贵的经验和教训，也有市场语境下衍生出的需要认真思考的新问题。

一、市场语境下文学期刊的困境与突围

严歌苓在文学期刊的摇篮中成长，并在文学期刊改制浪潮的激荡中走进人们的视野。20 世纪 90 年代以来文学期刊的市场化改制，使许多期刊面临生存挑战，但也在一定程度上激发了期刊的内在活力，为诸如"留学生文学""新移民文学"等文学创作潮流的浮出提供了历史契机。十多年来，文学期刊改制一直是文坛热议和媒体追逐的话题。在长江后浪逐前浪的文学期刊改制进程中，尽管成功的范例可以信手拈来，但如果进行深入考察，即便是如《天涯》等在改制浪潮中独立潮头的刊物，前行之路上依然暗礁四伏，隐患多多。而更多期刊则在改制浪潮中必须接受"无奈风流总被雨打风吹去"的结局。可纵然如此，文学期刊界对改制仍然热情不减，"到了非改不可的地步"①。文学期刊改制之路，陷入了不改则死、改亦不能

---

① 参见梁若冰：《到了非改不可的地步——文学期刊如何走出困顿》，《光明日报》，2004 年 2 月 20 日。

复生的怪圈。因此，反思市场语境下文学期刊的困境与突围势在必行。

文学期刊改制的后果利弊共存，但对期刊改制的研究却多侧重于其负面效果，并因此引发了文学期刊摆脱困境的呼吁。那么，文学期刊面临的困境究竟是什么？只有弄清楚这个问题，文学期刊的突围才能有的放矢。

当下研究中论及的所谓文学期刊的困境，大多以期刊的发行量、销售量、读者数目、销售码洋等经济效益为标尺。诚然，以文学期刊生存的外部语境考量，这些指标的大幅下降固然能表明文学期刊的生存困境，但就内在层面而言，文学期刊之所以为文学期刊，其立身之本恰在于文学性。因此，衡量文学期刊的标准应该以文学的发展为标杆，而不应以作为文学媒介的期刊自身的发展为圭臬。当我们换一种标准打量文学期刊的发展历程，那么它的所谓生存困顿便有了新解。

与传统体制下文学期刊安然度日的稳妥相比，市场化确实导致了文学期刊办刊经费不足、发行量锐减以及读者流失等负面效应。但深入考察文学期刊在市场化生存中的举步维艰，就会发现这与20世纪80年代文学气候回暖时期行政命令下文学期刊的急剧膨胀和对西方文艺理论的过度吸纳不无关系。在对西方文艺理论的大力移植中，朦胧诗、先锋小说以及意识流、现代派等新潮流派在文学期刊上相继登场，一时风华无限。但表面的浮华掩盖不了其无力消化西方理论的困扰，从而为20世纪90年代文学期刊的停滞埋下了隐患，这是造成文学期刊生存困顿的内在原因。同时，国家对文学期刊经营政策的调整，也使长期习惯于依赖国家财政拨款的文学期刊自身缺乏市场敏锐度和开拓能力，在观念转型和生产体制转轨进程中明显滞后于其他行业，"断奶"后难以调适。加上传媒时代包括影视、网络在内的多媒体冲击，读者阅读趣味转向以及出版环节调整等，都使文学期刊的生存雪上加霜。由是观之，造成文学期刊生存困境的主导因素是文学，政策调整和市场制约只是表层问题。如果从期刊到文学的整体视域观照，这些困境其实是期刊发展过程中的正常更迭。在当下中国文学消费和包容能力有限，且多媒体参与瓜分文学市场份额的现实境遇中，期刊的改革、合并与重组顺理成章。经过市场机制的调节，优胜劣汰，文学期刊进行新陈代谢，文学才能够继续向前发展。以"质"而非"量"取胜将成为衡量文学期刊发展的进步趋向，比如美国的《纽约客》和法国的《文学评论》，发行量虽不大，却堪称文学期刊中的精品。

综观多年来文学期刊的改革，基本上沿着大众化方向前行。如上所述，文学期刊的生存危机主要来自自身，而市场化政策已经为其转型清除了体制障碍，改革已经无可争议，关键问题在于如何改，才能实现文学期刊的突围。

首先，文学期刊不能回避发行量和社会影响力问题。既然市场化已经是不可更改的趋势，那么，文学期刊要在市场语境下谋求发展，就必须接受市场法则的检验和市场规律的制约，这是文学期刊无法规避的生存现实。由于发行量决定着文学期刊的市场竞争力，而借由文学期刊进行传播的作品的艺术价值与市场反响休戚相关。因此，要体现市场价值，就要大力提升发行量和社会覆盖面。最初评论界认为市场化会戕害期刊自身的文学品格，因而对市场概念介入文学期刊持抵制态度。经过多年的市场化洗礼，这种看法已被改写。"从积极的方面看，文学杂志的纯文学质量虽然一定程度上受损，但是以市场为中心，不仅使国家摆脱财政包袱，也淡化了意识形态色彩，让文学创作能在更为自由的状态下发挥自己的主观能动性，对作家艺术创造力的发挥也赢得了一个更大的发展空间。"[1] 正是由于这些积极影响，文学期刊与市场的关系逐渐由被动向主动过渡。

---

① 孟繁华、程光炜著：《中国当代文学发展史》，人民文学出版社，2004年版，第240页。

其次，要调整结构，细分市场，树立小众传播意识，对目标读者群进行精准定位。然后根据目标读者群的接受心理、审美趣味、文体偏向等，开展有的放矢的定向传播。而我国文学期刊发展现状是，在全国近900种文学期刊中，大部分属于低水平重复建设，同构现象严重。众多文学期刊定位趋同，除了刊名有别，内容千篇一律，面目模糊。随着报刊市场竞争的加剧，文学期刊细分读者群、重新进行市场定位已迫在眉睫。市场细分强调差异与个性，因此寻求刊物定位的独特性乃至独占性被视为办好一份刊物的重要前提和基础。有业界人士指出，未来的"杂志"可能更应该是"专志"或特殊定制的"小众"刊物，来"满足每一类消费者的每一种需求"，以定位上的独树一帜形成自身的竞争力。如由河南省作家协会主办的《热风》就是市场化竞争中刊物细分市场成功的案例。《热风》起初是定位于青年一族的文学刊物，内容小说、诗歌、散文样样俱全，结果出刊伊始就陷入困境，发行量只有一两千份。之后，在进行充分调研的基础上，刊物细分市场，将目标读者锁定为武侠文学爱好者。2002年，《热风》经新闻出版总署批准改为《武侠故事》，取得了上市即销售3万份的不俗业绩。经过几年运营，迄今已取得了良好的社会和经济效益。而有些文学期刊从创刊伊始就定位明确，读者目标群精准，从而取得了较好效益。期刊的市场细分看似读者面窄了，但实际上市场范围明细，准确掌握了目标读者的特征、需求和购买能力，因而能够有针对性地提供他们所需的信息，从而找到了读者需求与期刊特征的遇合点，同时也为广告商提供了精准的受众群体。

第三，坚持品牌当先，坚守自身风格，形成核心竞争力。我们今天已身处"品牌时代"，而现代营销的实质就是品牌营销。营销专家斯蒂芬·金说过："产品是一个工厂所生产的东西，品牌是消费者所购买的东西。""产品可以被竞争者仿造，品牌却独一无二。"品牌是企业获取利润、抢占市场的重要保证，品牌期刊则是社会效益和经济效益的高度结合，是市场需求和读者认可的有机统一，对广大读者具有广泛的影响力和亲和力。文学期刊必须坚守文学阵地，发表高规格、高品位的文学精品力作，确立自己在市场上的品牌地位，吸引读者成为积极追随者。如《北京文学》在新语境下重新审视传统办刊理念，积极思考文学与市场接轨，全面调整了办刊思路，提出致力于全面提升阅读欲望的口号。从 2003 年起，《北京文学》将月刊调整为半月刊，上半月为原创版，下半月为中篇小说选刊。刊物在内容和版式上这种适应现代读者阅读需求的转换收到了立竿见影的效果。新改版的《北京文学》一进入市场就受到读者的普遍欢迎，发行量激增。由于文学潮流变幻莫测，没有哪家文学期刊能够永远屹立潮头。因此，做好长期规划，坚持自身风格、形成核心竞争力是奠定品牌特色的基石。如创刊于 20 世纪 80 年代的《小说月报》始终坚持现实主义趣味，甚至在商品经济语境中显得落落寡合，但就其经营理念来说是成功的。尤其是《小说家》改为《小说月报·原创版》，作为同样隶属于百花文艺出版社的小说类刊物，这种整合避免了品牌的分散，在印刷风格和审美趣味上基本保持一致，使品牌形象更加单纯、清晰，便于集中优势资源把品牌做大做强，为品牌的可持续发展开辟了新的空间，目前堪称小说类市场的精英品牌。

最后需要强调的是，文学期刊无论如何改，必须坚持以文学为根本。如果背离了文学精神，文学期刊就失去了真正意义。在当前语境中，文学期刊要在市场化竞争中生存，则必须遵循商品生产的逻辑和规则；与此同时，商品生产的复制性会侵蚀文学的审美品格，这是一个难以调和的悖论。因此，文学期刊改革既不能拒绝市场，也不能一味迎合市场。文学期刊走向市场指的是涉及文学期刊流通领域和管理方面的经营体制和管理体制要按市场化规律运作，适应市场的生存法则；但作为其内核的生产体制，也即文学期刊承载的主体——文学，则必须始终如一地坚守，不能盲目市场化。文学是文学期刊品格的内核，是文学期刊发展的立身之本，文学期刊改革必须回归文学自身，始终以文学的发展和走向为旨归。作为文学的载体，文学期刊肩负着守护"文学自主性"的使命，因此文学期刊在改制中应万变不离其"宗"，时刻坚守文学的尊严。正如洪子诚所说，"刊物的革新应主要体现为文学观念上的革新"。①在市场化生存中，无论文学与期刊的关系如何变化，文学的自律、文学的审美和艺术追求都是文学期刊存在的基础，是文学期刊的应有和必有之义。

布尔迪厄有言："凡提供'高级文化'的机构，只有靠国家资助才能生存，这是一个卑微市场规律的例外，而只有国家的干预才能使这个例外成为可能，只有国家才有能力维持一种没有市场的文化。我们不能让文化生产依赖于市场的偶然性或者资助者的兴致。"②在高度市场化的西方世界尚且如此，在由计划经济向市场经济转轨的中国创办文学期刊难度不言而喻。因此，对国家来说，把文学期刊完全推向市场任其自生自灭也不尽合理。国家一方面要引入市场竞争机制，淘汰在平庸中苟活的文学期刊；另一方面应选拔其中有特殊人文价值但缺乏市场前景的期刊给予资助，让那些能够成为民族文化积累但"没有市场"的文学可以存续。

二、文学评奖机制的文化反思

作为一种权威性的文学过滤机制，文学评奖成为快速确认作家创作水准使其脱颖而出并使作品经典化的有效路径。严歌苓从初登文坛时的默默

---

① 洪子诚：《1956：百花时代》，山东教育出版社，1998年版，第135页。
② ［法］皮埃尔·布尔迪厄、［美］汉斯·哈克：《自由交流》，桂裕芳译，生活·读书·新知三联书店，1996年版，第68页。

无闻到后来声名显赫，在台湾斩获的一系列文学大奖功不可没。在一系列文学大奖的光环下，严歌苓走进了影视导演的视野，开启了借助影视传媒走红之旅。通过获奖博得业界认可从而使作品走向市场，也是许多作家梦寐以求的终南捷径。然而，文学评奖这种曾经用来引导创作、推出精品的有效机制却在商业力量的介入中逐渐变调，颇受文坛诟病。

20 世纪 90 年代以来，各种文学奖项乱花迷眼。具有官方色彩的全国性奖项自不待言，各省市作家协会设立的省级文学大奖、报刊与出版机构设立的文学奖、民间机构举办的文学奖以及商业性文学奖等遍地开花。埃斯卡尔皮认为，政府主办的文学奖是一种间接资助形式，"这种办法的好处在于国家花费不多，因为奖金本身数额不大，但却能确保得奖作者的作品有很好的销路，从而有所得益"。① 拓展作品的销路只是其中一个方面，政府奖备受作家青睐的最重要原因在于被主流意识形态认可。因此，屡屡斩获各类奖项的严歌苓在 2014 年 5 月 8 日获得由北京市官方设立的"京华奖"荣誉称号时仍感慨不已，她说："这个奖是除了电影和小说之外，我获得的唯一的一个政府行为的奖。它给了我一种除了文学艺术肯定之外的肯定。"毋庸置疑，那些能够抵制各种干扰，进行自由独立价值评判的文学评奖能有效引导作家创作，间接调节文学生产，是淘尽黄沙始见金的文学经典化的重要环节；相反，以追逐利益为终极目标，向权势、金钱、人情摧眉折腰的文学奖项则因丧失公信力而受人唾弃。

文学评奖本应以艺术为标准，但遗憾的是，新时期全国性的文学评奖在政治、商业、时潮、读者舆论、宗派与圈子等种种外力挤压下，往往首先牺牲了最应该坚守的艺术价值。名目繁多的评奖因不能坚持独立的艺术

---

① 罗贝尔·埃斯卡尔皮：《文学社会学》，符锦勇译，上海译文出版社，1988 年版，第 57 页。

判断，致使评奖失去了独立性和公正性，成为一种圈子内的利益分配，沦落为相关组织和参与者的独角戏。在一些文学期刊举办的文学评奖获奖名单上，期刊上级单位工作人员乃至负责人的名字经常赫然在目。第八届茅盾文学奖评奖办公室发布的［2011］第3号公告公示了经第一轮投票确定的81部备选作品目录，前20位作家中竟有多达16位省级作家协会主席或副主席。评审尚未结束，评奖就备受非议，无疑体现了公众对评审过程的不信任。不仅入围作家身份遭受质疑，最终的评选结果也饱受诟病。在揭晓的5位第八届茅盾文学奖获奖者中，有4位是中国作家协会成员，因此茅盾文学奖被人质疑为体制内的自我狂欢。[①]诚如王彬彬所言："影响文学奖的非文学因素，可就太多了。……这种种'规则'，首先决定着谁能当评委谁不能当评委，首先保证着谁'必须'获奖谁'绝不'能获奖……其结果呢？其结果，就是文学奖非但在社会上毫无影响，即便在文坛上，也少有人关心。许多人听说谁获了奖，哪怕是'大奖'，也像听说邻居的猫下了崽一样漠然。所以，在咱们这边，文学奖是组织者、评委和获奖者的一次自助餐。"[②]可以说，文学评奖过程是权力、商业、人情等各种因素盘根错节、相互博弈的过程，其中权力与金钱是控制文学场的最重要干预性力量，也是影响文学评奖的最关键因素。

随着市场意识的全面渗透，文学评奖中的商业色彩日渐浓厚，尤其是那些依靠商业赞助来支付评审费用和奖金的文学奖项中，赞助方的意志常常会干扰正常的评奖秩序。如果仔细观察，经常会发现获奖名单中有不少赞助方的关系户。曾经有传媒集团组织文学评奖，评委的选票还没有寄出，结果却已经公布于众；不少投资人尤其是书商明目张胆地操纵

---

① 洪巧俊：《茅盾文学奖何以引起坊间质疑》，《大河报》，2011年8月22日。
② 王彬彬：《文学奖与"自助餐"》，《文学报》，2004年11月25日。

评奖结果，把文学评奖当成了物美价廉的商业广告。1994 年云南的《大家》举办"《大家》·红河"奖，开出了令文坛哗然的 10 万元巨额奖金，时称"《大家》·红河"奖为中国的"小诺贝尔文学奖"。然而，在首届评出莫言的《丰乳肥臀》之后，第二届和第三届"《大家》·红河"奖连续评选空缺，遭到文坛激烈批评。《当代》主编常振家表示："就是勒紧裤子过日子，也必须要发出大奖。以高额奖金掀起炒作热潮，又以'空缺'方式一毛不拔的伎俩，《当代》是绝不会的。"这种指责，即隐含了对高额奖金炒作性质的鄙夷和不屑。无独有偶。1997 年 11 月，"布老虎"丛书以 100 万天价在两年内面向全社会征集一部"金布老虎爱情小说"书稿。后共收到来稿 678 部，其中专业作家的 61 部。经过编辑部审读后，认为只有皮皮的《比如女人》较接近标准，其余作品均存在不同程度的偏差。①2000 年曾爆出铁凝的《大浴女》获百万大奖的传言。耐人寻味的结果是，该悬赏巨奖最后竟不了了之。无怪乎华东师大教授杨扬说："文学评奖近些年慢慢在变化，它正脱离原有的推举优秀作家作品的轨道，而成为包装某些作家作品的图书推销方式。……那些'文学'奖的出资人与其说是赞助文学评奖，还不如说是借文学来投资。"②

此外，随着主旋律文学在商业上的成功，商业资本对重要的文学奖项尤其是官方文学奖项的渗透日渐增强，文学评奖已成为资本化运作的重要环节。权威加冕背后的潜在商业价值，被当作推动图书销售的无形力量，根据获奖作品改编的影视剧也借船上岸，借机获取超额商业回报。如张平的《抉择》（原载《啄木鸟》1997 年第 2、3、4 期），由群众出版社出版后获"五个一工程"奖、建国 50 周年十大献礼小说和第五届茅盾文学奖，

---

① 参见张景勇：《"金布老虎爱情小说"重奖征稿已两年大奖至今无得主》，新华社北京 1999 年 12 月 25 日晚报专电。

② 杨扬：《文学评奖与商业炒作》，《文学报》，2003 年 4 月 17 日。

被改编为电影《生死抉择》后在全国范围内产生强力振动，引发了猖狂的盗版热。这顺便带活了由作家出版社出版的同题材小说《十面埋伏》，仅 2000 年就销售了 27 万册。投资人以商业经营思维操纵文学评奖，致使文学评奖沦落为商业工具，这是市场化语境中文学评奖值得警惕的文化蜕变。

富有生命力的文学奖项总要倡导一种具有普适性的文学价值，比如诺贝尔文学奖始终不渝地推举文学的理想主义品格，强调作家以永远的质疑精神挑战权威和传统。但是，如果一种文学奖将所倡导的价值定于一尊，排斥异己，甚至要求作家完全屈从于自己的标准，迫使作家为获奖而写作，那么，其确立自身权威的代价是牺牲了文学审美创造的丰富性与复杂性，使文学生态丧失了多元互动的活力，在一体化的进程中陷入异口同声的合唱状态，以表面繁荣的情境掩盖灵魂平均化的沉寂。[①] 以中国文学奖项中影响最大、对作家最具诱惑力的茅盾文学奖为例，20 世纪 90 年代《白鹿原》为获奖而全面修订就是一个经典案例。第四届茅盾文学奖评委会给《白鹿原》的主要修订意见是，"作品中儒家文化的体现者朱先生这个人物关于政治斗争'翻鏊子'的评说，以及与此有关的若干描写可能引起误解，应以适当的方式廓清。另外与表现思想主题无关的较直露的性描写应加以删改"，于是作者据此对作品进行了修改。《白鹿原》的责任编辑和终审之一何启治对此这样认为，"目前来看，删去的文字主要集中在两端，前后加起来只有两千多字，所以不存在'面目全非'"。[②] 但陈忠实却如此回答关于"改写"问题："我不会进行改写，那是最愚蠢的办法。我知道过去有人这么做过，但效果适得其反，而且《白鹿原》在读者心目中

① 黄发有：《文学传媒与文学传播研究》，南京大学出版社，2013 年版，第 213 页。
② 参见何启治：《文学编辑四十年》，人民文学出版社，2001 年版，第 57 页。

已经有了基本固定的印象，后面再改也很困难。"① 一个权威性奖项严格奉行其价值和审美标准无可厚非，但倘若这种审美要以改写别人为代价，那么它与权力意志的距离也就形同虚设，且势必会伤害文学的包容性与丰富性。

反思数十年文学评奖的弊端，矛头基本直指评奖程序和规则的混乱。缺乏健全的规章制度，没有必要的程序公正，评价过程随心所欲，且评委的遴选不能始终如一地贯彻回避机制，从而导致许多评委为自己的作品颁奖。缺乏程序上的完善与监督，无论官方还是民间评奖，都逃脱不了公正性受损、公信力丧失的命运。

在中国当前情势下，要求文学评奖摆脱意识形态影响，完全遵从艺术至上的立场并不现实；那些具有商业背景的文学评奖，也不能无视投资人的存在。但无论如何，文学评奖必须捍卫自身尊严，坚守独立品格。其中最重要的前提就是要独立于权力与金钱压力之外，同时要制定完善的评奖规则，建立严格的回避机制，避免人情因素干扰。对于作家而言，必须有拒绝为获奖而写作的骨气和底气，避免被奖项控制，沦落为失去主体性的傀儡，从而丧失创作个性和自由。独立、自由、创造是文学创作的生命，失去了这些，奖项再丰厚的作品也无法抵挡时间的检验。因此，作家必须对文学评奖有清醒认识。作为最具影响力的华文作家之一，严歌苓曾在2011年被盛传要获得当年的诺贝尔文学奖。对于国人的诺奖情结，严歌苓这样回复："我觉得这很傻。诺奖的评委和普通西方读者不是一回事。诺奖只是一个瑞典人的奖，我就纳闷了，为什么中国作家那么感兴趣呢？得诺奖的作品有几个永垂不朽的？我认为不能把它作为文学的最高标准，

---

① 转引自孙小宁：《尘埃何时落定——也谈第四届茅盾文学奖》，《中国文化报》，1998年2月17日。

那样只能是自己累自己。我对它一点儿都不在乎。为什么中国有些作家老做诺贝尔奖梦？这就跟冲击奥斯卡奖一个道理。把好莱坞的奥斯卡奖变成要求自己的最大的准则，本身就很可悲。你难道不能树立你自己的一个标准吗？为什么你要把裁判的尺度交给人家呢？"[①] 在严歌苓看来，如何让外国读者读懂今天中国作家笔下的故事更重要："我们所写的故事，都是特别有中国特色的，你要找到一个最可能让他们读懂的写法。"她同时表示，"海外对中华文化的热爱程度远远超出我们的想象。很多德国人从北京带回中国的文学报刊，被争相传阅。所以海外的华文作家可以通过华文创作向世界传递中国的新发展，树立当代中国的新形象"。不为获奖而写作，为中国文学和文化走向世界而努力，严歌苓的写作追求和文学理想无疑是志存高远的。

三、作家是否需要经纪人

在文学式微的当代消费社会，众多出版社、导演和影视公司对严歌苓小说版权的争抢趋之若鹜。其小说影视剧版权卖出的最高价将近 2000 万元，其他作品影视版权的出售起步价也达到 1000 万元。毫不夸张地说，严歌苓小说的版权资源已成为出版企业和影视企业的财富之源。当然，繁华背后是北京新华先锋出版科技有限公司的得力运作。实际上，新华先锋扮演了严歌苓经纪人的角色：不仅负责严歌苓多部小说的版权经纪工作，为其量身定制出版规划，还对她和她的作品实现全媒体互动营销，最大限度地开发利用版权资源。严歌苓作品成功的市场化运作样板，使作家到底是否需要"经纪人"的问题被提上日程。那么，在传统出版社纷纷转型之

---

① 王湛：《诺奖梦很傻，我一点都不在乎》，《钱江晚报》，2011 年 12 月 4 日。

际，作家经纪人会不会成为一种趋势？

作家经纪人也称出版经纪人或文学代理人，是指存在于出版行业中，介于作者与出版社之间，以作者为客户，以佣金为目标，用代理的方式促成出版权贸易的个人。作家经纪人是联结作者与出版社的纽带，在与作者签订合约的基础上，受其委托行使有关作品出版的各项权利，如为作家策划选题并审稿、为书稿寻找适合的出版社，并与出版社就作品版权贸易或转让进行商业洽谈等。①最早的作家经纪人出现于1875年的英国，目前英国已有200多家版权代理机构，居欧洲第一位。美国则有700多家，是世界上拥有版权代理机构最多的国家。英美逾九成的书籍由作家经纪人代理，如《哈利·波特》《达·芬奇密码》等热销全球的小说能够拥有"超级市场"，经纪人的全力运作居功至伟。我国一些作家能够登上国际文坛，也有赖于西方作家经纪人的成功运作。如国内著名作家阿来获得第五届茅盾文学奖的长篇小说《尘埃落定》曾以15万美元的预付版税售出美国版权，接着又在加拿大、马来西亚、以色列、巴西、荷兰等11个国家售出了不同语种的版权。斐然成就的取得，除了作品自身的魅力，主要归功于作家的美国经纪人运用国际运作方式把他推向了世界文坛。如今，西方的作家经纪人业务已经发展到相当成熟的模式。作家经纪人大致分为三种类型：保姆型经纪人，主要负责打理作家的日常生活等事务安排；法律经纪人，负责帮助作家处理版权事宜；策划型经纪人，帮助作家进行写作策划和对外推广。

与西方国家不同，国内大多数作家没有自己的经纪人，出版业尚缺乏真正意义上的作家经纪人。负责严歌苓小说版权经纪工作的新华先锋总裁王笑东这样解释，其实严格来说我们不能叫作家经纪人，我们是作家服务

---

① 叶新、李雪艳：《文学代理人的五大作用》，《科技与出版》，2012年第2期。

商。在我们这里，作家是来去自由的，我们与作家签约不会说签上个十年二十年，实际上有很多出版商直接拿着现金就去挖严歌苓，报价都不低，严歌苓签个字就能拿走。但是我们有独特的经营模式，我们的全版权运作可能为他们获得比签约价格更具潜力的收入，同时一位作家的美誉度、知名度维持很不容易，这些都需要服务商去服务。[①] 其实不管是作家经纪人、名家经纪人还是作家服务商，无论称谓如何，其实质无非是用文化产业的思路运作作家的核心知识产权。曾代理过诺贝尔文学奖获得者莫言的精典博维文化发展有限公司认为，与传统出版社一样，名家经纪也包括纸质书出版、数字版权和影视版权的管理，同时还会为名家推荐文化活动。此外，作为能够产生许多附加值的名家衍生品开发，比如公众形象、雕塑等，常常被人忽略，而这也在名家经纪的核心服务内容之列。由此可见，名家经纪已经形成了产业链条。那么，在我国当下语境中，是否具备真正意义上的作家经纪人生长的土壤呢？

随着国内出版市场逐步发展成熟，产业分工越来越明晰和细化，作品的版权谈判和其他对外合作事务也变得越来越复杂，而大多数作家既不擅长此类工作，也无暇去应对这些事务，因此就为作家经纪人的登场预留了空间。由于作家经纪人比较熟悉出版业务和版权知识，精通谈判沟通技巧，因此可以包揽这方面的事务，让作家能够专注于创作。此外，作家经纪人谙熟出版行业规则和版权合同，出版社也更愿意绕开作者直接与他们进行版权谈判。有出版商坦言，与单纯签约作品相比，更愿意签约作家。签约一位作家意味着在合约期内该作家的所有作品都由公司运作，公司不但拥有这些作品的出版权，也拥有作家作品的衍生品等附属权利；对作家而言，与出版商签约能保障作品的长期出版，因为出版商在营销时会重点

[①] 肖湘女：《用全版权运作打造亿元身价作家》，《北京商报》，2013 年 4 月 12 日。

推人而不是推作品，这对作家日后的可持续发展相当有利。作家经纪人则能够帮助出版社与作家实现双赢。由此可见，在一个成熟的出版产业链条中，作家经纪人不可或缺。

尽管作家经纪人呼之欲出，且事实上在我国已具备某种雏形，但现实中作家和经纪人仍各自为战。一方面，作家和出版社并不认可作家经纪人的纽带作用，缺乏和他们打交道的意识。长期以来，国内作家通行并习惯的模式是与出版社或编辑个人直接联系进行版权商谈。经纪人的介入尽管对作家大有裨益，但要从版税中支取佣金，许多作家尚不能接受。国内出版商也对经纪人持排斥态度。除了"经纪人可能对作品不了解，会造成沟通不顺畅"等冠冕堂皇的理由外，经济利益不可避免地夹杂其中。一位书商就明确表示，"只要有经纪人介入进来跟我谈判，这个事对我肯定不是好事，本来我可以 6% 拿下的，有了经纪人肯定 8%，本来可以 10% 拿下的，有了经纪人可能有 14%"。[①] 另一方面，作家经纪人制度之所以没有形成，还存在着种种复杂因素。首先，出版产业市场化程度不够，专业分工水平有待提高。由于出版产业未能让作品的附加价值和延伸价值得到最大限度发挥，直接导致作家收入不高，而收入不高就请不起经纪人，如此形成恶性循环，因而限制了作家经纪人制度的发展。就我国目前状况而言，仅仅依靠作家作品的版税很难产生诸如欧美国家那样的超级畅销书作者，应该让文本内容向影视、动漫、游戏等多领域多维度立体开发，全面创造价值，才能提升作品的附加价值。比如盛大文学的"全版权运营机制"，就是让一部优秀作品通过网络收费阅读、手机收费阅读、出版实体书，以及改编成影视、动漫、游戏实现版权收益，实现最大限度的增值，

---

① 尹晓鹏：《作家们如何打理生意上的事儿》，《当代劳模》，2013 年第 3 期。

给作者带来最丰厚的收入。① 其次是国内缺乏一个高产的畅销书作家群。相比动辄上 7 位数版税的欧美作家，国内大多数作家的收入尚不足以聘用经纪人。有统计数据显示，中国大多数作家一般年收入在十几万元，年收入过百万元的很少。而作家经纪人的利润分成主要来源于版税，依照国际惯例，一本书利润的 15% 左右应归经纪人所有。但目前国内作家的收入只有出版作品的版税，也就是说书卖了多少收入就是多少。若作家拿出自己收入的将近两成则所剩寥寥。多数作家凭借其作品在国内市场获得的低额利润，还不足以养活一个经纪人。《暗算》等畅销书的作家麦家至今没有聘请作家经纪人，"中国的出版市场并不活跃，作家大多都是低收入者，靠写书能养家糊口就已经不错了，根本没有能力养经纪人"。麦家直言："如果经纪人的利益分成按照 10%~15% 的比例来算，年收入至少要上百万元的作家才请得起经纪人。"反观国内娱乐业经纪人制度却极为盛行，这是由作家与明星收入上的巨大差距所导致。第三，具备相关专业素质和职业精神的出版经纪人人才稀缺。《盗墓笔记》作者南派三叔在接受媒体采访时曾说："我需要一个经纪人，但是到哪儿去找呢？"南派三叔称，一位作家背后是一个庞大的产业链，一部作品是所有图书、电影、动漫甚至音乐的内容源头，作家非常需要能将其作品利益最大化、充分将作品进行衍生的经纪人。一位称职的作家经纪人既要懂书，又要懂市场，熟知出版商与作者之间的复杂关系，并具备化解他们之间冲突的能力。这不仅需要丰富的专业经验、法律素养、市场营销知识、广泛的人际关系和较高的文学艺术功力，更需要他具备商人的精明能干甚至是商业谈判高手。据中国版权保护中心办公室相关负责人称，一个理想的作家经纪人必须具有跨界思想，懂得衍生产品的运营，并且具备基本的专业素养，熟悉思想

---

① 张新：《西方作家经纪人制度是否可行？》，《出版广角》，2014 年 8 月下。

政策，在法律方面和出版渠道方面都有认识。如果涉及海外出版市场，经纪人既需要代表作家利益和出版社商讨合作，同时还会根据对市场规律的判断，对作家的活动做出规划，甚至对其创作提出建议。这对经纪人提出了相当高的要求，而这类人才的教育培养和职业规范目前在国内几乎是空白。最后，作家和出版社对市场专业化分工的新思维没有完全建立起来，客观上也造成了作家经纪人的难产。目前国内的出版社已完成转企改制，稳步走上了按市场规律发展之路，但作家和出版社之间多年来形成的人情加关系的合作理念仍然根深蒂固，短时间难以更易。再加上作家这一群体的特殊性，在一定程度上使得出版社与其合作的方式很难整齐划一。① 而图书市场混乱，盗版现象严重，出版商恶性竞争等因素，更加剧了作家经纪人的生存困境。

由于缺乏真正意义上的作家经纪人，大部分作者基本上亲自出马与出版社商谈各种事务。这样不仅消耗了写作精力，也无法为自己争取到最大利益。不少作者表示，如果国内的作家经纪人制度健全，对作家和出版机构都有好处。此外，完善的作家经纪人制度对于传播文化、打开海外市场同样大有裨益。中国作家的优秀作品很少被翻译到西方的一个重要原因就是缺乏专业的经纪人，尤其是海外版权的代理人。市场语境下，文学作品的版权价值凸显。而随着时代发展，行业分工愈来愈细化，一部小说所涉及的版权协议条款日益复杂，随之而来的小说的影视版权、话剧版权、数字版权等新课题都让作家应接不暇，无所适从，因此迫切需要经纪人为其助力。作家经纪人的最大好处是让出版领域分工更加明晰。对于作家来说，名气越大，经纪人的作用越明显。目前我国书商和出版社曾部分代行

---

① 此处参考了《"版权经纪人"你在哪儿？》，见中国经济网 http://www.ce.cn/culture/whyq/yangeling/。

了经纪人的功能，这只是市场化初级阶段的正常现象，并不是纯粹意义上的经纪人。真正的经纪人应该是一种介乎于出版商和作者之间的角色，是独立于出版商的。对于作者，出版商做的是投资行为，经纪人做的是服务行为。因为"独立"，国外的作家经纪人在和书商谈判时可以显得强硬，并且在图书销售过程中实施监管，以免被书商隐瞒销量，克扣版税，这也有利于图书市场的规范发展。出版市场的发展呼唤真正的作家经纪人登场，成立独立于书商与出版社的独立经纪人机构也成为行业发展的众望所归，这对中国文化的发展将大有裨益。随着我国出版业的进一步市场化和专业化，作家经纪人制度不仅成为可能，而且将成为必需。

第二章　严歌苓作品的影视传播

"如果说作为现代传媒时代开创性阶段的机械印刷对人类社会由传统走向现代启动了重要的推动作用（主要表现在文化知识文本的大量机械复制，打破了因传媒不发达带来的知识垄断、思想禁锢，从而促进了科学知识的广泛传播和文化思想的自由解放），那么，电子传媒的影响触角则已经深入到科技和经济领域，从更根本的层面和整体范围上改变了和正在深入地改变着人们的社会生活。"[①] 随着我国市场经济的稳步推进和电子科技的迅猛发展，消费语境中人们的审美诉求也发生了深刻嬗变，严歌苓的小说以其鲜明的影视化特征成为影视公司竞相追逐的宠儿，在传媒时代获得了极大成功。严歌苓作品与影视的成功联姻，为传媒时代文学的突围提供了一个可资借鉴的范本。

---

① 单小曦《现代传媒语境中的文学存在方式》，中国社会科学出版社，2008 年版，第 107 页。

第一节　大众文化时代的影视诉求

20 世纪 70 年代末到 80 年代初，大众文化乘着改革开放的春风在中国兴起，到 90 年代走向繁荣。"大众文化是一种以文化产业为特征，以现代科技传媒为手段，以市场经济为导向，以市民大众为对象的社会型、大众化的文化形态。它具有商业性和产业性，具有强烈的实用功利价值和娱乐消遣功能，具有批量复制和拷贝的创作生活方式，具有主体参与、感官刺激、精神快餐和文化消费都市化、市民化、泛社会化的审美追求。它是反映现代工业社会和市场经济条件下大众日常生活，适应大众文化品味，为大众所接受和参与的意义的生产和流通的精神创造性活动及其成果。"①大众文化以其巨大的解构力和吞噬力，影响着人们的文化价值观念和生活方式，改写着中国的文化版图。随着社会的商业化进程，大众文化被越来越多的人接受和认可，并与主流文化、精英文化形成了三足鼎立态势。其中电影和电视因为在传播大众文化方面独具优势，很快成为一种主导性的大众文化形式，在某种程度上甚至已经超越大众文化的媒介工具性质，直接成为大众文化本身。而影视文化的勃兴，与消费社会和电子媒介的发展休戚相关。

一、消费社会与视觉文化的产生

消费社会又称后工业社会，是与工业社会相对而言的。如果说工业社会的中心是"生产"，那么消费社会的中心就是"消费"。在消费社会中，一切皆商品。也就是说，所有的物质与非物质，强调的都是其商品价值，

---

① ［美］丹尼尔·贝尔：《资本主义的文化矛盾》，北京三联书店，1989 年版，第 156 页。

而非使用价值。丹尼尔·贝尔认为，大众消费始于 20 世纪 20 年代，它的出现得益于大规模使用家用电器（如洗衣机、电冰箱、吸尘器等等）；此外，其他三项社会发明更是起到推波助澜的作用：一是汽车的出现，它让空间距离得以缩短并彻底改革了社会习惯；二是电影闯入封闭的小镇社会，改造了文化；三是广告术和信用赊买的出现，前者展示商品的迷人魅力并赋予其新的生活方式和价值观，以改变人们旧有的习俗，后者则是进一步打破新教徒害怕负债的传统顾虑；这些行为的后果是，文化不再与如何工作、如何取得成就有关，它关心的是如何花钱、如何享乐。[①] 于是，消费和享乐取代勤俭奋斗，跃升为社会主流价值观念。与此同时，商品社会经济利益最大化的逻辑不断诱导并刺激大众持续购买、频繁消费。消费社会为此千方百计唤醒个人欲望，不遗余力地宣扬瞬时体验和及时行乐主义，从而让人沉浸于消费所带来的欲望满足之中。在消费社会制造的种种消费热潮中，人们的价值观、审美观逐渐被消费收编。换言之，消费社会让人们把购买力转化成消费，又把消费从一种即时的行为方式转化成常态的生活方式。消费社会的这种感官刺激、瞬时体验、欲望膨胀、强调享乐的价值取向正代表了"现代性的主要特征——按照新奇、轰动、同步、冲击来组织社会和审美反应——因而在视觉艺术中找到了主要的表现"。[②] 除了资本利益法则的驱使，消费社会赖以容身的都市空间客观上也为视觉文化提供了适宜的生存环境。"现代世界是一个城市世界。大城市生活和限定刺激与社交能力的方式，为人们看见和想看见（不是读到和听见）事物提供了大量优越的机会……一个城市也表现出一种使想囊括它的意义的任

---

① ［美］丹尼尔·贝尔：《资本主义文化矛盾》，赵一凡、蒲隆、任晓晋译，生活·读书·新知三联书店，1989 年版，第 113—119 页。

② ［美］丹尼尔·贝尔：《资本主义文化矛盾》，赵一凡、蒲隆、任晓晋译，生活·读书·新知三联书店，1989 年版，第 155 页。

何努力相形见绌的规模感。要认识一个城市，人们必须在它的街道上行走；然而要'看见'一个城市，人们只有站在外面方可观其全貌。远远望去，天空线'代表'这个城市。它密密层层，令人为之一震。它黑影沉沉给初始者留下永久的印记。这种视觉成分就是它的象征性表现。"① 由此可知，正是当代消费社会及其赖以存在的都市空间，或者说欲望的苏醒与客观条件的成熟，为影视文化的勃兴提供了温床。

法国学者德博尔在其代表作《景观社会》（1967）一书中用景观社会来指称消费社会，他认为"景观就是指商品已经占领了整个社会生活的全部"。② 透过"景观"这一新概念，他强调了当代人包括消费、休闲、娱乐、媒体导向乃至心理体验在内的全部生活内容都被商品化了。他还从意象与商品的关系出发，阐释了消费社会背景下影视文化霸权的必然性。他指出，在消费社会中，真实的物及其使用价值不再重要，重要的是被电子符号构建出来的物的意象。即是说，意象价值凌驾于使用价值之上，成为人们消费的首选，消费的幻觉或者说伪需要的满足替代了真实的消费。"于是影像激发欲望，欲望决定生产，消费社会的生产方式逐渐转向以影像方式为主导的景观生产方式。在这个影像、符号为主导的景观世界里，人们沉迷于休闲、消费、消遣等文化形式，仿照广告所宣称的名人、大牌以及富足悠闲的生活模式来确认自己现实的生活内涵。在这种对符号追逐的过程中，意象消费所激发的消费幻觉在"符号和信号的技术媒介"作用下创造出了"一个幻想的、自我实现的和快乐的影像世界"。③ 关于德博尔的景

---

① ［美］丹尼尔·贝尔：《资本主义文化矛盾》，赵一凡、蒲隆、任晓晋译，生活·读书·新知三联书店，1989年版，第154—155页。

② ［法］德博尔：《景观社会》，南京大学出版社，2005年版，第42页。

③ ［美］斯蒂芬·贝斯特、道格拉斯·凯尔纳：《后现代转向》，陈刚等译，南京大学出版社，2002年版，第138页。

象理论，有研究者曾做过精彩阐释："德博尔的重要发现在于，首先，世界转化为形象，就是把人主动的创造性的活动转化为被动的行动，即是说，景象呈现为漂亮的外观……其次，视觉获得了优先性和至上性，它压倒了其他观感……"① 视觉无疑是景象社会最权威的器官，电影、电视作为当下诉诸受众视觉的最广泛媒介，顺理成章地成为传递商品符号价值的最佳载体。它们所展示的商品的迷人魅力、高品质生活表征以及消费趋向的引领，滴水穿石般重塑了人们的价值观和生活方式。"它把罗曼蒂克、珍奇异宝、欲望、美、成功、共同体、科学进步与舒适生活等等各种意象附着于肥皂、洗衣机、摩托车及酒精饮品等平庸消费品之上。"② 由此可见，影视不仅催生、培养了消费倾向，并且以自身强大的媒介优势为消费主义的成功确立推波助澜。可以说，当下影视文化的强势地位，正是消费商业逻辑选择的结果。可见，消费社会是影视文化勃兴的根源。

二、媒介技术与视觉文化的勃兴

视觉文化在消费社会中产生，并借助电子媒介的迅猛发展逐渐位移至文化中心。可以说，影视文化的勃兴，与电子媒介技术的发展息息相关。

人类社会文明的变迁与传播活动同根共生。一方面，人类社会生活的各个层面离不开信息的传播；另一方面，信息的传播与接受反馈同时推进着人类文明的发展。许巍对此有一段经典阐释，他说，加拿大著名学者麦克卢汉将人类文明划分为三个时期，即口语传播时期、印刷传播时期和电子传播时期（即视觉文化时期），并认为在每个时期，人类感官之间的

---

① 周宪：《视觉文化语境下的电影》，《电影艺术》，2001年第2期。
② ［英］费瑟斯通：《消费文化与后现代主义》，译林出版社，2000年版，第21页。

相互作用及思维方式都有各自的特点。在第一阶段，人的各种观感都是开放的，可以同时接受信息，是一种平衡的状态，这一时期的文化是一种"听"的文化；第二阶段，因为印刷术的空前发展，人们获得信息不再是通过口头交流，而是通过报刊书籍，这一时期的文化是一种"看"的文化；第三阶段，人类文化进入了视觉文化的新纪元，视觉文化的载体是各种画面和影像，这一点尤以电影和电视的出现意义深远，它们借助现代科学技术得到日新月异的发展，并渗透、影响着社会文化和社会生活的各个层面，同时又因为它们诉诸人的视听，而重新激活了感性，这一时期的文化真正成为了一种"看"的文化。① 许巍对麦克卢汉观点的阐述有两点需要重视：首先，影视不但是电子传媒时代承载各种信息文化的媒介工具，同时还是内容自身，是一种独特的艺术活动。其次，因为有现代科技的强力支撑加上自身的特性，它已经成为视觉文学时代最重要的传播媒介，是广大群众获取信息的最便捷渠道。有研究者曾说："尤其是电视的传播方式，更是具有同时性的特长，它可以采取现场直播的方式，客观逼真地将正在发生的事情再现在观众面前，使广大观众往往仿佛身临其境并不由自主地参与进来。"②

随着科技的发展，电影、电视等大众传播媒介彰显了符号、影像传播所能产生的巨大能量。这些电子媒介技术"将图像和瞬息时刻的结合发挥到了危险的完美境界，而且进入了千家万户"。③ 以德博尔为首的境遇主义者发现，由于现代传媒的勃兴，大众文化在消费社会中占领了绝对优势，商品化的媒介和文化不断制造各种可见的影像和表征，覆盖了社会生

---

① 许巍：《视觉时代的小说空间——视觉文化与当代中国小说演变研究》，学林出版社，2008年版，第25—27页。

② 彭吉象：《影视美学》，北京大学出版社，2008年版，第168页。

③ [美]尼尔·波兹曼：《娱乐至死》，广西师范大学出版社，2004年版，第105页。

活的各个领域。在大众文化占优位的社会中，影像展示、媒介技术的发展以及不断衍生的商品需求，共同构筑起一个景观世界。其中消费、媒体、影像共谋制造的虚像替代了真实的事件与社会关系，人与人之间的关系被置换为以技术为媒介的关系。在这个景观社会中，"对特定产品的热爱通过全部大众传播媒体的宣传，迅速以闪电般的速度播撒开来。电影激发了时尚狂热；杂志宣扬了夜市的发达，在那里依次排列着各式各样的新鲜商品"。① 媒介技术的发展对消费观念的推动由此可见。尼尔·波兹曼在《娱乐至死》中曾如此解释技术与媒介的关系："一旦技术使用了某种特殊的象征符号，在某种特殊的社会环境中找到了自己的位置，或融入到了经济和政治领域中，它就会变成媒介。"他同时这样解释技术与文化的关系，"如果没有用来宣传它们（信息、内容）的技术，人们就无法了解，无法把这一切纳入自己的日常生活。简而言之，这些信息就不能作为文化的内容而存在"。综合而言，正如尼尔·波兹曼在"媒介即隐喻"和"媒介即认识论"的观点中所阐述的，"和语言一样，每一种媒介都为思考、表达思想和抒发情感的方式提供了新的定位，从而创造出独特的话语符号"。如"在电视上，话语是通过视觉形象进行的，也就是说，电视上会话的表现形式是形象而不是语言"。"电子媒介决定性地、不可逆转地改变了符号环境的性质。在我们的文化里，信息、思想和认识论是由电视而不是铅字决定的。"② 于是，人们追随大众传播媒介所播撒的新闻、广告、娱乐等，以这些意象为标尺感知世界并建立个人生活模式，在一个幻想的、自我的影像景观中生活。也像麦奎尔所说，媒介是文化表现和表达的主要渠道，是社会现实图景的主要来源，是形成和保持社会认同的条件。③ "图画转

---

① ［法］德博尔：《景观社会》，南京大学出版社，2005 年版，第 47 页。
② ［美］尼尔·波兹曼：《娱乐至死》，广西师范大学出版社，2004 年版，第 105 页。
③ ［荷兰］麦奎尔：《麦奎尔的大众传播理论》，清华大学出版社，2006 年版，第 4 页。

向，由图像完全统治文化的幻想，正在全球的范围内成为真正的技术可能性。"① 而所有这一切，都必须仰仗传播技术及信息传播系统的运用，

影视技术的发展使其产生出一种与传统艺术门类有别的视听，这种语言因对现实生活的极度拟真从而消弭了传统语言的审美隔膜，受众在观看时获得了巴拉兹所论述的"合一"感，"虽然我是坐在花了票价的席位上，但我们并不是从那里去看罗密欧和朱丽叶，而是用罗密欧的眼睛去看朱丽叶的阳台，并用朱丽叶的眼睛去俯视罗密欧的……当某个人物和另外一些人物相对而视时，他便仿佛在银幕上和我们相对而视，因为我们的眼睛与摄影机的镜头是一致的，所以我们的视线和另外一些人物的视线是合一的——他们是用我们的眼睛去看一切东西"。②

除此之外，由于互联网技术的广泛应用，以及它所提供的较强的互动性、参与性和娱乐性，不但拓展了影视艺术的传播天地，也使图像具有了更丰富的表达方式，如 MTV、Flash、广告、电子网络游戏等等，从而使图像充斥了我们的生活空间，几乎占领了所有的阅读视野。如果说电影技术的发明开启了人类新的图像传播时代，那么电视技术的发展则将影像大众化变为现实，而互联网技术和卫星技术的广泛应用更使图像无孔不入地渗透了我们的文化生活。媒介的发展，为视觉文化时代的到来提供了强劲的动力和技术支持。

综上所述，影视文化跻身文化主流既是时代发展的必然，也与其自身的特性休戚相关。这是一种双向建构关系：科技的发展和生产水平的提高，使物质财富空前繁荣，从生产中解放出来的人们获得了闲暇时间；同

①　转引自阿列西·艾尔雅维克：《眼睛所遇到的……》，高建平译，《文艺研究》，2000 年第 3 期。

②　[匈] 巴拉兹·贝拉：《电影美学》，何力译：中国电影出版社，2003 年版，第36—37 页。

时，随着现代传媒逐步兴起，日常闲暇时间与传媒发生了紧密联系，以大众传媒为桥梁进行文化信息、娱乐信息的生产与消费便成为现代社会一道喧嚣的文化景观。"文化批判学派认为，追求利润的最大化是资本的内在逻辑。当经济发展到一定阶段，如何刺激和引导消费便成为资本获取利润的必由之路……鼓吹商品的形象价值的指导思想与传媒影响生产走向合流，共同建构了一种刺激和引导消费的文化意识形态，并将人们的日常生活笼罩其中。从这个意义上讲，电子传媒便成为现代社会资本运作逻辑的重要一环。"[①] 因此可以说，消费社会和媒介历史演变的共同作用，构筑了影视文化的生存和成长空间。

三、文学创作的影视化转型

消费时代的到来和电子技术的发展，把我们领入了视觉文化时代。"图像挤占了文字一统天下的领地，成为人类传播信息的重要工具，图像文化成为当今时代的一道亮丽景观，社会审美文化已经由'文字主导'逐步向'图像主导'转型。"[②] 图像已"成为这个时代的日常生活资源，成为人们无法逃避的符号追踪，成为我们文化的仪式"。[③] 诚如著名美学家义尔雅维茨所断言："无论我们喜欢与否，我们自身在当今都已处于视觉成为社会现实主导形式的社会。"[④] 读图时代的到来，不仅意味着我们生活在由

[①] 单小曦：《现代传媒语境中的文学存在方式》，中国社会科学出版社，2008 年版，第 110 页。

[②] 蒋述卓、李凤亮主编：《传媒时代的文学存在方式》，广西师范大学出版社，2010 年版，第 5 页。

[③] 周宪：《视觉文化语境中的电影》，《电影艺术》2001 年第 2 期。

[④] ［斯洛文尼亚］阿莱斯·艾尔雅维茨：《图像时代》，胡菊兰、张云鹏译，吉林人民出版社，2004 年版，第 165 页。

图像构筑的世界中，更体现在我们理解和把握世界方式的图像化。论及此处，许多学者不约而同地援引了同一个例子：在印刷媒介主导时代，图画加入书籍是为了辅助理解文字；而读图时代，文字沦为图画的注解，市面上图绘本的风靡即是最好的证明。更有论者断言："文化形态发生了明显转向，视觉性已成为时代文化的主导因素。可以预料，随着现代科技的迅猛发展和消费社会结构的更加完善，这种情况还将日益加剧。"[①] 据此可见，视觉文化作为当今整个世界的文化形态，已经越来越被大众认可。

读图时代，大众对文字的阅读逐渐被视听所挤占，依赖影视媒介而非文学原著了解文学成为越来越多人的选择。影视以其生动直观的画面、震撼人心的音响效果，为观众提供了视听盛宴，从而取代了文学作为主要审美方式的地位。影视的传媒霸权强烈冲击了以文字为符号进行传播的传统文学。面对来势凶猛的图像挤压，传统文学开始借助影视媒介优势开启转型之路，文学作品的影视改编与创作趋向影视化成为明显表征。

文学作品的影视化改编是传媒时代最抢眼的文化景观，因为文学作品被改编成电影或电视后能够引起巨大反响。陈刚在《大众文化与当代乌托邦》中曾就《围城》的改编举过例证："钱钟书先生的这部小说，无论从内容上还是从写作上来看都是非常学者化，他所描写的抗战时期的中国知识分子在学院高墙内的勾心斗角几乎没有任何大众性而言，其中学者化的幽默，按理说并不会引起大众的共鸣。但在拍成电视连续剧进入大众传媒之后，借助于明星效应（陈道明、吕丽萍、英达、葛优等影视大牌的联袂出演）以及商业化的宣传（钱钟书先生的'鸡与蛋'等趣闻一时成为大报小报纷纷炒卖的题目），这部作品居然成为对知识分子特

---

① 许巍：《视觉时代的小说空间——视觉文化与中国当代小说演变研究》，学林出版社，2008年版，第1页。

性的展示而引起大众贪得无厌的猎奇欲望，从而被纳入文化市场的网络之中，过去只在知识阶层产生有限影响的小说《围城》一时在大街小巷的'地摊'上与《裸体女尸》《婚外恋的悲剧》等书刊并列出售，发行上百万册，并有数种盗版，已经在象牙塔中寂寞了多半辈子的钱钟书老先生一下成了街谈巷议的大众名人。由此可见大众文化市场的力量。"① 鉴于作品经影视改编后销量激增从而名利双收的美好前景，不少作家开始搭乘影视的顺风车扩大其影响力。当代作家与影视联姻的例子不胜枚举。苏童、莫言、王朔、刘震云等作家的一部甚至多部作品被改编成影视剧。如《顽主》《阳光灿烂的日子》《渴望》《过把瘾》《编辑部的故事》等曾经轰动一时的影视剧都是根据王朔的作品改编而成，而这些影视作品拉动王朔的作品在中国畅销了近 20 年。一些本来默默无闻的作家也因作品的影视剧改编而一夜成名。比如创作《人间正道》《至高利益》的周梅森，从 1983 年发表第一部中篇小说《沉沦的土地》登上文坛，十数年来一直不为人熟知，直到他的小说被改编成电视连续剧才声名大噪，从而也改变了他对文学作品与影视关系的看法。他说："过去我对小说改编成影视作品不太重视，有人要拍我的小说，我只要把版权卖出去就不管了，现在我感到虽然小说和影视是两回事，但是它们还是可以互动的。影视作品的影响面是很广泛的，对图书销售的作用也相当大。上世纪 90 年代以前，我的 15 部作品总共发行不到 10 万册，而《绝对权力》至今已经发行了近 20 万册，《中国制造》的发行量累计达到了 30 万册，《国家诉讼》第一版就达到了 12 万册。"② 严歌苓也坦言，在视觉媒体挂帅的年代，在人们更愿意接受影视影响的年代，文学通过电影传播，是加强文

---

① 陈刚：《大众文化与当代乌托邦》，作家出版社，1996 年版，第 24—25 页。

② 郭珊、贺敏洁：《周梅森：不会为了迎合影视而创作小说》，《南方日报》，2003 年3 月 24 日。

学出路的一种途径。她的《少女小渔》由于拍成电影而且获奖，不仅使文学原作印行版次即刻增加，而且按照电影演出的内容所写的剧情故事也同时出版。而她自认为艺术价值超越《少女小渔》的《海那边》就因为没被改编成电影，因而销量低于《少女小渔》。借助小说与影视的捆绑式发行与营销，曾经形象清苦的作家一夜走红，作品发行量陡增，从而引得众多作家争相走上借助影视成名之路。就受众而言，竞争激烈的现代社会中，生存的疲劳感和浮躁的社会环境使静心阅读一部文学作品成为奢望，因而读图时代的文学作品只有完成影视转换，才能被大众接受和认可，从而使作品广泛传播。人们的审美取向由阅读文学作品转向观看影视，为文学作品的影视化改编提供了现实生存土壤。

文学的影视化转型还体现在创作的影视化趋向。为了迎合影视剧本的要求，作家在创作时趋于运用影像化语言，创作因此发生了适媒性改变。比如改变传统叙事在伦理取向中展示情节长度或人物行为过程的方法，代之以具体细腻的图像情境描写；运用简洁明快、极富画面感的语言文字以及蒙太奇手法叙述故事；大幅提升表现图像、身体动作、故事场景的语言比例；尽量缩减表现意义、价值、心理的语言比重，从而使创作出来的文学作品更容易被改编成影视剧本，甚至无需改编即可直接用来拍摄。正如有学者所说："面对影视剧的强大社会影响力，许多作家在进行文学创作时已经自觉地在为影像改编做准备。这种准备不仅包括小说内容与形式的多个层面，甚至还涉及影像的技巧和技法。这样的创作目的改变了传统文学的创作方式，形成了文学与影像的'共生'现象。"[①] 文学也由单纯书面表达的语言文字，演变成一种立体形象的视觉盛宴。

---

① 李红秀:《影像时代的文学书写》,《文艺理论与批评》, 2008 年第 2 期。

第二节　严歌苓作品的影视改编

巴拉杰在 20 世纪初的《视觉与人类》中指出，人类文化经历了视觉文化、读写文化，再到视觉文化这样一个螺旋式发展过程。这意味着当今社会尤其是西方发达社会已由传统的印刷式读写文化转向造型性的视觉文化。美国"好莱坞"电影誉满全球即是有力的证明，在它的诱惑下，一大批知名作家如福克纳、菲茨杰拉德等成为职业编剧。英国作家乔伊斯倾心于电影艺术，一度曾计划创办一个电影公司。这些作家在小说中毫无例外有意或无意融入了电影的种种技巧。"可以毫不夸张地说，几乎所有的电影技巧都可以在《尤利西斯》里找到对等物。"① 而在《喧哗与骚动》《丧钟为谁而鸣》等一系列现代经典小说中，则是经由一种深刻而内在的途径展开影视化叙事。换言之，影视的巨大影响已成为强劲的内驱力，渗透到作家把握生活的艺术方式中。1989 年赴美的严歌苓浸淫在西方后现代文化大潮中，正好经受了现代视觉文化与西方名家经典双重交互作用的洗礼。与国内大多作家相比，她还拥有得天独厚的优势：观赏影视大片的视野和直接阅读外文原著，加上好莱坞专业编剧的身份，都使她对电影艺术元素及技巧了如指掌。因此，在创作中她会很自然甚至自觉地将影视的优势元素融入小说中，通过运用隐喻、象征、对比等修辞手法，应和电影艺术中的运动性、画面感等视觉元素或镜头组接方式，把客观物质世界与人的心理图景以视像化方式呈现出来，创造出一种既借鉴电影叙事技巧而又不伤害语言艺术魅力的小说范式。应该说，面对文学的视觉转向，严歌苓率先启动了创作应对策略，她在小说艺术形式上的创新与追求无疑具有现实启发意义。

---

① 杰姆逊：［美］《后现代主义与文化理论》，陕西师范大学出版社，2000 年版，第 98 页。

尽管目前对严歌苓文学作品影视改编的具体状况尚无完整的统计数据和相关研究报告，但就笔者从网络搜集来的不完全统计来看，其作品被改编之多在华文创作圈堪列前茅。

严歌苓文学作品影视改编一览表

作品名称	影视改编	导演	编剧	主演
《心弦》	1981 年同名电影	凌之浩、徐纪宏	严歌苓	俞平、宝珣
《避难》	1988 年同名电影	韩三平、周力	严歌苓、李克威、李贵	费兰德、沈琳
《少女小渔》	1995 年同名电影	张艾嘉	李安、严歌苓、张艾嘉	刘若英、庹宗华
《无非男女》	《情色》(《白太阳》)（台湾）1996	朱延平	王逸白	苏有朋、郑家榆等
《天浴》	1998 年同名电影	陈冲	严歌苓、陈冲	李小璐、洛桑群培
《谁家有女初长成》	《谁家有女》2001 年电影	陈洁	陈洁	吴浇浇
《梅兰芳》	2009 年同名电影	陈凯歌	严歌苓、陈国富、张家鲁	黎明、章子怡、孙红雷等
《老囚》	《老囚》			
《金陵十三钗》	2011 年同名电影	张艺谋	刘恒、严歌苓	克里斯蒂安·贝尔、倪妮
《危险关系》	2012 年同名电影	许秦豪	严歌苓、拉克洛	张东健、章子怡、张柏芝
《陆犯焉识》	《归来》2014 电影	张艺谋	邹静之	陈道明、巩俐、张慧雯
《小姨多鹤》	2009 同名电视	安建	林和平	孙俪、萨日娜、姜武、闫学晶等
《一个女人的史诗》	2009 同名电视	夏钢、孟朱	韩素真、王茵	赵薇、刘烨、方子春等

作品名称	影视改编	导演	编剧	主演
《风雨唐人街》	2010年电视剧	郭靖宇	郭靖宇	巍子、陈数、史可、张少华
《继母》	《幸福来敲门》2011年电视剧	马进	严歌苓、马进	蒋雯丽、孙淳、曹翠芬、林永健
《第九个寡妇》	2012年同名电视剧	黄建勋	凤凰、经纬、邹越、徐成峰	叶璇、刘佩琦、李东学
《赴宴者》	时代华纳电影版权	预计由黄建新执导		
《寄居者》	电影、电视剧	预计同乐机构出品		
《小姨多鹤》	电影	预计由陈冲执导		
《第九个寡妇》	电影	预计由陈冲执导		
《灰舞鞋》	电影版权由姜文购买			
《白蛇》	电影版权由陈凯歌购买			
《妈阁是座城》	影视版权已售			

从台湾电影界改编《少女小渔》到《一个女人的史诗》《小姨多鹤》《铁梨花》等电视剧的相继翻拍，再到近年来电影《梅兰芳》《金陵十三钗》《归来》的成功热映直至新出版的《妈阁是座城》《床畔》小说版权的热卖，严歌苓几乎所有的作品都被导演看好。究其原因，作家梁晓声如此评价："与我们的一些作家经验式的写作不同，严歌苓的语言里有一种'脱口秀'，是对语言的天生的灵气。"在2012年8月接受《辽沈晚报》记者采访时，严歌苓这样回答："我的作品受到影视的青睐，可能主要还是由于故事性和画面感吧。"严歌苓是从写作电影剧本踏上文学创作道路的，1980年她发表了电影文学剧本《心弦》，次年即由上海电影制片厂拍摄成影片。《心弦》语言生动流畅，感情描写细腻准确，耐人寻味，因而备受好评。继《心弦》之后，严歌苓相继创作了《残缺的月亮》《七个战士和

一个零》《大沙漠如雪》《父与女》《无冕女王》等大量电影文学剧本，迄今是好莱坞编剧家协会唯一的华人，由此足见她过人的才华和丰富的剧本写作经验。这种独特的经历为严歌苓自觉调动电影造型元素进行文学创作提供了极大优势，因此她的作品呈现出鲜明的影视化特征，为影视改编提供了极大可行性。

一、严歌苓小说的影视化特质

所谓严歌苓小说的影视化特质，即她在文学创作过程中自觉不自觉地运用带有影视艺术创作的规范特征，如曲折生动的故事情节、强烈的画面意识、灵动精粹的叙述语言等。这种文学文本与影视艺术的互通性构成了严歌苓文学作品的艺术特点，也成为她小说文本频频被影视剧青睐的基础所在。

严歌苓小说的影视化特质首先表现在故事情节的波澜跌宕。影视剧兼备表演性和视觉性，讲究叙事性、人物、场景的相对集中和故事情节的曲折生动、悬念丛生。而悬念性、紧张性、曲折性则是影视作品能够吸引观众的关键因素，严歌苓对此有着清醒认识。她在《扶桑》代序中说："我总想给读者讲一个好听的故事。好听的故事应该有精彩的情节，有出其不意的发展，最主要的是通过所有的冲突，一个个人物活起来了。"[1]"我想铺排出一种戏剧性的小说，追求一种莎士比亚似的情节结构，没有惊心动魄的故事小说就不好看了。"[2]

在《谁家有女初长成》中，带着对都市热切向往登场的纯真羞涩的少

---

[1] 严歌苓:《波西米亚楼》，当代世界出版社，2001年版，第160页。

[2] 江少川:《走近大洋彼岸的谬斯——严歌苓访谈录》，《世界华文文学论坛》，2006年第3期。

女巧巧，还没来得及看一眼都市的繁华与灯红酒绿，就被人骗到了一个荒无人烟的小站。原来她被贩卖给了这里的工人当媳妇，而且是被兄弟两人共用。当所有的梦想、温情以及最后一点尊严被现实残忍地撕碎后，巧巧举起了菜刀。后来她逃至一个边防小站，女性的柔媚在由男人组成的世界里焕发出夺目的光彩，人性的美丽在生命终结前灼灼升腾。作品中出现的一系列与潘巧巧命运相关的人物，或温情脉脉极富爱心，或十恶不赦愚昧至极，却共同目睹或造就了巧巧的悲惨命运，同时也在完成着各自的悲剧人生。作者以至高至上的人性，通过一个个悬念迭起、波澜丛生的独特故事，描绘了特殊时空下一个个男女在同性和异性之间那种不可遏止的残酷却又迷人的生命恋情，深刻展示了人类强大隐秘情感世界深处惊心动魄的另一面。

《小姨多鹤》以独到的笔致讲述了一个苦难年代颇具传奇色彩的温情故事。1945 年日本战败，奄奄一息的日本难民竹内多鹤在逃难途中被张俭的父母救回家中，悉心照顾。张俭的老婆朱小环曾因日本鬼子追赶跳崖丧失生育能力，张家想为张俭续房延续香火。多鹤表示愿意为张家生孩子，以报答救命之恩，并为张俭生育了一女二男。解放后《婚姻法》公布，张俭不能再有两个媳妇，多鹤遂改变身份为小环的妹妹，被孩子们称为小姨，一个奇特的家庭组合在动荡的政治环境和困窘的经济生活中飘摇度日。一个中国女人，一个日本女人，战争的硝烟，命运的遭际，鬼使神差般把她们推进同一个屋檐下；守着同一个男人，恩怨情仇交相来袭，特殊年代衍生的畸形爱恋和血脉温情让她们坚守着多鹤身份特殊的惊人秘密。作者凭借对中国当代史的深入精到把握，以一个跨国作家的宽阔视野，借由一个疑窦丛生、情节百转千回的故事，描摹着大时代背景下小人物的生命歌哭。

为了让故事内容更饱满，情节更能打动人，严歌苓在情节安排上可谓煞费苦心。她查阅了大量史料，并深入采访相关当事人。写《小姨多鹤》时，严歌苓三次赶赴日本，自费请精通英文和日文的翻译陪同，住在小山村里听地道的日本老爷爷老婆婆讲故事，力求抓住日本女人的感觉。写赌徒的故事《妈阁是座城》期间，为真实描摹赌徒肖像，严歌苓亲赴澳门学赌博，体会输得痛心、赢得狂喜的惊心动魄之感；她还与叠马仔聊天，认真观察他们的身份符号。严歌苓从生活经验中提炼作品的主题，精心架构作品情节，当深刻的主题遭遇完美的情节，她的作品便焕发出独特的感召力和生命力，从而被影视界趋之若鹜。

其次是强烈的画面意识。严歌苓的文本在情节设置上没有沿袭传统小说按时间顺序讲故事的方式，而是通过蒙太奇、特写画镜头和色彩、光影等电影技法的娴熟运用，将一系列看似毫无关联的画面进行组合安排，经由作家加工凝练后转化为表达某种思想感情的构图。法国著名电影理论家马尔丹在其《电影语言》一书开头中说："画面是电影语言基本的元素。它是电影的原材料。"电影中任何一个单一镜头所能表达的内涵都很有限，然而当蒙太奇将不同镜头以某种特定顺序拼接起来，实际的时空被打破，营造出感染观众的独特力量后，画面中的任何一个场景都可能蕴藏着多重内涵。严歌苓文本中的时间、空间、现实与幻觉、色彩等都借助电影蒙太奇手法重新整合构造，为读者从独特的文学角度透视理解小说的内涵和作者的情感表达打开了一片全新的天地。如《第九个寡妇》中，王葡萄的世界中过去、现在和未来的分界趋近于混沌，取而代之以流动跳跃的记忆片段所建构出的立体生命维度，恰如葡萄关于河滩刑场的回忆：

"葡萄见过一大片人头长在河滩上，下半身埋土里。那年她十三岁。再往前，她见过十八条尸首让老鸹叼得全是血窟窿，又让狼撕扯得满地花花绿绿的肠子。那年她十一。还往前些，她见过打孽的胜家把败家绑去宰，那年她八岁。"

通过时空拼接和剪辑方式，严歌苓以蒙太奇手法将王葡萄的生命在时空大整合过程中进行了人性的释放。

电影特写镜头具有独特的视觉感染力。严歌苓擅长在作品中运用"肢解""放大""夸张""停顿"等视觉手段，以一种魔幻般的力量带领读者穿越现实障碍深入到细微而难以察觉的特写世界中。如王葡萄感知外界风云变幻，写她趴在地上从门缝向外"看"声势浩大的政治运动，只有一句话——"外头腿都满了"！一句极富特写镜头的语言，将王葡萄以局外人心态淡看世界风起云涌、以地母般的胸怀包容世事变迁和人间真情的纯净刻画得力透纸背。

作为影视的重要元素，色彩和光影的运用在严歌苓文本中也极为突出。比如白色象征着优雅、美丽、灵动，于是严歌苓作品中的女性舞者都有着白色的灵魂。《白蛇》中舞剧院的主要演员孙丽坤身姿婀娜，气质高雅，但这条美丽绝伦的"白蛇"在"文革"时期却蜕变为一个大街上随处可见的普通中年妇女，可以边上厕所边吐口水，毒辣地同小伙子们斗嘴，为了一个烟锅巴可以肆无忌惮地向男人们展示自己丑陋的肉体。灰色的时代把她从墙上钉着的画中赶出来，熏染得颜色莫辨，人性在道德和信仰的堕落中沦丧。丰富的舞台经验同时锤炼了严歌苓敏锐的光影感知力，使她能够在最合适的气氛中切入最恰当的视觉影像，并以一种类似于幻术般的力量震撼读者的心灵。《雌性的草地》中，叔叔"不答我。走得越远他就越显得黑暗，最终成了个黝黑的赤身的小男孩"。无父无母不知自己从何而来的叔叔，遵照草原上只有野性和本能的原始法则生活，无所谓善恶，生命力才是统治一切生命的神灵。在黑暗开始降临，世界黯然失色之时，叔叔远去的身影也变得混沌模糊，在光与影重叠之处，仿佛无所不能的草原霸主叔叔才真正显露出他隐藏在健硕身躯下的真身——一个"黝黑的赤身的小男孩"。作者在渐渐暗淡的光线中减缓语调，悠悠地带领读者缓缓穿越历史雾霭，走进传说故事中。

三是精粹灵动的语言风格。与我们平时的语言习惯相比，影视语言更偏爱自然、快速、富有魔力的语言韵律。严歌苓在创作中汲取了影视语言的优点，常常用交谈承担起表现人物心理、丰满人物形象、推进情节发展的作用。就像著名评论家雷达说的那样："严歌苓的作品是近年来艺术性最讲究的作品，她叙述的魅力在于'瞬间的容量和浓度'，小说有一种扩张力，充满了嗅觉、听觉、视觉和高度的敏感。"比如《穗子物语》中写穗子同几个女孩去偷拔竹笋，"竹叶响起来，竹林跟着哆嗦了好一阵，笋子才给拔起来"；写小顾艳嫁到艺术家协会大院，"脸蛋儿也是粉红的，这在一群饿得发绿的艺术家看，她简直就是从鲁本斯画里走下来的"。这样精粹灵动、声色俱备的立体化语言在严歌苓作品中可信手拈来，加上严歌苓文字功力运用得当，既不吝惜也不泛滥，更增加了作品的非凡感染力。

此外，影视剧中画外音的重要性在严歌苓作品中也多有体现。《金陵十三钗》中就出现了大量"根据……我想象""我觉得……"等主观猜测句式。如"我根据我姨妈书娟的叙述和资料照片中的豆蔻，想象出豆蔻离开教堂的前前后后。""既然我姨妈书娟无法知道玉墨和戴涛的谈话，我只好凭想象来填补这段空白。"诸如此类句式的大量出现，使作品的外在叙事声音和内在叙事声音相互碰撞，本来运行有序的历史时空、现实时空和小说时空旋转交织，过去的时空构建在现实的时空之上，并在文学的时空里逐步建立起一个立体的时空。万物开始在这个具有特殊时空的世界中运转，"我"被隔离在这个世界以外，变成了旁观者和讲解员，用语言带领读者解读和领悟这个传奇世界。

身为职业作家，严歌苓的作品之所以呈现出鲜明的影像叙事特征，原因是多方面的。这首先得益于作家少年时代的舞蹈生涯。严歌苓12岁就成为部队的红色芭蕾舞演员，经常跟随部队赴川藏演出，这段经历无论在审美还是思维上都对她产生了深远影响。在接受采访时，严歌苓这样解释自己作品中"强烈的画面感和视听感"："首先这当然和我 12 岁开始学习舞蹈有关系……这种对视觉的欣赏我很小的时候就有了。"①舞蹈属于视觉造型艺术，其本质在于将内在的心理、情感等外化为可见的表情、动作，通过肢体语言来传情达意。因此，8 年的舞蹈生涯不仅练就了严歌苓的视觉审美能力，更在无形中培养了她的视觉化思维——将无形的内在心理转化为外在可视要素的思维模式。

其次，这与严歌苓在哥伦比亚大学文学写作系接受的专业训练有关。谈到那个时期的训练，严歌苓认为："这种训练也形成了我写作会有一种画面的感觉，我觉得这种写小说的训练在美国是独一家的。为什么我现在写小说的画面感很强，我觉得这是跟我们学校的训练是很有很有关系的。"②

此外，严歌苓非常喜欢看电影。严歌苓曾说她每周都要看三四部电影，尤其旅居非洲期间，她上午写作，下午看电影。电影对她的触动和影响也很大。多次访谈中她都提及初到美国时看过的一部电影《蜘蛛女之吻》，并被电影中同性恋之间纯洁深沉的情感打动，故而大大改变了她原来对同性恋的排斥和厌恶之感。由此可见电影主题对严歌苓思想观念的影响。与此同时，电影中的技巧和表现手段也让她记忆深刻，她曾说："我印象很深的是周晓文的电影《二嬷》，里面关于二嬷手的特写，真性感，给人以饱满的视觉享受。"③在观影过程中，严歌苓也进行了深入思考。她认为，"电影在很多艺术手段上是优越于小说的。视觉上它给你的那种刹那间的震动，不是文字能够达到的。就好像你看到一块皮肤冒出汗珠的那种感觉，文字一写就俗了"。她坦言，"电影只会让你的文字更具色彩，

---

① 严歌苓：《小说源于我的创伤性记忆》，《新京报》，2006 年 4 月 28 日。
② 王湛：《不职业不敬业怎么行》，《钱江晚报》，2014 年 8 月 7 日。
③ 严歌苓：《小说源于我创伤性的记忆》，《新京报》，2006 年 4 月 28 日。

更出画面，更有动感，这也是我这么多年的写作生涯中一直所努力追求的"。①认识到电影视觉优越性的同时，严歌苓非常注重自己的视觉审美训练。她认为，"一个人视觉意象丰富，才可能做好的小说家和其他门类的艺术家。因此，该不断喂养自己的视觉，以好山水，好画，好电影"。②

当然一个很重要的原因是，严歌苓对当下小说受影视冲击的现实有着清醒认识。当代中国很多作家纷纷"触电"已是不争的事实：一方面作家出于经济原因，为了丰厚的回报走近影视；另一方面，影视的强势包围也迫切需要文学借影视做宣传，这是传媒时代的必然现象。严歌苓曾坦承："比较可悲的是并不是我最好的小说影响最大；而是被改编成电影的那些作品流传得比较广。"③视觉文化大行其道的现代社会，依靠文字阅读的小说已与大众的距离越来越远。因为"影视剧作为普及的大众文化的代表，其受众面要比名著大得多……现代社会影视艺术逐渐纳入到大众文化的传播体系之中，其传播范围借助现代传媒的威力更加扩大了……成为市场经济主导下的消费社会最主流的艺术形态之一"。④面对这种状况，严歌苓并没有对市场采取决绝的抗拒姿态，而是积极吸纳影视的优势元素融入创作之中，从而使作品呈现出一种极富时代感的审美意蕴。

值得一提的是，作为一个新移民作家，严歌苓具有开放性、前瞻性和包容性的跨国文化精神，具备强烈的文化参与和文化对话意识，加之好莱坞专业编剧的职业身份让她对国际主流观众的价值观了然于心，因此能够为华语电影走向世界提供文化支撑。当下，华语电影在全力以赴应对全球化浪潮，以融入全球化的姿态抵抗好莱坞的垄断，从而赢得华语片的世界

---

① 沿华：《严歌苓在写作中保持高贵》，《中国文化报》，2003 年 7 月 17 日。

② 严歌苓：《故事外的故事》，《青年文学》，2004 年第 9 期。

③ 沿华：《严歌苓在写作总保持高贵》，《中国文化报》，2003 年 7 月 17 日。

④ 周涌：《影视剧作元素与技巧》，中国广播电视出版社，2002 年版，第 88 页。

影响力。中国电影市场要与国际电影市场接轨，必然要重视和遵从国际市场规则和国际主流观念的价值体系。因此，挖掘民族符号，构造全球式普遍情感，注重审美现代性的反思，关注全人类主题等等成为建设良好国际营销的策略。而严歌苓作品对人性幽微深处的洞悉与阐释具有普世价值，正好符合走向国际市场的标准。2011年，张艺谋根据严歌苓的小说《金陵十三钗》改编的同名电影因此成为迄今为止中国电影最接近好莱坞的一次实践。张艺谋执导这部电影即是看中了严歌苓文本集中国题材与西方视点为一体，体现了一种人类融合的价值观，非常契合电影走向国际市场的策略。因此，影视媒介对严歌苓情有独钟，具有多重现实因素。

二、影视改编对严歌苓作品的重构

严歌苓作品鲜明的影视化特质，为影视剧改编提供了极大可能。但文本变成影视剧本，最终演化成观众眼中的影视剧，则要经由一个缜密的改编过程。需要根据时代诉求，结合影视文化发展现状与大众鉴赏需求，在作家、编剧以及导演主观意愿形成的合力作用下，使小说文本产生艺术性的重构，进而在影视领域衍生新的价值。影视剧对严歌苓小说的重构，主要体现在以下几个方面：

首先是"雌性"的消隐。"雌性"是严歌苓形容自己作品中女性形象的一个极富包容性的词汇。"雌性"的女人敏感，具有极其敏锐的感知能力。这种能力不是后天习得，是先天的原始本能。她们如天生机敏的幼兽，能够凭借本能感知危险、感知善与恶、感知人性的真实与虚伪。小说《第九个寡妇》把王葡萄的"雌性"魅力演绎到了极致。她无视世俗礼教束缚，遵从本能的女性欲望，汪洋恣肆地生活着。琴师、孙少勇、村里的兄弟俩、新来的作家，构成了她真纯无欺的情感世界。连她自己都奇怪，一颗心怎么就能掰成好多瓣，分给这么多男人。无论城头如何变幻大王旗，葡萄数十年如一日坚守着一个骇世的秘密——在自家红薯窖里隐匿着被划为恶霸地主在刑场上处决未死的公爹以尽孝道——只因感念在困苦之时公爹从人贩子手中解救她并给了她家的温暖。王葡萄的形象集不加掩饰的野性与无与伦比的人性于一身，堪称远古雌兽与人间地母的合体。但2012年由导演黄建勋改编的同名电视剧，却将这个极富人性张力的王葡萄置换成了充满爱情理想和革命觉悟的女性形象。电视剧中王葡萄坚强活着的动力是要为爱情和革命理想贡献力量。她对爱情坚贞执着，从始至终独爱孙少勇，数十年苦苦等候最终修成正果。电视剧改编时还增加了一个情节：心灵手巧会剪迷魂阵却为情郎在山上苦苦坚守五十余年的魏婆婆教王葡萄剪纸，希望她将对爱情的忠贞和对心灵的坚守传承下去。魏婆婆形象实际上是王葡萄的映照，她象征着葡萄的今天，却不会成为她的明天，葡萄感情的未来只有靠她自己争取。这种观点既顺应了剧中人们用自己的双手去创造未来的宏大历史背景，又迎合了当下社会的爱情观、人生观和价值观。严歌苓的小说让女性以一种超常的精神力量顽强地生活在艰难时世中，并用人性的维度书写出一部女性生存的精神史诗和心灵成长史。但经过电视剧改编后，严歌苓文本中女性形象的雌性魅力被消解、固化成断裂的碎片和符合市场预期的代号，转换成市场链条上的消费环节。被改编的王葡萄形象是传统文化的女性典范，更是当下大众文化诉求的完美女性，是传统道德与社会理想的标准符码。经由王葡萄们的亲身示范，影视剧完成了中国传统价值观和爱情、家庭伦理观等预设主题的建构。编剧和导演对小说中"雌性"的规避和消隐，不仅源于主流意识形态对传统女性魅力的诠释和弘扬，更来自于道德和理性的双重规范以及利益和金钱的束缚，因而以大众口味调和小说中精英文学可能带给主流意识形态的不适感和刺痛感就成为稳妥的选择。

其次是英雄主义的提纯。在视觉文化时代，编导们常常会以大众的审美倾向和价值追求为标尺，以市场消费为导向，创造出符合当下时代标准的影视作品，其中英雄人物和情节的集中凸显，不仅圆了观众们虚幻的英雄梦，而且使故事主题更加清晰，因而能迅速占领市场，收视率和票房一路攀升。英雄主义情结的凸显在张艺谋执导的电影《金陵十三钗》中得到了完美展现。改编后的电影删除了原小说中南京官兵放弃反抗，为了生存主动向日本人投降，最终却惨遭屠杀的真实而屈辱的历史片段，在电影中用佟大为饰演的李教官取代小说中的戴少校，并由他带领部分中国军人放弃撤离南京，勇敢地以肉身对抗武器装备精良的日军，用生命保护女学生们的安全。战友死去后，李教官独自守护在教堂外，在日军闯入教堂肆意行凶的时刻，他不惜暴露自己去保护教堂里面的孩子们。随着荧幕上中国军人的伟岸身躯一具具倒下，他们的精神却得以不朽，观众的心灵被深深震撼着。电影《金陵十三钗》中民族英雄形象及其情节的全新建构，迎合了中国观众的审美价值和心理共鸣，激发了观众的爱国主义情感、民族自尊心和国家自豪感。基于英雄主义理念基础上的改编和创新并未改变小说对于灵魂的救赎和人性复苏的主题，反而通过人物和情节增减使主题更加集中凸显，并增强了影视作品自身的娱乐和审美功能。可以说，电影版的《金陵十三钗》为观众们奉上了一席集视听感受和精神洗礼于一身的盛宴。

除了战争中的英雄人物，严歌苓的小说经过影视化改编还闪现出诸多平凡世俗中的英雄人物形象。如小说《小姨多鹤》中原本想买一个生育机器的张俭父母，在电视剧中被改塑成世俗英雄：为行善积德收留多鹤，宽恕了日本人对中国人民的种种暴行，善待日本人身份的多鹤，让她领悟了世间大爱；小环视多鹤为亲姐妹；小石给予了多鹤人间真情，用生命为多鹤守护了爱的誓言。在影视构建的宏大历史底幕上，无数平凡的小人物奋力以弱小的力量拆解历史，用生命的活力重新演绎集体、民族、国家的历史，展示人性的高贵和灵魂的光芒。

最后是理想爱情的呈现。爱情是艺术题材永恒的话题。现实生活中的爱情也许过于平淡，也许遗憾丛生，借由影像世界演绎的或忠贞纯洁、或生死相许的完美爱情，让观众在他人的爱情样本中身临其境地品味了爱情的千滋百味，获得了对感情的全新认知。因此，以爱情题材博取观众眼球一直是影视剧经久不衰的热点。小说《陆犯焉识》将知识分子陆焉识的命运铺展在中国近当代政治的巨大底幕上，检阅了残酷岁月里生命可能抵达的高度，展示了深远的济世情怀。这部史诗般的长篇小说最重要的意义就是对自由的理解与诠释——情感的自由、精神的自由、人身的自由。然而在张艺谋执导的电影《归来》中，其主题被置换为对爱情的坚守。当冯婉喻望穿秋水终于盼得陆焉识狱中归来，她却因失忆不再认得丈夫；为了唤回妻子的记忆，陆焉识可谓煞费苦心。满蕴悲凉意味的人生错位，叙写了一个时代的荒诞不经。许多年来，当陆焉识举着写有自己名字的接站牌如期陪冯婉喻去车站迎接陆焉识的归来时，他们的身影定格成一道凄绝的风景，一个充满黑色幽默的仪式。在文明被虐杀的岁月，冯、陆两人不离不弃的真情守望足以消融那漫天冰雪，滋养几近荒芜的人性土壤。小说《一个女人的史诗》中田苏菲深爱着和自己没有共同语言的欧阳萸，但在爱情的困惑期，她和同事小陈产生了精神和肉体的越轨。改编后的电视剧中，苏菲默许与小陈的暧昧关系，只为了喜欢被人疼爱和呵护的感觉，两人自始至终未越雷池——因为观众接受不了有悖伦理道德的爱情故事。最终苏菲以其对爱情的坚贞与守护，换来了所爱之人的尊重和厮守，观众陪着苏菲一起圆了爱情梦。正是由于现实生活中爱情的不完美，完美的爱情才更加让人神往。通过影像审美，观众借他人的酒杯浇了自己心中的块垒，用他人的理想爱情弥补了自己现实生活的缺失。同时，也是在最为平凡琐碎的婚恋题材碰撞中，观众得以冲破遮蔽心灵的雾瘴，感受来自生命深处最原始的震颤，追寻最珍贵的真情本源。

文学和影视尽管属于两种不同的艺术形式，但他们对于人类情感的影响却是共通的。正因如此，当影视改编者把握了文学作品的精神内核和创作意图后，在保留作品人物、故事情节和情感基调的前提下，对文学作品进行艺术改编，既能满足观众对现实理想化、生活完美化的审美要求，同时也能使作家的意识形态和艺术理念借助镜头进行伸缩，进而产生不同的艺术审美效果和文化意蕴。因此，真正的改编是一种再创造，在不损害原著精神内涵的基础上，考虑相应的时代背景和社会内容，融入改编者独有的情感和认知方式，创造出另一种艺术空间，让观众获得全新的艺术感受，这才是影视改编所带给观众的独特魅力。

第三节　文学与影视联姻的文化反思

读图时代的到来，压缩了文学的生存空间，以文字传播为主的文学市场被不断蚕食，读者大面积流失，文学也由最初居于文化中心的地位移至边缘。影视媒介对文学传播的强烈影响，恰如张邦卫所言："现代传媒改造了我们的文学，全方位地改变文学的生产、传播与消费以及文学的再生产与再消费。……更为关键的是，传媒对文学的干预有了自觉意识，不是盲目的、随意的、顺从的，而是自为的。而这种自觉干预意识一旦生成，就会倚靠话语权、媒介法则等文化霸权迫使文学做出'适媒性'的改变。"[1]文学与影视联姻后，一方面，文学做出适媒性改变，借影视霸权的

---

① 张邦卫：《媒介诗学：传媒视野下的文学与文学理论》，社会科学文献出版社，2006 年版，第 176—177 页。

影响拓展生存空间；另一方面，影视化改编也对文学自身进行着消解，作家与市场共谋、文学与影视合作形成的产业化链条都为文学的发展埋下了商业隐患。

一、文学借助影视媒介拓展生存空间

视觉文化时代，影视以其集声画于一体的生动丰富的视听优势占据了传播媒介的强势地位，并潜移默化为人们的生活习惯。2000年，有人曾挑选了100部中外文学名著，进行了一次名为"现代受众了解文学作品的途径调查"。结果显示，有60.5%的人选择通过电视、电影、广播、戏剧等非文字传播渠道了解这些作品，其中18.5%的人在影视等媒体上看了后再去看原著，而其余人看了影视等之后，就不再看原著了。因此，丹尼尔·贝尔说："当代文化正在变成一种视觉文化，而不是一种印刷文化，这是千真万确的事实。"[1]在生存空间被压缩、受众大量流失的黯淡生存现实中，文学开始借助"影视中心"和"影像霸权"力量传播和发展，在市场语境中寻求突围，并为文学的惨淡经营带来了新的生机。

首先，文学与影视联姻拓展了文学的生存空间，以另一种形式延续了文学的生命力。随着新技术在大众生活中的普及，影视成为人们生活的重要组成部分。"据统计，在美国，许多12岁以前的孩子，看电视的时间和上学的时间一样多。"[2]在我国，"2008年全国电视综合人口覆盖率为96.95%"。[3]如果说借由文字阅读的文学需要读者具备一定知识储备，

---

① ［美］丹尼尔·贝尔：《资本主义文化矛盾》，赵一凡、蒲隆、任晓晋译，生活·读书·新知三联书店，1989年版，第156页。

② 周鸿铎：《应用传播学引论》，中国纺织出版社，2005年版，第186页。

③ CCTV-中国电视网，http://tv.cn/20090617/105932.shtml。

那么作用于视听知觉的影视则打破了由于知识鸿沟带来的文学阅读差异化，经典名著逐渐走入大众视野，不再是小众精英独享的资源。且看完一部诉诸影视媒介的文学作品只需两三个小时，而阅读原著少说也要一周，这种观影的便捷和轻松，极大满足了文化快餐时代人们的阅读诉求。因此，根据文学作品改编的影视剧热播，不仅使不少已经淡出大众视野的文学作品重新回热，而且让许多本来不闻其名的文学作品为大众熟知。一部文学作品发行百万册已属战果辉煌，而一部影视剧观众动辄过亿也是司空见惯。因此文学与影视联姻，极大地丰富了文学的表现形式，增加了作品的受众面，扩大了文学的影响力。

一部文学作品，依靠传统传播路径，由新华书店、网络书店销售，以最畅销量计算的话，如果销售 100 万册，受众范围就在这 100 万，以每人平均一周读完的阅读速度计，传播速度需一星期。但如果这部作品被改编成影视剧上映，则受众面会迅速扩展到数千万乃至上亿人次，观众接受顶多两三个小时，影视媒介传播的优势和巨大威力不言而喻。以《小姨多鹤》为例，该电视剧在江苏电视台城市频道播出时，南京地区平均收视率为 9. 14%，名列第一。[①] 以南京 800 万人口计算，每天观看《小姨多鹤》其中一集的观众是 731200 人次。相比较之下，即使号称最畅销的由韩寒主编的刊物《独唱团》在 2010 年曾卖到 150 万册，可谓创造了出版神话；但与严歌苓影视剧的泱泱受众相比，也不能同日而语。显而易见，影视改编改变了小说依靠出版发行销售的单一模式，极大提升了严歌苓小说的影响力。

关于好莱坞电影对文学作品的影响，乔治·布鲁斯东有过详细论述，

---

① 2010 年全国 12 城市收视排行榜，http://www.tv1926.com/html/5special1/show31.htm，2010 年 5 月 31 日。

"据玛加丽特·法伦德·索普说，《大卫·科波菲尔》在克利夫兰的影院公映时，借阅小说的人数陡增，当地公共图书馆不得不添购了132册;《大地》的首映使小说销售突然提高到每周3000册;《呼啸山庄》拍成电影后，小说销数超过了它出版以来92年内的销数"。影视剧热播对文学作品知名度的提升显而易见。在我国，传统四大名著并非所有人都能读懂，更毋庸说完整地读完。但上至耄耋老人下至垂髫小儿，都可以毫无障碍地观看由四大名著改编的电视剧。经过影视化转换的央视版四大名著，因为创造出了源于经典的影视巅峰之作而家喻户晓:《三国演义》播出时曾创造了高达46.7%的全国收视率。影视剧的成功改编，同时使林黛玉、王熙凤、诸葛亮、孙悟空、猪八戒、武松、林冲等一批经典荧屏形象深深植根于广大观众记忆中。经由影视剧的通俗传播，老幼妇孺对文学作品中的经典故事耳熟能详。可能你不知道苏童的《妻妾成群》，却会熟知电影《大红灯笼高高挂》;你也许看过张艺谋的电影《山楂树之恋》，却未必知道其改编自艾米的同名小说……这就是当代影视的巨大影响力，就像作家刘恒所说，"作家辛辛苦苦写的小说可能只有10个人看，而导演清唱一声听众可能就达到万人"。① 现实让我们不得不承认，文学与影视嫁接，为文学自身的传播与发展开启了一片别样的天地，影视当仁不让地成为拓展文学生存空间的最有效形式。

其次，影视介入文学，使文学的内容发生嬗变，衍生了新的文学形式。就像有学者断言的那样，"文学已经不是电影或者电视的范本;恰恰相反，文学成为电影或者电视的孳生"。② 传统文艺秩序中，小说、诗歌、散文、戏剧等文学种类掌握着话语权，如今却是电影、电视连续剧、流行

---

① 刘江华:《刘恒讲述当导演的幸福生活》,《北京青年报》,2002年11月27日。
② 南帆:《文学理论：新读本》,浙江文艺出版社,2002年版,第96页。

歌曲、广告等新兴文艺类型占据着文化中心。它们以显在的商业性迎合着受众趣味且左右着他们的文学认知。然而，正如一枚硬币有两面，影视媒介在解构传统文学规则的同时，也在重构当代的文学秩序。尼尔·波兹曼就说："虽然文化是语言的产物，但是每一种媒介都会对它进行再创造——从绘画到象形符号，从字母到电视。和语言一样，每一种媒介都以思考、表达思想和抒发情感的方式提供了新的定位，从而创造出独特的话语符号。"[①] 文学与影视遇合，创造出了影视文学这一独特话语符号。影视文学是编剧以影视表现手法进行构思，依靠生活经验直接创作或是根据文学、影视作品改编，最终经由文字形式呈现的一种新兴文学门类。它包括改编自文学作品或专为影视剧而创作的影视剧本文学，以及通过电视艺术来表现文学的电视文学（包括电视诗歌、电视小说、电视散文等），是影视媒介与文学在变革过程中相互融合的产物。影视剧本文学与传统文学既有关联，也有差异，就如布鲁斯东所说："小说拍成电影以后，将必然会变成一个和它所根据的小说完全不同的完整的艺术品。"[②] 影视剧本是为拍摄影视剧而创作，必然要符合影视剧的基本规律和要求，具备影视语言的独特性，比如语言简洁、减少心理描写，增强画面感等。每当影视剧播出受到市场强烈欢迎时，出版商们便重新打量影视剧本，将其改编成"影视同期书"（指小说改编成影视作品之后，再根据影视剧本写作的所谓"剧本小说""电影小说""电视小说"），以一种全新的文学样式与大众见面，进行图书出版的第二轮销售，从而使文学作品借助影视传媒的有效传播迅速抢占市场。因而，一部热播的电影或电视剧往往都能形成声势浩大

---

① ［美］尼尔·波兹曼：《娱乐至死》，章艳译，广西师范大学出版社，2004 年版，第 12 页。

② ［美］乔治·布鲁斯东：《从小说到电影》，高俊千译，中国电影出版社，1981 年版，第 4 页。

的"影视同期书"现象。严歌苓的小说也不例外，比如《小姨多鹤》2008年出版后，三个月内销售量为 2 万册；2009 年同名电视剧播出后，原著小说借势销售，短时间内原著热销至 10 万册；由花山文艺出版社于 2011 年 2 月出版的影视同期书《幸福来敲门》，封皮和彩页都采用了电视剧中的剧照进行宣传，内容和电视剧完全一致，引发了读者的购买狂潮；发表于 2005 年、2007 年出版的长篇小说《金陵十三钗》被张艺谋改编为同名电影于 2011 年成功上映后，各地出版社同时期精心包装上架的影视同期书大获畅销，包装基本上都和陕西师范大学出版总社有限公司 2011 年 6 月出版的《金陵十三钗》相似，封皮上冠以"张艺谋 2011 年度大片""奥斯卡金像奖得主克里斯蒂安·贝尔倾情加盟"、"佟大为、聂远、窦骁、曹可凡、黄海波联袂主演"等字眼吸引读者眼球，这种双赢的营销方式在保证票房的同时满足了观众阅读经典的渴望。同在 2009 年热播的电视剧《一个女人的史诗》，其原著因为电视剧热播而销量飙升，导致一些图书出版机构在电视剧上映后陆续再版。如新星出版社于 2009 年 3 月出版了该小说，作家出版社于 2010 年 4 月再版，陕西师范大学出版总社有限公司于 2011 年 2 月接着再版。短期内小说的高密度出版印证了影视媒介的传播魔力，也表明严歌苓小说的巨大市场潜力。可以说，"影视同期书"现象是出版社基于市场规律的一种经营策略，在出版社的精心策划下，文学以新的方式在影视中焕发了生命力。

二、文学与影视合谋的商业症候

如上所述，文学与影视联姻为文学打开了新型传播渠道，并衍生了新的文学样式。但文学毕竟不同于影视，它是一种能够带给读者个人隐秘心灵探索的精英文学，与影视的大众文化诉求之间在某种程度上存在着不可弥合的裂缝。因此，当文学在市场语境下与影视合谋后，在影视媒介的强势影响下，文学的独立性遭到破坏，从本体意义上压缩了文学的生存空间；同时在影视化改编带来的丰厚商业回报面前，许多作家放弃了对纯文学的坚守，转而投身影视编剧行列。文学与影视的合谋，也为文学的健康发展埋下了商业隐患。

首先，影视改编消解了文学的独立品格，使文学由雅变俗走向商业化。"对文学而言，媒介时代的媒介已穿越了工具论的范畴而跃升成为一种本体论意义上的媒介，它不再只是文学的外部他者，而是一种内外兼修的功能主体，一种魅力四射的'发动机'与'助推器'。"① 随着时代的发展，影视已经由传统意义上为文学服务的传播工具和影响文学变化的外部力量，进一步转化为功能主体，对文学实施着消解与重构，从一定程度上掌控着文学的创作与生产，改变着文学的生长方式。影视以商业化姿态介入文学，销蚀了文学的纯洁性，使文学渐渐丧失了自身的独立品格。

因为影视媒介追求故事元素，并不注重文学元素，导致许多优秀小说被影视改编后，只能看到似曾相识的故事，却稀释甚至驱散了原著中的人文底蕴。严歌苓就坦承，"当看到自己的一些小说改编成影视之后，都不敢相认了"。② 如根据严歌苓同名小说改编的电视剧《小姨多鹤》收视率很高，也大体保留了原著的故事脉络。但通过对比，经过电视改编的二次创作已与原著的精神面貌相去甚远。小说中小环对多鹤从嫉妒、仇恨到亲如姐妹般的爱，是原著中感人至深的一笔，承载着作者对超越国籍、文化的普适人性的深刻思考。尤其是在"文革"中，张俭入狱，生性柔弱的多鹤绝望想死，是小环的坚强和勇敢感染着她，并坚毅地守护着多鹤日本人

---

① 张邦卫：《媒介诗学：传媒视野下的文学与文学理论》，科学文献出版社，2006 年版，第 174 页。

② 黄咏梅：《严歌苓：让幸福来敲门》，《羊城晚报》2011 年 5 月 15 日。

身份的秘密，使多鹤免遭迫害。小环身上集中了中国女性坚强、包容、善良、勇敢等种种优点。而经过电视剧改编的朱小环，俨然一个打翻醋坛子的泼妇，身上的人性辉光荡然无存；电视剧还把原著中小环的坚强、善良等优秀品质全部移植到了多鹤身上。原著中的"文革"叙事在电视剧中变为张俭入狱，小环也因重病卧床，是多鹤忍辱负重，坚强地支撑起整个家庭。这样的改编，已经与原著表达中国人宽容善良品性的精神背道而驰。更甚的是，电视剧《小姨多鹤》寻求第二轮上星播出时，迫于广电总局审片限制，多鹤的日本人身份被改编成中国人，原著至此已被拆解得面目全非，其意蕴丰富、撼动人心的精神感染力也成了强弩之末。考察《第九个寡妇》的电视剧改编，影视对文学的消解更是触目惊心。小说《第九个寡妇》发表后好评如潮，评论界认为王葡萄的形象是严歌苓对中国当代文学的一个重大贡献。而王葡萄"地母式"的人性力量，正是经由一系列政治运动的演绎来呈现的。因此《第九个寡妇》在改编之初备受期待，但电视剧改编后却令人大失所望。小说借一系列政治风云展现人性的熠熠辉光、赞颂民间生生不息的能量与本原的深厚意蕴，被电视剧改编成一个老套的爱情故事，"红薯窖中藏公爹"的传奇，只是王葡萄和孙少勇爱情故事的点缀。为了博取收视率，电视剧还把小说中屡受王葡萄帮助的寡妇李秀梅变成王葡萄的情敌，与孙少勇三人上演了一场三角恋。以爱情故事作为叙事主线，改变了原著以政治变迁串联故事的结构，从根本上解构和颠覆了原著精神。严格来讲，除了剧中人物名字和小部分情节外，电视剧已经和原著基本风牛马不相及了，当然更谈不上具备原著的人文精神和深厚底蕴。

就契约意识而言，一部小说如果出卖了版权，就表明其让渡了二度创作权，影视有权进行自由改编，且评判改编好坏的尺度也并非以是否忠实于原著为标准。但是影视媒介与生所俱来的审美向度，决定了它很难与文学作品的人文情怀比肩。在这一点上，文学与影视之间横亘着无法逾越的沟堑。因此，影视与文学共谋导致文学独立品格的失守在所难免，而改变这一现状需要"影视剧本具备更高的文学品格，以满足观众对其更高的人文精神的需求。而文学家的坚守，尤其是大量优秀文学作品的产生才是影视达到水平的中流砥柱，在今天这个消费社会更需要文学经典提供有深度的价值理想和人文精神，来遏制影视往物欲和快感的无限度沦落"。①

其次是影视与文学联姻衍生的影视同期书大行其道，埋下了文学发展的商业隐患。基于共同的商业利益，影视公司和出版公司合谋共同探索出一条将商业与文化、影视与文学紧密联结的市场影视文化新思路。出版商联合影视公司共同把图像化的影视作品转化成平面文字的形式展示给观众和读者，从而促成了一种新的文学样式的诞生，即前文所论及的影视同期书。在影视剧组的精心包装和大力宣传下，随着影视剧热播，观众和读者会对原作品产生强烈的好奇，相应也会引发对影视同期书的购买狂潮。比如严歌苓的作品自出版以来不仅迅速俘获了读者的心灵，汇聚了阵容庞大的读者群，还凭借波澜丛生和跌宕起伏的故事情节、撼人心魄的情感表达以及性格鲜明的人物形象赢得了影视公司青睐，从而将小说以影像形式搬上银屏，让无数观众随着剧情的展开重温历史、感受人性、体悟人生。应该说，优秀的影视剧本是成就一部影视剧的基石，文学与影视以同期书形式的合作营销方式确实在一定程度能够达到双赢，但长此以往却会伤害到出版社和影视公司的利益，影响到文学与影视艺术未来的发展空间。速成的影视同期书中铺天盖地的画面和影视文字描述以及过于直白的语言对话，直接降低了影视同期书的质量和文学性，伤害了读者的阅读兴趣。而出版社基于商业利益驱使，很可能会将注意力过多地投注于创作时间短、

---

① 柳艳芳：《视觉文化冲击下的当代小说影视改编的尴尬处境——以池莉、方方小说电影改编为例》，《文学界》，2010 年第 4 期。

利润回报丰厚的影视文学和通俗文学上，相应就会减少对创作耗时、受众范围有限的精英文学的关注，从而导致本来就萧条冷落的精英文学市场雪上加霜，戕害作家的创作积极性，对文学的发展造成致命打击。影视剧市场永恒的风向标是商业价值，一味追逐利润则直接造就了影视剧作品良莠不齐，多数作品商业化味道浓厚，致使影视观众流失，读者疏离文学，从而消解了影视和文学作为艺术的严肃性。因此，文学市场化是一把双刃剑，当影视和文学通过合作方式获得利益的同时，也要深思熟虑，警惕文化探索过程中对文化自身造成的伤害。

最后，影视改编中作家物质与精神的双丰收带来了创作主体精神迷失的疾患。在市场语境下，传统图书出版市场门前鞍马冷落，仅靠稿费就能养活自己的作家可谓凤毛麟角，更不要说像西方作家一样靠文学创作发家致富。就连 2012 年诺贝尔文学奖得主莫言也曾在媒体上调侃说，他的奖金在北京甚至都买不到一间稍大的房子，貌似幽默的言语间透露出当代作家倾心创作的苦楚与辛酸。然而。影视媒介的发展，为作家联合影视娱乐界开辟了一条将文学创作与影视艺术挂钩的新道路。"上海文艺出版社社长郏宗培认为，作品之外，作家还可以从影视剧版权、编剧、参与文化媒体策划、担任传媒编辑等渠道获得收入。"[①] 而小说的版权一旦被影视剧组购买，仅仅通过版权收益，作家就可获益一生。因此，当爱好与事业同行，其诱惑委实令人难以抗拒。即便如严歌苓这样以精英文学自居且被学界认可的作家，也没能完全抵制得住作品影视化改编所带来的巨大名利诱惑。凭借自身对影视造型艺术的熟稔和在好莱坞编剧家协会担任专业编剧的职业优势，她在进行文学创作时常常有意识地将影视元素渗入文本的字

---

① 雅虎财经《作家是怎样挣钱的》，http://biz.cn.yahoo.com/070109/136/kisa.html，2007-01-09。

里行间，并借由传奇生动的故事情节、极富画面感的特写式镜头特点以及精粹灵动的语言备受影视公司的关注与青睐。她的短篇小说《少女小渔》中篇小说《天浴》和《金陵十三钗》等被改编为同名电影后，不仅受到了国内影迷的热捧，同时也引发了国际评论界的广泛关注；其长篇小说《小姨多鹤》《第九个寡妇》《一个女人的史诗》等经过电视剧改编后获得了很好的收视率；同时，她的多篇小说的版权也都被收购，基本上每有佳作问世版权即被购买。严歌苓小说版权热销的原因，不仅由于她将文学艺术和影视艺术进行了很好的融合，更得益于她对商业消费文化的敏锐感知。"我觉得无论怎么样，电影和电视都是小说现在的最好、最得力的广告，不管你改成什么样的，读者群马上就扩大了，很多人到最后都是要落实到来看你的作品……我觉得现在作家很多时候要从他的小说、文字后面出来为自己的小说做宣传什么的，这都特累，有个电影或者电视剧反而省了你的力气了，每一个有电影、电视剧的东西，它的印数就高了好几倍。"[1]"电影一上映，读者群马上就扩大了，影视观众会变成我的小说读者，这未尝不是一个推广纯文学的路子。"[2] "我已经很感激这些电影工作者了。因为他们的工作，所以我的读者群在一年年地扩大。如果我的读者群扩大，他们终究会从小说中来理解我的创作，我觉得这对文学来说，对我的文学来说，是一种福音。"[3]"没有任何公关比影视更厉害，从写作者来说，很高兴能够通过影视作品来反映自己的小说。"[4] 严歌苓认同影视对文学受众面的拓展，并在多种场合表达过这种自觉的市场意识。在市场的号召下，越来

---

① 《专访严歌苓：〈金陵十三钗〉的遗憾用电视版补偿》，网易娱乐专稿，2012 年 2 月 15 日，http://ent.163.com/12/0215/08/7Q9R8ORA000300B1.html）

② 展迎迎：《严歌苓：影视终究会反哺文学》，《钱江晚报，》2014 年 5 月 28 日。

③ 《严歌苓：我最看重的品质是"聪明人使笨功夫"》，腾讯娱乐，2014 年 12 月 9 日，http://ent.qq.com/a/20141209/074291.htm。

④ 蔡震：《严歌苓：张艺谋放弃了〈床畔〉》，《扬子晚报》，2015 年 5 月 14 日。

越多的作家开始谋求与影视合作，主动按照影视剧要求为其量身定做文学作品，以便作品完工无需编剧多做修改即可迅速搬上银幕。如海岩生死之恋三部曲《拿什么拯救你，我的爱人》《永不瞑目》《玉观音》以及六六的生活三部曲《双面胶》《王贵与安娜》《蜗居》等就是这种文学与影视共谋规则下的产物。

我们所需反思的是，在市场产业化链条中，走向市场的精英作家的创作宗旨或创作模式必然会发生质的倾斜，这种对大众文化的商业性迎合，必然会对创作主体的艺术创作空间造成伤害，使本来应具个性化的创作陷入模式化和固定化。当商业利润和报酬成为衡量一部作品或是一个作家文学价值的重要尺度时，许多作家会在经济利益的驱使下放弃对文学的承担，速产一些缺乏思想深度和文化内涵的快餐文学。更有一些利欲熏心的作家会靠请枪手拼凑署名作品，重复叙述，堆砌纸张，肆意制造文化垃圾。当作家用利益去交换梦想，创作目的就发生了质变，那样不仅仅会丧失写作能力，更丢掉了思想和尊严，迷失了自己的精神本位。

第三章　严歌苓作品的网络传播

　　历数新世纪以来中国文学界最具影响力的事件，"数字化"新媒介对汉语文学的影响无疑是其中之一。以互联网为标志的数字化媒介以汹涌之势席卷文坛，使文学在创作、传播、欣赏和批评方式等方面发生了巨大改变。在与传统印刷文学分割读者市场蛋糕的同时，也丰富并支撑着渐趋冷落的文坛。随着互联网科技的强力覆盖和数字通讯工具的广泛应用，网络小说、博客书写、手机文学、超文本文学等大量涌现，传统文学作品也开始大规模走向电子化。这些新媒介文学依附于日新月异的电子化技术，在文学传统的新旧承续中，奏响了新的旋律。在文学的数字化转型时代，我们如何利用网络的媒介特性为文学的发展开辟新领域，而不是让数字技术成为摧残文学之花的辣手，是一个值得深思的课题。因此，透过严歌苓作品的网络传播探讨网络背景下文学的发展，其潜在价值不言而喻。

第一节　互联网时代的文学传播

互联网是继报纸、广播、电视之后的数字化媒体（又称"第四媒体"）。网络传播即借助计算机和互联网进行信息传播的一种新型的数字化传播方式，它具有传播范围的广泛性、传播过程的开放性和互动性、传播手段的综合性、传播速度的快捷性、传播内容的丰富性等特点，因此获得了比以往媒介更强大的符号承载力量，也展现出异于其他传播渠道的独特面貌。网络传播不仅大大提高了资源利用效率，在文化价值层面也引发了深刻变革。同时，互联网所提供的隐身和开放性平台，激发了民众潜在的表达欲望，受众的参与意识空前高涨，网络文学应运而生。

一、网络文学横空出世

随着互联网的普及，在网络快捷的信息处理方式和自由的信息空间吸引下，文学开始借助这种新的媒介进行传播，传播内容包括网络写手在网络上的原创作品、传统作家已出版的和未出版的经电子化后放在网络上的作品以及与文学相关的一切信息。1994 年，中国大陆以域名".cn"正式加入国际互联网，从此一种新的文学形态——网络文学开始在我国文学大家族里平地崛起。2013 年，中国成年人的数字化阅读占 50.1%，首次超越纸质阅读，并呈逐年递增趋势，从而成为媒介分水岭。在大众传媒与互联网的双重作用下，网络文学从草根走向前沿。网络文学以其无边的开放性打破了时空界限，也改变了传统的写作行为、阅读方式和交流渠道。因此，网络传播一经出现，很快就跃升为当代文化的主导型媒介，改变着既有的文化格局，重绘着当代文学地图。正像有研究者论及的那样，网络文学"不仅日渐改变着汉语文学的整体面貌和发展格局，还对传统的文学观念和创作与传播体制形成强烈的冲击，进而带来了当代文学的数字媒介转型"。①

然而，关于网络文学却存在众多争议。李洁非提出："我强烈主张撇开'文学'一词来谈网络写作。网络写作根本不是为了'文学'的目的而生的。"②李敬泽说："文学产生于心灵，而不是产生于网络，我们现在面对的特殊问题不过是：网络在一种惊人的自我陶醉的幻觉中被当作了心灵的内容和形式，所以才有了那个网络文学。"③持此看法者认为，互联网只是一种媒介，是文学表达的工具，而媒介或工具根本不足以用来作为界定一种文学属性的依据。但更多人对"网络文学"持肯定态度，"榕树下"文学网站创始人朱威廉说："这是个一直在持续的争议问题。我觉得网络文学就是新时代的大众文学，Internet 的无限延伸创造了肥沃的土壤，大众化的自由创作空间使天地更为广阔。没有了印刷、纸张的繁琐，跳过了出版社、书商的层层限制，无数人执起了笔，一篇源自于平凡人手下的文章可以瞬间走进千家万户。"④互联网产生之前，文学创作主要是文学圈子里小众们的精英事业；而互联网则抹平了国界、身份和特权差异，为每个上网写作的人提供了前所未有的平等机遇。这种打破文学写作的传统体制、等级和特权的有效方式，激励着网民在网络的自由空间里展翅翱翔。吴俊说："在文学领域，新媒介革命的影响已经有了明确的结果——它改变了当代（中国）的文学形态和格局。简言之，它已开始改变我们的文学观。"⑤

① 欧阳友权主编：《网络文学概论》，北京大学出版社，2008 年版，第 1 页。
② 李洁非：《Free 与网络写作》，《文学报》，2000 年 4 月 20 日。
③ 李敬泽：《"网络文学"：要点和疑问》，《文学报》，2000 年 4 月 20 日。
④ 朱威廉、李寻欢等：《网络文学的生机与希望：网络文学新人新春寄语》，《文学报》，2000 年 2 月 17 日。
⑤ 吴俊：《新媒介文学"革命"刍议》，《钟山》，2006 年 3 期。

如今被大家认可的网络文学包括两大类：一是专为网络创作、首次在网上发布的网络原创文学；二是以电脑和互联网为传播载体，通过文本电子化搬上网络的纸质文学作品。作为两种介质不同的文学，传统文学和网络文学之间的客观差异是不容忽视的。

首先是媒介载体不同。传统文学属于以印刷技术的物质承载的精英文学，由少数文学才能卓著的人写作供读者阅读；而网络文学以网络这种新媒介为载体和发展空间，有效整合了互联网强大的媒体容量和共享的信息资源，这是传统文学无法企及的两大优势。传统文学书写以纸笔为工具，而网络作家以计算机代笔，甚至可以在交互式语音平台上进行语音输入。传统文学作品发表后以书面形式呈现给读者，而网络文学则在互联网上以电子形式面对读者，读者必须借助网络，打开网页才能阅读，并可以随时任意搜索想要阅读的作品。

其次是文本形态不同。传统文学作品以书籍、报章杂志等物质载体的文本形式出现，是一种物质化的"硬"存在；而网络文学则以电子符号"软"载体形式存在于电脑中。与此同时，网络实现了信息海量储存，几张小小的电子光盘就可囊括一个图书馆的资料信息。与传统文学作家单一的写作手段不同，网络文学的作者可以通过在线交流和读者进行互动，还可以借助视频、音频、三维动画等媒体软件随意添加其他的媒介手段丰富自己的作品，比如在作品中添加音乐、画面、FLASH等，使作品声像文并茂，带给读者与传统文学不同的立体审美感受。

最后是传播方式不同。传统文学靠物质化的硬载体呈现，流通耗时、耗材，负重移动，存贮要占空间，购买成本不菲；而网络以光速传播，体积小，容量大，辐射面广，节省时间和空间。其突出的特点是跨越时空，在全球范围内实现文化共享。网络传播为网民提供了发布作品的自由，以"无纸传播"实现了文学的无障碍传播，降低了作品资质认证门槛，为民间弱势人群提供了发布作品的平等权，从而使作品"发表难"成为历史。网民在 BBS 公告栏、聊天室和讨论区中码字，可能不是为了谈论严肃而沉重的话题，而是为了进行情感宣泄。因此，嬉戏、刺激、诙谐、怪异、调侃、解构等成为网络文学常用的手法。同时，网络文学作品的作者可以是几十人甚至无数，这种接龙式的写作收到了众人狂欢的效果，这是对读者进行单向思想输入的传统文学作品所不能想象的。

网络原创作品的大量涌现，其意义在于草根大众在网络中找到了一个可以自由表达的空间。网民的创造性、想象力、表现欲、真实观点和自我意识能够得到酣畅的抒发，人与生俱来的权利得到行使和被尊重，这是网络文学与传统文学之间明晰的分界线，也是网络文学无论如何粗糙、肤浅、稚嫩、苍白，却能具有传统文学不可取代的自由精神和活泼的生命力的注解。

网络文学在发轫之初，有着强烈的"自由"精神内涵，网络写作是一种纯粹的情感表达，完全脱离了功利与社会羁绊。网络文学发展至今，其意义已不止于此。网络文学迄今不仅原创文学作品盈千累万，而且开始向传统文学日渐靠拢，互相汲取营养。优秀的网络文学在网上发布后，会迅速变成实体书，也有大批网络作家加盟各级作家协会；同时传统作家也会在网上发布自己的作品，书写博客，借助网络媒介扩大作品的影响力。这种双向跨界使网络文学和传统文学之间由开始的对立逐渐走向融合。比如1997 年 11 月 2 日老榕的帖子《"10·31"大连金州没有眼泪》在网上受到热捧，《南方周末》于 11 月 14 日全文转载并配发了部分网上评论，进一步发挥了文章的影响力；陆幼青在"榕树下"网站写作的《死亡日记》，引起了全国媒体的轰动报道。将传统文学搬上网络，分门别类排放在网站上供读者点击阅读，是当下许多文学网站和综合网站的常用方法。对网站而言，这种做法提升了文学档次，吸引了更多读者，增加了访问量；对文学来讲，则直接促进了文学作品的传播，拓展了文学的影响力。网络文学与传统文学的弥合，对作家来说无疑是利好消息：在出版业景色萧条之时，借助网络神奇的传播魅力，文学有望重返春天，作家正好大显身手。

二、文学网站蓬勃发展

从 1991 年王笑飞在海外创办第一个中文诗歌网算起，网络文学发展迄今已逾 20 年。据中国互联网络信息中心（CNNIC）2014 年 7 月 21 日发布的第 34 次《中国互联网络发展状况统计报告》统计，截至 2014 年 6 月，我国网络文学用户规模为 2.89 亿，较 2013 年底增长 1498 万人，半年增长率为 5.5%。网民网络文学使用率为 45.8%，在各类网络应用使用排名中位居第十。而网络文学由嫩芽初萌到如今枝繁叶茂，离不开文学网站这个平台。文学网站是网络文学生存的家园，网站的运营是网络文学存亡的关键所在。早在 2004 年，"中国大陆有以'文学'命名的综合性文学网站约 300 个，以'网络文学'命名的文学网站 241 个，发表网络原创文学作品的文学网站 268 个"。[①] 依据权威流量监测网站 Alexa 的统计报告，中国排行网于 2015 年 2 月 3 日对国内文学网站进行了一次排名，位列前 10 的分别是：起点中文网、17K 小说网、纵横中文网、晋江文学城、潇湘书院、新浪读书、豆瓣读书、小说阅读网、红袖添香、起点女生网。其中起点中文网、晋江文学城、湘潇书院、小说阅读网、红袖添香等几家网站都已通过资本运作，整合为盛大文学公司旗下媒体。目前，在线阅读文学网站和电子书下载文学网站是文学网站的主要形态。

---

① 詹新慧，许丹丹：《2004 年网络文学状况及未来发展分析》，《出版发行研究》2005 年第 7 期。

在线阅读文学网站是文学网站最主要的形式，也是最早产业化的文学网站。根据网站推出的主要内容，在线阅读文学网站一般分为"原创文学在线阅读网站"和"文化文学在线阅读网站"两大类。其中"原创文学在线阅读网站"是当今网络文学世界中最火爆的网站种类，比较著名的原创文学在线阅读网站现有 30 多个，其他大大小小的各类原创文学网站已达 100 余家，大量的个人文学网站等各类后起之秀也在陆续进入人们的视野。其中，起点中文网、小说阅读网、红袖添香、晋江原创网、潇湘书院、看书网、凤鸣轩、幻剑书盟、四月天、新浪读书、连城书盟、世纪文学、17K 文学网、玄幻小说集、万壑松风、翠微居、言情小说网、逐浪小说、好心情文学、心动言情网、希望大陆、今日小说排行榜等网站，是各大导航里出现频率最多的，也是评价较高的文学网站。这些文学网站能吸引上百万的会员注册，每天的点击量都是千万级的。而"文化文学在线阅读网站"则以经典名著、名家大篇或文学论坛的形式出现，其受众群体多为具有一定知识功底以及文化素养的人。这些网站也推出一些原创文学，但浏览点击量不如专门的原创文学在线网站高，这主要与网站多数受众的年龄和文化水平有关。现在比较著名的文化文学在线阅读网站有腾讯读书、搜狐读书、百度国学、且听风吟、读者、故事会、诗歌库、国家图书馆、青年文摘、西陆文学、榕树下文学论坛、豆瓣读书等。这些网站一般设有名家大篇、经典名著、文学论坛、文化博客、原创区等栏目。

相对来说，电子书下载文学网站比较少，且多以当红网络小说的下载为主要功能，其版权从原创文学网站购买，网站盈利的主要方式是收取下载费用。这类网站多按书目类别来划分，一般分为网络原创、经典文学、报章杂志等。网站整理出来的小说十分全面、细致，读者下载非常方便，因此浏览点击量也比较高。网站提供多种格式的小说下载方式，包括 TXT 格式、JAR 格式、UMD 格式、CHM 格式等，并支持多种下载介质，可供手机、MP3、MP4、PSP、NDS 等多种电子设备阅读。现在比较著名的电子书下载文学网站有飞库网、虹桥书吧、搜娱电子书、我爱电子书、金沙电子书论坛等。

历经近 20 年的发展，中国网络文学从内容到形式都发生了翻天覆地的变化。早在 1990 年代末草创之初，文学网站通过电子化处理把文学名著搬上网络，目的是为了提升网站的艺术品位，吸引更多网民点击，增加访问量；而遍观今天几大著名文学网站，几乎找不到经典名著的踪影，取而代之的是清一色的原创文学作品。当前文学网站刊载的作品题材越来越集中化，纯文学色彩日渐稀薄，诗词韵文、散文随笔、杂文、文学评论等文学样式已基本被排除在网站之外。占据文学网站主流的是清一色的都市"言情""玄幻"、武侠题材类网络小说。而"红袖添香"和"幻剑书盟"则直接分别以言情和武侠玄幻为标牌建立了主体文学网站，每天日平均流量超过 3000 万次。由此折射出当今大众快餐化的阅读心理，于是小说作为最具阅读性的文学样式，顺理成章地成为各大网站的主打产品。而散文、杂文尤其是诗歌，因接受需要一定的文学修养，被全民浅阅读时代弃置。欧阳友权说过："网络文学要赢得艺术的尊重，必须解决好它自身的'文学性'问题。"[①] 就此而言，文学网站过分依赖快餐化小说，其实埋下了未来发展的隐患。

为了吸引读者，文学网站会千方百计在栏目设置上做文章。可以说，文学网站设立栏目的本质是以各种分类依据推荐产品的一种营销手段，其目的是方便网友快捷地找到自己喜好的内容。因此，文学网站不会采用传统枯燥呆板的中国图书分类法，按照某一种标准将所有的文学作品进行分类；而是根据自身特色，以各自的标准来设置栏目。一般说来，其栏目设

---

① 欧阳友权：《网络文学的学理形态》，中央文献出版社，2007 年版，第 88 页。

立大致有如下几种：

一是按照主题设置栏目。这种栏目设置法基本是每个网站的必选项。因为小说在网络文学中独占鳌头，对小说再进行细分并设置醒目的栏目就显得非常重要。比如当下玄幻、奇幻、都市、言情、武侠、历史、科幻等题材备受网络文学青睐，于是这些词汇顺理成章成为文学网站首页阅读导航中的关键词，且不同网站的侧重点各有不同，比如起点中文网侧重玄幻，红袖添香偏于言情。根据自己的特征，各网站还会进行进一步的栏目细分。

二是依据体裁设置栏目。早期诸多文学网站依据体裁设置栏目，因为这样既便于网站的日常管理，也方便读者根据传统文学分类进行快速选择。如最早的榕树下网站直接设置小说、散文、诗歌三大板块，然后分别进行细分。红袖添香网站则设有"小说频道"和"文学频道"两大类，其中"文学频道"又分为小说、诗歌、散文、歌词、剧本等体裁。

三是根据特色设置栏目。因为各文学网站都有自己的特色栏目，而特色栏目的设置能为读者提供差异化选择。比如小说阅读网设有女生版和男生版；新浪读书除了正常的网页版外，还设有手机版和博客版。还有一些文学网站利用网络特有的技术进行栏目设置，如榕树下的"有声文学馆"是一个超文本栏目，推出的是带朗读的文学作品，起点中文网则有"漫画推荐"。另外，有的网站还推出全本栏目，这是指连载完结的作品板块。还有的设有作品比赛或有奖征文栏目，如红袖添香就设有言情大赛和武侠大赛这两个栏目。

最后是按营销手段设立栏目。与以题材和体裁分类相比，这是当今文学网站栏目设立的一个新特色，是市场经济时代特征的体现。为了打造自己的拳头产品，形成热点效应，文学网站往往会设立加荐作品、精华作品等栏目，有倾向性地引导网友阅读。在这类栏目中，最有代表性的当数

"排行榜"。与"编辑推荐""评论推介"等主观性营销手段相比，按作品点击量自动生成的排行榜，无疑是更有说服力的一种评价方式。因此，各大文学网站都非常重视排行榜这个栏目的制作和经营。

如今网络已覆盖了人们的日常生活，并改写着人们的生活方式和生活态度，网络由此成为了一种社会工具，一种生产力。网络不但为人类生活的信息传递提供了新的选择，而且给文学的发展提供了新的载体，文学借助网络实现了一种拓展。这种拓展一方面降低了文学的门槛，让草根文学得以拨云见日，另一方面也促进了文学与产业的融合。综观近年来文学网站在内容选取"栏目设计""排行统计"等方面的变化，我们可以目睹文学网站发展的显著商业化嬗变。在市场经济背景下，借由营销手段升级资本运作等途径，文学网站从起初基于个人兴趣而搭建的文学平台，逐步转变为一种产业。如中国文学网站的开山鼻祖"榕树下"，在1999年以前一直为个人主页；1999年7月，从美国回来的传奇人物朱威廉在他自己做的"榕树下"文学网站基础上，请来十余位网络文学作者，成立了公司，并为网站注册了顶级域名（www.rongshuxia.com），成立了上海榕树下计算机有限公司，正式开始商业运作。当时网易正在筹划文学大奖赛，为了打响榕树下的名号，2000年初朱威廉抢在网易之前发起了文学大奖赛，并别出心裁地请到当时已经很有名气的李寻欢、安妮宝贝、宁财神等网络写手当评委，一时名声大噪。此后，榕树下一直在探寻商业发展模式，如2000年与贝塔斯曼（连锁书店）进行合作，2006年4月被民营传媒集团"欢乐传媒"以4000万元买下。2009年底，盛大文学开始控股榕树下，由原来的原创文学网站转型为一个传播文学"文化评论及原创写作的综合人文媒体"。近年来，盛大文学凭借资本优势攻城略地，将起点中文网"榕树下""红袖添香""晋江文学城"等著名文学网站纳入旗下，使文学网站从分散走向集中和规模化运作。

商业资本介入文学网站，为网站的发展注入了发展活力。一方面，文学网站、网络写手和文学自身在产业中各自获得发展空间：文学网站运营商在产业盈利模式中获得收益；网络写手通过产业化的运作，实现其写作的成就感，写作积极性得以保持；网络文学作品的价值也得以体现。正如朱威廉所说："文学网站是与文化产业紧密相连的，譬如将网络上优秀的作者加以包装后推出，将优秀的文学作品印刷成书籍发行，与报纸、杂志、电台、电视台、电影制片厂等传统媒体形成紧密联系以及互动，网站在创造自身价值的同时也为作者带来了利益，因为有着丰富的滋养并且利益共享，其商业价值是无法估量的。"[①] 但与此同时，资本的渗透也不可避免地为文学网站涂上了浓重的商业色彩。体现在内容上，网络文学越来越走向世俗化、琐屑化，传统文学所普遍追求的公平正义、人文情怀等形而上主题几乎全被摒弃，文学传统中"文以载道"的功能被逐渐消解，代之以表现个体对现实生活的浅层次感悟（如对高房价的控诉），或在无奈现实条件下的逃避（如奇幻、仙侠文学的盛行）。形形色色的文学网站，像一个巨大的现代化工业流水线，不分昼夜地按市场调查、数据分析所设定的产品规格，炮制不可胜数的文学商品。

然而，网络文学空前繁荣的表象，终究不能掩盖其整体虚弱的本质。尽管文学生产具有社会生产的一般属性，但其毕竟不同于普通的社会生产，而是一种思想的结晶。如果文学作品仅仅停留在展示生活的酸甜苦辣，不能提升到对人类终极命运进行洞察的高度，则必然无法震撼人的心灵，也就注定了"快餐文化"的命运。所以，尽管网络文学如今铺天盖地，事实上也诞生了《诛仙》这样思想性和艺术价值都可圈可点的作品，但其毕竟只是网络文学的沧海一粟。更多的网络文学作品粗制滥造，质量堪忧。

---

① 朱威廉：《文学发展的肥沃土壤》，《人民日报·海外版》，2000 年 10 月 21 日。

"网络文学产业化，是文学与产业的一种博弈和融合的过程。"① 因此，文学网站一方面要继续平民化写作的路向，以开阔的视野多角度反映纷繁复杂的现实生活，为大众提供文学盛宴；另一方面，文学网站也要借助商业运作积累的资本优势，网罗一批精英作家，为他们提供优越的写作条件，以便让他们沉下心来，创作出更多高质量的优秀作品，为网络文学争取文坛的主流话语权。

第二节　严歌苓作品的网络传播

严歌苓的创作旺盛期几乎与中国大陆互联网的飞速发展同步，这为她作品的网络传播提供了先天优势；身兼好莱坞职业编剧、畅销书作家、热播影视剧原作者等多重身份，则为严歌苓作品搬上网络化身网络文学做了坚实的铺垫；作为 20 世纪 80 年代初出茅庐的作家，与张爱玲、萧红等活跃于抗战时期的作家相比，严歌苓的受众大多是成长于互联网时代相对年轻的读者，接触作家和表达情感的途径无比多元化；凡此种种，使得严歌苓作品的网络传播气象万千。

一、互联网世界中的严歌苓

2015 年 4 月 10 日，笔者通过百度搜索引擎键入"严歌苓"的名字进行搜索，找到相关结果 3700000 个，其中网页题目中包含"严歌苓"的结果 636000 个，仅在网页 URL 中含有关键词"严歌苓"的结果 68100 个。

---

① 禹建湘：《网络文学产业论》，中国社会科学出版社，2011 年版，第 191 页。

网络日新月异，这个数字在与日俱增。这个庞大的数字表明，互联网上有关严歌苓的动态，已经成为一种文化现象。无论对于严歌苓的个案考察，还是对于网络文学发展态势的探讨，都值得引起研究者的关注。

通过对互联网"统一资源定位器"（即网页 URL）中包含"严歌苓"一词的网页进行归类整理，有关严歌苓的网络资料共分两类：严歌苓的专辑、论坛、专栏和提供作品在线阅读或下载的站点。

在第一类中，关于严歌苓的专辑主要包括文心社文心专辑中的严歌苓专辑（网址：http：//wxs.hi2net.com/home/blog.asp?id=299）和时光网的影人严歌苓专辑（http：//people.mtime.com/893195/）。前者为文学网站，后者是电影网站。其中文心社成立于 2000 年 11 月，在美国新泽西州注册，是一个网络诞生、网络运作的全球性文学社团。该社是一个以海外华人为主的非盈利性社团组织，社员大部分是旅居北美、在网络上和平面媒体上进行写作的中国文学爱好者。文心社网站的严歌苓专辑除了作家简介外，主要包含大量评论文章和一些作品转载。截至 2015 年 4 月 11 日，共有 218 篇文章收录，多为一些媒体优秀文章与资讯的转载，整体水平较高，评论颇有见地。其中最早一篇文章发布于 2006 年 3 月。在根据严歌苓作品改编的电视剧热播之后，文章发布频率明显攀升。专辑设供读者评论的留言簿。尽管留言迄今只有 84 条，但因主要是社员评论，三言两语即可见专业性功底。"文心社"是一个相对专一与职业的文学社团，普通网民接触的概率较小。而时光网是国内闻名的专业电影网，网站建立了专业的电影资料库，及时介绍全球最新的电影和碟讯，每日吸引数十万影人和影迷点击。时光网的栏目设置中有人物专栏，收入了阵容庞大的演员、导演、编剧和制作人等，严歌苓以职业编剧的身份名列其中。专辑页面列出了她的个人档案、作品年表（电影）、荣誉成就、图片、视频以及相关新闻、留言等，影迷可在这里对严歌苓进行评分，或进行三言两语的微点评，还可以为专辑添加图片、添加资料、推荐给朋友，或者直接点击链接进入影视作品页面。

关于严歌苓的论坛主要包括豆瓣网的"严歌苓小组"（网址：http：//www.douban.com/search?cat=1019&q=严歌苓）和百度贴吧的"严歌苓吧"（网址 http：//tieba. baidu.com/f?kw=严歌苓 &ie=utf-8&sc=hao123）。豆瓣网主要以书评和影评为特色，罗网了一大批忠实用户，表面上看像一个集书评、影评、乐评于一身的评论网站，实际上它提供了书目推荐和共同兴趣交友等多种服务功能。该网站以清新、文艺著称，汇聚了大批热爱阅读、乐于分享、热衷点评的"文艺青年"。比其他论坛贴吧更具深度，且不乏艺术触觉敏锐、文采斐然者。豆瓣网目前建立与严歌苓相关的小组 8个，其中"我读严歌苓"小组创建最早、最具人气。该小组创建于 2006年 5 月，截至 2015 年 4 月 11 日，拥有成员 3443 个，话题 1959 个。组内是一些简单的讨论，没有太深入的话题。相对而言，关于严歌苓作品的讨论比较热烈。比如《金陵十三钗》目前即有评价 259327 条，读书笔记 5187 篇，略有篇幅的书评 251 篇。与字斟句酌的学院派评论相比，豆瓣书评常有拍案之语，这是普通读者无所禁忌流露于网络的真情实感，是较为真实的民间样态折射。百度贴吧拥有数量可观的主题吧，从名人明星到热门词汇，可谓形形色色，"严歌苓吧"即是其中之一。截至 2015 年 4月 11 日，该吧共有主题数 1153 个，帖子数 11343 个，"注册迷" 2449 个。与豆瓣网的"严歌苓小组"相比，该吧的发帖者和参与者大都热衷于讨论热门影视剧作品，或者转载其他网站报刊的评论文章，整体水平不高，参考价值不大。

四是严歌苓的个人博客及微博。严歌苓在新浪的博客（http：//blog.sina.com.cn/s/blog_6305d6d10101ey53.html）目前一共 6 篇博文，除了2013 年《新华阅读》创刊的卷首语，其他 5 篇均发表于 2009 年 11 月到

12 月之间。目前访问量 161013 次，关注人气为 4109。2009 年发表的 5 篇博文中，4 篇均为新浪访谈的记录，最后一篇为严歌苓的文章《写作之瘾》。虽然缺乏更新与互动，然而读者并没有抛弃这一关注的平台。笔者 2015 年 4 月 11 日查看博客，最后一则读者留言日期为 2014 年 12 月 28 日。相对于新浪博客，严歌苓的网易博客（http: //gelingbook. blog. 163. com/）略见繁荣，有文章 14 篇，页面显示最后登录日期为 2012 年 4 月 19 日。目前总访问量 24910848 次，当日访问量 511 次。文章多为严歌苓本人文章的转载，每篇文章的浏览次数也较新浪博客略多一些。严歌苓的新浪微博（http: //weibo.com/yangeling?c=spr_qdhz_bd_baidusmt_weibo_s&nick=%E4%B8%A5%E6%AD%8C%E8%8B%93）开通于 2009 年 11 月中旬，最初目的基于新书《赴宴者》的宣传需要。因为微博强大的便捷性与互动性，已成为草根与公众人物交流的最快捷途径，引得公众人物纷纷借助微博平台建立自己的网上形象。严歌苓的微博目前有 331 条，粉丝数 281320 人。2011 年 11 月，在新书《陆犯焉识》宣传时期，严歌苓在微博做过几次微访谈，回答媒体与粉丝的提问，与粉丝进行互动沟通。与博客相比，微博内容短小精悍，图文并茂，时效性更强，更具全民参与全民互动的便利性，是一个传播、推广与交流的优秀平台。

提供在线阅读或下载的站点主要是四大门户网站、凤凰网等网站读书频道的严歌苓专辑等。

作为四大门户网站，新浪、搜狐、网易和腾讯都注重读书频道的设置，作为畅销书作者的严歌苓当然榜上有名。四大网站收录严歌苓的作品数量基本都在 30 部左右，小说、散文皆在其列。在作品选择上，明显表现出迎合读者阅读趣味的特点，对根据严歌苓热播影视剧改编的作品原著如《少女小渔》《天浴》《金陵十三钗》《一个女人的史诗》《小姨多鹤》《铁梨花》《当幸福来敲门》等全部收录，严歌苓比较受关注的代表作如

《人寰》《扶桑》以及近几年的新作《第九个寡妇》《赴宴者》《补玉山居》《陆犯焉识》等收录也较全面，而且宣传上也刻意与影视挂钩，如《陆犯焉识》题前标明"《归来》原著"，这种安排从一定程度上确实反映了读者的需求。以腾讯网为例，人气位列前三的分别是《第九个寡妇》66906 次，《金陵十三钗》50169 次，《陆犯焉识》35198 次，可以明显看出影视剧热播对关注阅读心理的影响。值得一提的是，新浪读书出品了高端系列访谈栏目"名人堂"，对国内外著名作家学者进行专访，关注名家最新动态，分享他们的思考与体悟，而第 8 期即为严歌苓专辑。专辑设有专访、各方评价、作品推荐、微博百家争鸣栏目，在微博百家争鸣可以看到相关微博1018628 条，由此可见严歌苓的影响力之大。

凤凰网曾于 2004 年被大陆权威杂志《互联网周刊》评为最具影响力的 5 佳网站之一。作为凤凰网旗下的一个在线读书频道，凤凰读书频道无论是内容的选择，还是制作的精良，都令人交口赞誉。该频道共收录严歌苓作品 17 部，需要订购阅读。

互联网时代，几乎所有的文学作品都跻身网络，想要搜索下载一本书的电子版可谓易如反掌，且越是新书好书，越容易获取。在搜索过程中，笔者浏览的大部分网站，多少都有严歌苓的作品出现，且以《金陵十三钗》《小姨多鹤》《一个女人的史诗》《陆犯焉识》等已改编为热播影视剧的作品为主，如天下电子书、狗狗书籍，乃至提供小说在线收听的畅听网、听中国等也收录了几部作品，不过并非原著朗读，而是小说故事情节的讲解。

通过相关资料分析可以发现：网络传播以更便捷的获取方式，更低廉的阅读价格，大大推动了严歌苓的作品传播；同时，文学作品的影视剧改编对严歌苓原著销售的拉动力同样巨大。大批读者从影视传媒转向网络寻找原著阅读，进而从一部作品到另一部作品，并最终选择购买传统纸媒作品——书籍，而书籍的购买也许只是在进行某种意义上的收藏。文学网站凭借数字媒介强大的生命力，已经逐渐形成了与文学图书均分天下的格局。

随着严歌苓的一路走红，近些年学界对严歌苓的研究呈爆炸式增长，她理所当然地成为最受评论界关注的海外华人之一。通过百度引擎搜索严歌苓，对她的评论一览无余。北大中文系教授陈晓明说："我以为中国文坛要非常认真地对待严歌苓的写作，这是汉语写作难得的精彩。她的小说艺术实在炉火纯青，那种内在节奏感控制得如此精湛。她的作品思想丰厚，她笔下的二战，写出战争暴力对人的伤害，生命经历的磨砺被她写得如此深切而又纯净。"著名评论家贺绍俊说："严歌苓为人物设计了基调，后来他们有了自己的生命和意志，走了自己的路，这种未知是阅读中最有魅力的。"……笔者 2015 年 4 月 11 日在中国知网以"严歌苓"为关键词进行检索，发现相关期刊杂志文章 1353 篇，硕博士论文 243 篇。鉴于知网收录资源的有限性，相信这个数字只是其中的一部分。学界众声喧哗，民间述说也不甘落后。许多主流媒体的文化频道都为严歌苓开辟了单独板块，把作家的作品整合在一起，供网民阅读和评论。在豆瓣网、百度贴吧、网易博客、新浪博客、新浪微博等流行媒体，严歌苓都占据了一席之地，并有为数众多的网民为这位作家撰写评论长文，对其影视剧作品的评论也是纷纷扬扬。

一个值得思考的现象是，无论是在学界还是民间，对严歌苓的关注与研究都在 2009 年前后呈现出井喷式增长态势。2009 年之前，电影《梅兰芳》上映；2009 年之后，《一个女人的史诗》《小姨多鹤》《铁梨花》《幸福来敲门》相继在电视台播出；2011 年底和 2014 年，张艺谋分别把《金陵十三钗》和《陆犯焉识》搬上了银幕。借助影视传播的金手指，严歌苓的名气扶摇直上。早在 2005 年，网友羽白冰蓝曾发出过"红透的《扶桑》，不红的严歌苓"的慨叹，2007 年网友 Amaranta 也曾有过"严歌苓是好的，却不会红"的预言。如今严歌苓凭借电子媒介的好风青云直上，用事实粉碎了曾经的感慨与断言，网络时代的严歌苓传播，已经呈现出多对多的网状传播形态。

二、网民对严歌苓的评价

受专业背景、论文内容等限制，学界的严歌苓研究往往只能从某些有限的角度进行阐释，且需态度谨严，字斟句酌；但无限开放的网络拆解了传统评论的藩篱，赋予了读者天马行空的权力。互联网上的严歌苓评论，毁誉并存，流于表象和鞭辟入里同在，真实地反映出网民对严歌苓的态度。网民对严歌苓的评价主要体现在以下几方面：

首先是宽厚悲悯的女性意识。严歌苓偏爱写女性，她认为"女人比男人更有写头，因为她们更无定数，更直觉，更性情化"。她笔下的女性群像，包含了妓女、村妇、动荡社会中的小女兵、清苦的留学生、流落异国的女子等，她们尽管人生际遇各不相同，却都能保持着一腔纯洁与善良，身上闪烁着人性的光辉。认真的网友就从严歌苓的作品中捕捉到了严歌苓笔下女性形象的关键词，如执拗、天真、蒙昧、弱势等等。

"严歌苓一再赞赏和美化属于'乡村'女性身上所特有的气质——'针插不进，水泼不进'的那份执拗。"[①]

"蒙昧。天真。想来，这该是严歌苓喜爱的有关于女子的形容词。从《扶桑》里的扶桑，到《第九个寡妇》里的葡萄，再到《小姨多鹤》里的多鹤，无一能脱开这般形容。她们是一色的。直、钝、蛮。偏偏又都深具

---

① 如影流岚：《那一场怀旧的爱情》，网址 http://book.douban.com/review/6335570/。

性感，而这性感，又是她们所不自知的，'生胚子'的性感。"①

"严歌苓是文坛上少数有着深刻自省意识的女作家之一，她自称为女权主义者，作品的字里行间之中从来读不到任何的自恋自怜。她塑造的女性个性鲜明，敢爱敢恨，即使在恶劣的环境下生命力仍如蒲草般坚韧，如《扶桑》中的扶桑；不论身份如何卑微，内心闪耀着人性的光辉，如《第九个寡妇》里的王葡萄；被穷困逼到绝路却仍视爱情为珍宝，如《无出路咖啡馆》里的'我'。"②

张扬东方传统女性的宽容、忍耐、勇气以及牺牲精神，是严歌苓作品的普遍主题。那种以弱势求生存、谋求自我救赎和救世的姿态，是女性"母性"的天然流露。这种"母性"的力量帮助女性渡过重重难关，并消解了坚硬的意识形态，扶正了扭曲的人性。细心的网民也敏锐地洞察了"母性"的力量：

"像严歌苓这样懂女人、爱女人的女作家，实在屈指可数。张爱玲、亦舒写女人当然也犀利也深刻，但多少带一点批评和自嘲的意思，更多的是懂，而不是爱。严歌苓不一样。从少女小渔到妓女扶桑到寡妇王葡萄，都是既天真又性感，既卑微又高尚，被侮辱被损害，依然坚持宽恕和悲天悯人，换了亦舒来写，可能就要恨铁不成钢，严歌苓却是一味关照和爱惜，甚至把她们写出了一点地母的气息。"③

"严歌苓笔下的女性总是很纯粹，让人联想到地母的形象，肥沃丰润充满生命力，而更令人移不开目光的，是那一股萦绕至终的原始的诱惑力。"④

严歌苓欣赏"极其豁达而宽大的"女性，她用这些外表柔弱的女子形

---

① 浅草：《藤一样的女子》，http：//book.douban.com/review/1398837/。
② 蓝玉冰：《爱的姿态》，http：//blog.sina.com.cn/s/blog_493c7748010005ir.html。
③ 木熊：《两个女人的传奇》，http：//book.douban.com/review/1384295/。
④ Madol983：《村姑的天真和文艺女青年的悲观》，http：//book.douban.com/review/2139706/。

象构建起来的生存神话，旨在唤醒人们：只有宽容和悲悯，才能超越一切苦难，超越一切世俗的私心，获得精神自由和道德完善。

其次是书写历史的追求。严歌苓的小说大致分为本土题材和移民题材两类。前者主要包括早期的《雌性的草地》以及后期的《第九个寡妇》《一个女人的史诗》《金陵十三钗》《陆犯焉识》等；移民题材则有《少女小渔》《花儿与少年》《也是亚当，也是夏娃》等。这两种题材的作品流露出作者书写历史的追求：作品中的人物经常被放置在一个特定的历史背景中，而这个历史往往是极端、矛盾尖锐的，如"文化大革命"、抗日战争等。在这类文本中，"历史"就成为引发读者关注与思考的关键词：

"严歌苓一定对'文化大革命'有太多感慨。她书里虽然是讲爱情，可是又布了一张历史与人性的网。最多写的是'文化大革命'。"①

"严歌苓的小说不能没有动荡的背景。能服务于情节的，都是好料。她对政治不感兴趣，不感兴趣就不容易犯错，没有偏向，就成了最时髦中庸的姿态。"②

网民简单随性的评论，在某些方面与学界观点不谋而合。在为《第九个寡妇》所做的"跋语"中，陈思和教授就认为这部作品属于"新历史小说"，是"宏大的历史叙事与个人传奇经历的结合"。与宏大历史叙述不同，严歌苓对历史的"理性思考"建立于对人性的深刻体味之上。尽管她不断地解构和重塑历史，但却并没有修复历史的强烈愿望。在她的作品中，个人尤其是女性对历史的感受代替了对政治的反思和社会责任感。裹挟主人公的重大历史事件只是一方厚重的底幕，个人在历史嬗变中的本真生命形态才是作者着意展现的。但这并不意味着严歌苓笔下的历史全部是

---

① 四喜：《爱的笨，是因为爱的执着》，http: //book.douban.com/review/2233276/。

② 柴妞：《小姨多鹤》，http: //book.douban.com/review/1415408/。

用来为爱情和女性提供盛开与凋零的土壤。当作者与西方完全陌生的文化相遇后，她开始以人文知识分子的眼光，隔了时空和文化的距离观照故土与历史，并由此生发了全新的体悟，并最终在历史和记忆的整体视域中，完成了对人性和文化的思索与审视。

最后是对作者小说创作技巧的肯定。作品是作家倾吐心声、抒发情感的唯一载体，而小说的叙事策略和创作手法在很大程度上决定着作品的成功与否。严歌苓始终致力于讲述读者钟爱的故事，但她同时也专注于展现作品的文学性，这是严歌苓作品成功的原因之一。严歌苓在叙事上经常采取一种非线性的方式，将不同的时间、空间交叠在一起进行叙事，"倘若仔细体悟小说，可感知到其文字所内蕴的流动、华美，一如她早年的舞蹈；可把握其文字的细腻，精致，柔美，一如她优雅的外表"。[1] 网民们对严歌苓小说创作技巧的肯定也可以信手拈来：

"严歌苓的可贵，在于对语言的尊重与还原，对故事的新鲜感和好奇感，从不刻意地去渲染什么，只是把该写的细细地道来，摆在那里，意思就到了，是什么怎么样你自己去看。她会诙谐幽默、智慧、敏感，厚重敦实，平淡温馨，写作手法变了又变，故事却越讲越精彩。"[2]

还有对严歌苓作品叙事技巧的肯定：

"《扶桑》，多么独特的叙事手法呀。一开始就像在与历史对话，与人物对话。那种介乎历史之间，时而如上帝般什么都知道，时而却只像是人物的朋友一样的对话，时而朦胧，时而明晰的写法，产生了多么唯美的意境啊，我看来很少有书能有这样的意境。"[3]

---

① 孙晓虹：《文华如绮，诗性之语——严歌苓小说修辞艺术管窥》，《世界华文文学论坛》2006年第3期。

② NoLie：《严歌苓：翻手为苍凉，覆手为繁华》，http://www.douban.com/group/topic/21346268/0。

③ 圈圈：http://m.douban.com/group/topic/16636375/?session=ca280fed。

也有网民对严歌苓的用词大加赞赏：

"严歌苓在用词上极为大胆，某些并不协调的词汇被随意地搭配在一起，却能产生惊艳的美感。比如，《白蛇》一文中让我深深着迷的一句话：'他们没料到两年牢监关下来，一个如仙如梦的女子会变得对自己的自尊和廉耻如此慷慨无畏。'在用词方面，严歌苓就像一个大胆而标新立异的服装设计师，并非每个人都敢把红色和绿色搭配在一起，而严歌苓不仅这样做了，而且做得让人叹为观止，而且，严歌苓的文字场景感很强，在她暧昧的文字里，任何举动都细节而完整。一件脱了线的毛衣，一条碎花的粉红内裤，一个烟，一抹灯光都细致得近似画面。我想，这也正是她小说被改编成电影并频频获奖的原因。"[①]

相对于学界对作家作品的研究肯定者众、批判者少且措辞委婉不同，掌握着话语权的网民无所顾忌，对作家作品的批评相当严厉。从某种程度来说，批评能够推动作家成长。网络上一些批评性的意见，反过来也可以给学界以有益引导。

网民老白小猪说："个人较怀疑严歌苓的名气，……私下里觉得严写的小说更像散文，至于她的散文嘛——不客气地说：'不大好。'"这看似不起眼的抱怨，其实点中了严歌苓小说普遍存在的一个现象——以大段抒情取代关键性的细节描写。陈思和在《最时髦的富有是空空荡荡——严歌苓短篇小说艺术初探》中曾提及同样的问题。这种对于细节的回避，从一定程度上反映了作者对细节描写的不自信，这就可能使作品描写场面时叙述容量不够，从而损害作品的完整性。

关于人物塑造，有网民指出：

"严歌苓的小说或她在小说中的思维，有一种严重的'性格决定论'

---

① 茶根：《无法抗拒的女人》，http://www.douban.com/group/topic/4128699/。

或'个性决定论'。……严笔下的人物，我所知道最经典的两个，白蛇和王葡萄，从一开始读我们便觉得似曾相识，她们都很有传奇性，甭管是成是败，都是'话本'中的人物，是女人里的'尤物'，是乡野闲谈中被老辈人的语言和烟斗打磨得十分光滑的'角儿'，是仿佛本来就存在于我们脑中某个地方的人物——当她们刚刚被严叙述出一个棱角来的时候，我们便能顺藤摸瓜地，在我们脑中拎出来那个活脱脱的身段，而且，这身段几乎就与严接下来的描写不差一厘。从这一点上说，严是很会'借力'的：这样的人物，原本就存在于我们思维（我不太清楚可不可以称之为稗史版的我们的民族思维）的资料库中，而且经年累月，在不同的故事外衣中不断轮回，不断被叙述，被打磨，是经无数富有经验的手和犀利的眼睛摩挲过的油光发亮的小瓷人儿。说得直白点，尽管她们都富有个性、与众不同，但实际上她们都是严重'类型'化的，被定型的。……所以严的小说，有麻辣气、草莽气，却缺深味道。"[1]

网民在这里其实是提出了严歌苓人物塑造的类型化倾向。结合《扶桑》中的妓女扶桑、《角儿朱依锦》和《白蛇》中风情万种的女戏子、《小顾艳传》中的小顾和《第九个寡妇》中的王葡萄，我们不能说这个观点没有道理。尽管相对于作者的高产，部分人物略有雷同可以理解，但对一个职业作家来说，重复意味着创作生命的停滞，对一个有追求的作家来说，还是值得引以为戒的。

通过对严歌苓网络传播情况的整理和网民的多角度评论，可以发现如下特征：首先，严歌苓的网络传播已不是单向传播，而是呈现出广泛性和互动性都很鲜明的"多对多的网状传播形态"；其次，严歌苓的文学文本与其相关的活动信息、改编文本、网络图像（包括视频）等同生共存、相

---

①《说点我对严歌苓的看法》，http://book.douban.com/review/1051849/。

得益彰，与其他媒体的结合也相当紧密；第三，严歌苓的多方位研究成果所体现出的学术性、众声喧哗的微博、跟帖所体现出的大众性，共同塑造了多面的严歌苓形象，并生发了再研究的价值；最后，严歌苓与网络时代的契合度体现了"质文代变"的历史规律。尽管网络信息浩瀚庞杂，但网络传播的广阔前景昭然若揭。①

第三节　网络传播时代文学的嬗变与忧思

互联网的出现是人类传播史上一次划时代的革命，网络不仅改变着人们的思想观念和行为方式，也对文学的生产和传播产生了巨大影响。在以互联网为主导的信息社会，网络已经突破自身的媒介工具性质，而作为一种最具代表性的生产力，介入到文学生产、传播与接受的各个环节，从而使文学从创作方式到审美价值乃至批评方式等都发生了深刻变革。文学的网络传播是一把双刃剑，它既为文学的发展注入了无限生机与活力，同时也带来了足以引起人警戒的忧思。

一、互联网时代的文学嬗变

与印刷媒介乃至影视电子媒介相比，网络是一个完全开放的世界，它所具有的史无前例的广泛参与度和自由平等特性，对于文学的发展具有革命性的意义，文学的创作与接受因此发生了天翻地覆的变化：宣泄自娱的创作观念取代了传统文学的承担性审美价值，文学的自由精神得到极致张

---

① 本节参考了高洁的《论严歌苓的网络传播》，2012 年陕西师范大学硕士论文。

扬；文学创作与网络技术结合衍生了新的文体形式，改变了读者的审美方式；网络的互动性促成了批评主体的重建，使文学评论从传统的精英文化批评模式下延到平民，成为万众的狂欢。

网络时代文学的变革首先表现在宣泄自娱的创作观念取代了传统文学的承担性审美观念，文学的自由精神得以充分张扬。文学自古以来被认为"经国之大业，不朽之盛事"，是一种负载着创作者济世情怀和心灵期冀等价值生成的文化生产活动。网络时代的到来，猛烈冲击了传统文学"文以载道"的创作观念。网络文学的写作者是大千世界的芸芸众生，在生活与情感的漩涡中浮沉挣扎，遍尝生命的苦辣酸甜却无处诉说，网络的出现正好为他们提供了抒发心灵和分享体验的可能。为释放精神的压力，放飞心灵的自由，他们开始借助网络空间倾吐自己满腔的喜怒哀乐。"榕树下"网站创始人朱威廉说："现在的网络文学追求的就是一种写出来就爽了，就舒服了的感觉，是一种非常自由的状态。"[①] 知名网络写手宁财神也说："以前我们哥儿几个曾经探讨过这个问题，就是说咱们是为了什么而写，最后得出结论：为了满足自己的表现欲而写……当然，最可心的目的，是为了那些个在网上度过的美丽而绵长的夜晚而写。"[②] 网络写手写作的目的，不再像传统文学作家那样致力于揭示社会责任和历史使命、深入剖析人性的深度和意义，而是完全出于个体情感表达需要的抒写"自我""本我""真我"的"心情故事"，这恰恰应和了康德审美无功利的伟大理论构想。如果说纸媒文学是写作走向专业化的结果，那么网络文学时期文学回到了它的初始状态，这从某种程度上意味着非功利性写作比功利性写作更接近文学的本质。

---

① 宋辉、赖大仁：《文学生产的麦当劳化和网络化》，《文艺理论》，2001 年第 1 期。
②《热效应：出书与评奖》，《文学报》，总 1120 期。

网络文学是普罗大众作为创作主体进行自由表达的文学样式，书写者从传统宏大叙事、堂皇叙事的成规中走出来，用自己的笔端独抒性灵，尽情倾诉作者的"言说苦闷"，真诚为自己代言。作家陈村认为，网络文学与传统文学最大的不同是不再热衷对于阳春白雪、高不可攀的东西极力描述渲染，对内心的表达更为直接率真，不矫情。因为网络文学最直接的起因是表达自身体验，宣泄个人情感，所以它从诞生之日起便百无禁忌。这种不事雕琢的原生态作品更能呈现出作者的本真状态，因此更容易引起以网络的主要使用群体——年轻一代的共鸣。就此而言，网络文学的这种无功利写作有利于文学的发展。

此外，网络的无功利写作使作者摆脱了传统文学所依附的旧式文学体制束缚。众所周知，传统文学体制是一种森严的金字塔等级结构，塔顶由一批文化精英把持，他们制造文学时尚，引导文学潮流，享有创作特权。其他创作者必须循规蹈矩地遵循着由他们所制定的投稿—筛选—编辑—出版—发行—评奖—成名体系，却仍然避免不了某些优秀作家被趣味偏狭的编辑所扼杀的悲剧：郭沫若和巴金在成名前作品就曾被"过滤"，诺奖得主莫言也曾屡遭退稿……而网络文学的登场彻底摧毁了传统文学体制的金字塔格局。网络空间中没有出版机构的编辑守门，不会遭遇难堪的屡次退稿，怀才不遇的失落也荡然无存……正如南帆所说："所有为印刷作品设置的禁区对网络技术无效。只要自己愿意，一个人可以即刻将所有的作品送达公众视域。"[①]从这个角度来说，龙吟、蔡智恒以及安妮宝贝的成名，网络的确功不可没。这些网络写手的成名以及数字庞大的网络原创作品预示着一种具有普遍意义的文化倾向：在网络技术与多元参与的社会文化语

---

① 南帆：《游荡网络的文学》，中国作家网，http: //www.chinawriter.com.cn/56/2007/0112/1947.html。

境中，消弭等级的文学参与具备了物质上的可能与价值上的认同，并逐渐成为一种文化时尚。广大读者再也不必对文坛精英需仰视才见，更不必在别人的故事中寻找自己的悲欢。如果愿意，他们可以随时通过网络让自己的故事和心情走进别人的视野，网络空间成了大众参与的狂欢世界。

网络所提供的空前自由与平等，可以让任何人即刻将作品送达公众视线。话语权力被重新分配，普通大众享有了与王孙公子同等的言说自由，社会的弱势阶层因此能够发出自己的声音。网络时代的文学逐渐摆脱了由少数文化精英把控向社会下层流动与渗透的局面，越来越焕发出勃勃生机与活力。作家的权力在网络时代被敲击键盘的无名者分享，真正民间和底层的声音通过无名写手被传达出来。因此，成名后的蔡智恒认为，"网络文学的最大优势是降低了文学作品的门槛，只要你愿意发，你就可以成为作家，我鼓励年轻人创作，网络降低了发表的平台，对文学创作有促进作用"。[①]

其次是文学与网络技术结合衍生新的文学类型，改变了读者的审美方式。传统纸媒文学中，文字和图画是作者传情达意的主要工具；在数字技术支持下，网络文学衍生了"超文本"小说和"多媒体"作品等只能依存于网络存在的新文学样式，从而使网络文学呈现出迥异于传统文学的特性，并刷新了读者的审美方式。

"超文本"的概念由美国学者托德·尼尔逊于 1969 年提出。所谓超文本即一个信息单位从属于某一个信息集合体，但这个信息单位不受这个信息集合体统一意义结构的约束。如果用户愿意，这个信息单位可以随时利用链接的形式进入另一个信息集合体，或者说另一文本，这种组合方式被称为超文本。我们经常可以在网络文学文本中看到很多段落里某些词语用

---

① 蔡智恒：《网络文学和我》，《青年作家·网络文学》，2001 年第 4 期。

不同颜色或相异字体字号标注，有的以下画线标示。点击这些词语，文章会进入不同的发展线索，这种点击可以继续展开，行文因此环环相扣地获得了无穷尽的演进和发展可能，一篇文章拥有了无尽的进程和结尾，从而幻化成无限的文本。网络文学借助网络的技术特性，打破了纸媒文本中原本一维的平面文本和线性叙事逻辑。超文本的链接给读者提供了在无穷尽的阅读可能性中肆意游荡的可能，文学在表达上获得了新的发展空间。同时，网络文学的"超文本"也给予了阅读者人人都参与创作的平等机会。正如作家余华所说："在今天的中国，网上的文学受到了空前的欢迎，我指的是那些在传统的图书出版中还没有得到机会的作者。我阅读了一些他们的作品，坦率地说这些作品并不成熟，网络开放的姿态使所有的人都成为了参与者，人人都是作家，或者说人人都将作者和读者集于一身。我相信这就是网上文学的意义，它提供了无限的空间和无限的自由，它应有尽有，而且它永远只是提供，源源不断地提供，它不会剥夺什么，如果它一定要剥夺的话，我想它可能会剥夺人们旁观者的身份。"[①]互联网的开放性、共享性与迅捷性使网络文学文本的接受和写作成为同一个过程，而一部超文本作品会同时创造出无数个这样的过程。这种游戏的自由和随意，赋予读者同作者几乎相同的地位。可以说，这种"超文本"写作最大限度地拓展了文学创作的空间。

而所谓"多媒体"文学，即一种媒体中使用另一种媒体，实质是多种媒体的混合使用。印刷类文学作品被搬到网上后，必然因与网络媒介的结合而发生变化，从而实现了网络化。在"黄金书屋""大唐中文"等网站中，古今中外诸多我们耳熟能详的经典作家和流行作家的作品，几乎没有在网上找不到的。这些作品进入网络或者作家进行网络写作时，界面被加

---

① 余华：《灵魂饭》，南海出版公司，2002年版，第267页。

上了二维或三维、静止或运动的生动图画，有的还配上相应的音乐或朗读，使之同时诉诸听觉。于是对读者而言，网络文学为他们的审美接受带来了沉浸体验，即审美主体沉浸于由众多媒体组合传送的、立体的、全方位感知信号系统的虚拟现实时的一种全新的认知体验。正如加拿大学者德克霍夫在《文化肌肤：真实世界的电子克隆》一书中所描绘的："人们认为三维图像是视觉的，二维图像的主导感官则是触觉。当你在 VR 中四处闲逛时，你的整个身体都与周边环境接触，就像你在游泳池中身体与水的关系那样。"[①]在以语言建构文学形象的传统文学审美中，读者只能以澄澈、宁静的心态，通过语言来获取文学作品的"言外之意""韵外之致"；由于多媒体技术的应用，将声音、文本、图像、动画等结合在一起，制造出一种"虚拟现实"，不仅实现了文学追求"情景交融"的美学愿望，而且化抽象为具象，达到了随物赋形的美学效果。这种新的文体样式为文学的传播、形象的建构开拓出一片新视野，也为读者营构出一种独特的审美氛围。随着网络文学样态的多样化，读者的审美接受选择也开始逐渐发生变化和迁移：不再仅满足于纯文字的主要靠沉静感悟来进行的文学阅读，而开始关注并喜欢利用网络技术创作的、具有多种媒体艺术特征的、能获得沉浸体验的网络文学作品。如有不少读者在秋忆文学网站选择阅读非纯文字的网络文学作品，还有不少读者留言发表自己的看法和评论。网民宇宙之舟说："美丽的文字！悠扬的音乐！让人陶醉！希望能看到更多的好文章。"网民白兰说："初次的到来就让我深深地喜欢了这里！有时间我会是这里常客，欣赏美丽的图！经典的文章！在诗情画意的音乐中放飞心情！"这些读者的看法和评论虽然不是从专业理论的高度直接反映其审美

---

① ［加］德克霍夫著：《文化肌肤：真实世界的电子克隆》，河北大学出版社，1998年版。

接受选择的变化，但由此可以折射出在网络传播条件下文学接受主体审美心态所发生的变异。网络的多媒体技术给予文学空前丰富的表现手段，并逐渐培养了读者迥异于以前的审美心理和审美接受习惯，这无疑是网络技术对文学创作最直接的影响。

最后是文学批评主体的重建和大众批评特色的生成。传统的文学批评主要分为学院派批评和传媒批评两大类，而网络文学则为所有读者机会均等地提供了进行批评的自由和平台。网络文学作品网页中大多都设计了读者留言板块，便于读者阅读后随时发表想法和见解，实现读者与作家、读者与读者之间的互动交流。因为网络评论的匿名特性，评论者之间的身份差异被抹平，即便是权威的职业批评家，在网络批评中也被还原为普通读者。这就意味着，作为作家与读者之间中介的传统专业批评家，在网络文学中已经丧失了权威性和必要性；加上网络文学传播的视频阅读不便于悉心揣摩，无形中也逐渐拒斥了复杂化、精英化的批评文本，从而导致那些训练有素的专业批评家失去了用武之地。网络媒介不仅为被传统文坛拒之门外的作家和作品提供了自由发表的平台，培育了一大批大众作家，促进了文学创作的千姿百态，而且为大众批评提供了新的存在方式。网络文学批评以泛文学的方式昭示着文学与非文学共存，彻底击溃了与文学有关的特权意识，将文学完全拉回到生活的原生状态。大众化、自由和平等意识在文学批评这一曾经专属于上层社会、文化精英阶层的领域生长起来，并被人称为"万众的狂欢"。在网络虚拟空间里，自由和平等成为现实，传统批评的权威和精英失去了力量，批评主体开始重组，"全体有书写能力的人"成为网络文学批评中的主体。网络文学批评真正成为大众文学批评，至少说在机会方面创造了文学批评面前人人平等。就像前文所述严歌苓的网络传播，既有数量可观、逻辑严密的学院派批评和富有真知灼见的传媒批评，也有铺天盖地、丰富多彩的网民评论，传统批评与网络批评共存，共同构建了文学批评的空间。

综览互联网上铺天盖地的民间文学批评，虽存在着宣泄嬉戏，却也不乏真知灼见，也有点亮思维的新知。比如严歌苓对于历史叙事的追求，受到众多研究者赞誉，但网络上就有唱反调者。网民泰来这样评论："反感的原因是她总是喜欢把人放在一个特定的极端的环境里，然后描写人性。我不喜欢这种风格，这像人类学实验，但是你只是个作家，我为什么要看你虚构的东西？我更喜欢拉家常、讲故事的类型，就是道理我慢慢讲给你听。"① 透过严歌苓作品不同主人公在对待极端环境所采取的不同生命态度，我们确实能够捕捉到不同人物背后所张开的历史大布景的单一和僵化，正如陈思和教授所说："年轻的文化，年轻的语言，虽然充满批判性，却又是简单化的批判，它不足以揭破一个盘根错节的古老文化积淀。"② 由此可见，网民这样满蕴感性化的批评，无意中也暗合了学者的观点。毋庸置疑，网络文学批评的生成，或多或少解构甚至颠覆了原本的精英文化批评模式，"由于传统的精英趣味与时下的大众趣味有明显的差异，因此此前合于精英传统趣味的那套文学理论在时下的大众趣味面前便面临着重新审视与解构的命运。写作方法的现实主义传统、评判标准的艺术传统、功能追求的劝教传统、精神取向的理性传统、审美情趣的儒雅传统，都在短时间里松动、解构甚至舍弃"。③ 而众声喧哗的网络批评中的一个小小提示，也许就是给学界研究带来颠覆的支点，这正是网络研究的一部分意义所在。

---

① 泰来：《严歌苓：一个爱说俗话的诗人》，http：//book. douban.com/subject/ 1124305/ reviews。

② 陈思和：《当代立场与新文学传统》，山东教育出版社，1999 年版，第 295 页。

③ 高楠、王纯菲：《中国文学跨世纪发展研究》，人民文学出版社，2008 年版，第 38 页。

二、网络传播时代的文学忧思

在肯定网络媒介对文学发展和作品传播带来的积极作用时，我们必须认识到，网络媒介的全球开放性、包容性以及传播主体的多元化参与和虚拟性等特点就像一把双刃剑，在为人们提供超越时空限制的便捷交流时，也对文学的发展产生了不可忽视的消极影响。

首先，网络传播的自由性消解了传统文学的精髓，造成了创作主体的丧失，从而使网络文学陷入平面化和肤浅化。传统文学关注社会责任的担当和精神家园的追寻与建构，作家在种种理想和创作规则的有形或无形规约中"戴着镣铐跳舞"。网络文学卸去了所有的承担，为文学曾经沉重的飞翔插上了自由的羽翼。然而，网络文学绝端的创作自由，却在某种程度上抵消了文学作为一种精神产品的艺术性。卸却社会担当和减少道德约束的结果，是创作主体丧失了对人生、人性等深层精神价值追寻的动力，导致网络文学作品在内容上流于感性化、肤浅化、平面化，在形式上更像个"大拼盘"。这是网络文学的一个重要不足，也是网络文学备受诟病的主要原因。与传统文学力图创造性地反映生活，从而介入生活、超越生活追求人类终极关怀的姿态相比，网络文学往往表现出对于现实的一种被动的、无可奈何的跟随。网络个人化写作虽然让写手们获得了精神的高度自由，摆脱了功利欲求对写作的"异化"；但无止境追求个人化的写作却极易转化为私人化写作，即在写作中将个人的私生活原原本本地搬进文学，把现实生活中的困顿、迷茫、无助等纯属个人隐私的东西毫无遮拦地坦露出来，把个人情爱的生活细节搬进文学等，甚至在写作中表现出远离现实社会、疏离生活群体的意味。这种私人化写作在一定程度上体现了网络文学的率真品性，但却容易使文学陷入个体欲望宣泄、隐私坦露的误区。像"用身体写作"的木子美，在网上肆无忌惮地公开自己的性爱日记《遗情书》，以疯狂暴露个人隐私来满足一己之欲望，并引来了热衷于窥视隐私的人们追捧。此外，由于网络写手大多是出自理工、计算机专业的年轻人，多以业余心态写作，既无暇也无心去关注传统文学的理念和文学自身的特点，这使他们的文本带有鲜明个性色彩的同时，也留下了明显的硬伤。游戏不是文学，纯粹的宣泄也不是艺术，无视作品的文学价值，就永远谈不上真正的文学创作。因此对文学特性和文学价值的忽略甚至蔑视不是网络文学的优点，而是它的致命缺点。网络文学所体现出来的主体丧失、深度削平、对抗主流，疯狂复制、杂拼乱凑等特点，造成了其在传播有用信息的同时制造出大批文字垃圾，在一定程度上影响了读者的阅读，从而阻碍了文学的健康发展。

其次，网络文学的技术含量超出审美含量，剥夺了读者进行"二次创作"的权利。当下汪洋恣肆的网络文学作品，不仅那些"文学机器""创作软件"是靠技术生成作品，就连那些超文本写作、多媒体表达、合作接龙等作品，也是依托电子数码技术改换文学样貌。加上大多数网络写手和网民多出身理工科，文学知识匮乏，他们对网络和游戏的熟悉与兴趣远远大于文学，宣泄的动机也多于艺术考虑，以他们为主体制造出来的"文学"，当然技术含量多于审美含量，文化价值胜于文学价值。技术可以艺术化，但艺术却绝不能技术化。艺术技术化的后果，必将严重损害文学的艺术维度。这种局面的改观，一方面取决于文学自身的自由竞争和优胜劣汰，同时也有赖于更多专业作家和评论家参与到网络文学的创作与研究，以健康的舆论氛围和正确的理论导向进行引导。此外，网络文学的多媒体特征对于文学创作自身也带来了消极影响。"余音绕梁，三日不绝"，文学作品之所以能够给人以美的享受，正是由于文学所特有的含蓄和韵味，而体悟无疑是传统文学创作者对读者的必然要求和珍贵赐予。纸媒作品提供了一个可供静下心来仔细品读和思考的机会，让读者能够面对作品所构建的空间放飞自己的想象和心灵。相比之下，网络多媒体文学则长驱直入，咄咄逼人。电子形象的直截了当和栩栩如生造成了一种定型化的效果，文字提供的"弦外之音"和"象外之象"已经被多媒体技术充塞，读者"二度创作"的权利被剥夺了。如此反复，读者会心安理得地"享受"这种不费吹灰之力的视听盛宴，进而省略思考和放弃用心感知的过程，最终导致对文字感知能力的钝化乃至丧失这种鉴赏能力，文学世界由文字产生的魅力从此将黯然失色。多种现代技术共同汇聚于网络，使得网络文学具有了消除艺术门类界限的趋势。换言之，网络文学是一种跨门类、跨文体的综合艺术形式，这是多媒体技术带给文学的一个巨大影响。在多媒体技术支持下，文学的表现形式和审美方式发生了前所未有的改观。传统的小说只以文字形式诉诸于视觉，但多媒体文学中小说既可以作为文学来读，还可以当作音乐来听，更可以当成影像作品来观赏，文学、音乐和影视的门类界限被网络文学所超越和融合。文字是传统文学的全部，却只是网络文学的一部分，它可以作为主演，也可以充当配角。多媒体技术的尽情发挥，使网络文学更趋近于"文学就是游戏"。在它带给读者全新视听感受的背后，是不可忽视的对作者审美能力的削弱和剥夺。

再者，网络文学的自由使文学批评失去承担，导致批评秩序的混乱。网络传播的消费性、娱乐性和虚拟性会降低人们的文化品位，使人热衷于关注和计较自身的利益得失、喜怒哀乐，淡化了对生命价值的探寻和对人类社会的整体关切，丧失了历史的、文化的、生命的深度，从而在一定程度上出现了道德沦丧、精神空虚和文化自绝的迹象。网络传播的这种特性对批评文本的内容选择有很大影响：传统文学批评一向以经典、深刻、意义深远等作为批评文本的选择标准，而网络的平民化、趣味性特点使经典边缘化、通俗中心化；传统的经典作家作品在网络当中很少得到关注，一向被传统文坛视为通俗、流行的边缘作品却成为网民乐此不疲的话题。评判作家的好坏、作品的优劣，传统的批评权威已经丧失了话语权，网络自有一套专属的评判体系。当网络成为人人皆可自由进出的公共场所后，眼花缭乱的网络文学批评让传统读者大开眼界：肆意诋毁、泄愤有之，寻求刺激者有之，哗众取宠、语不惊人死不休者有之……传统系统化、规范化、理论化、专业化的文学批评在网络中踪迹难觅，批评尺度和规范的缺失导致网络文学批评在很大程度上沦为自说自话。"网络上的生存是一种没有重量的生存"，①这句话入木三分地揭示了网络文学批评面临的困境。因为过于自由，缺乏必要的约束和规范，网络文学批评变得轻飘飘的，没有任何承担。于是，当我们从严谨有序的传统文学批评阵地转战网络文学批评世界时，会对这种过度的自由发出质疑：没有任何规则和尺度的自由只能走向混乱和无序，而文学批评如果丧失了对精神品质的关注和对美学价值的追求，还能称之为批评吗？此外，主要是受"趣味中心主义"的影响，网络文学批评的范围由传统文学批评紧紧围绕文本展开扩张到对作家婚姻生活、逸闻趣事的关注，而以严肃深刻的主题为中心的写作在网络中乏人问津。可以看到，网络文学批评中传统的批评标准虽然依稀尚存，但其权威地位已被消解，代之以在不同批评标准参照下自说自话的碎片化批评。众声喧哗的批评背后，凸显的是网络文学批评在迫不及待地抛弃过去，却尚未构建起新的批评秩序的混乱现实。

最后是网络文学的版权问题。在传统纸质印刷时代，作者的版权具有可靠保障，印数、加印次数、是否畅销，都有明确的数字查验。虽然也有盗版书籍损害作家和出版商的利益，可一旦管理起来，也算有章可循。

---

① 谭德晶：《网络文学批评论》，中国文联出版公司，2004年版，第44页。

进入互联网时代，每分每秒数以亿计的数据流量，使网络信息监测变得无从下手。网站在原作者毫不知情的情况下，将其作品原封不动搬上网络的情况时有发生，作者状告网站涉嫌侵犯著作权的案例屡见不鲜。1999 年，王蒙、张抗抗、张承志、张洁、毕淑敏、刘震云等 6 位作家分别起诉世纪互联通讯技术有限公司擅自在网站刊载其作品牟利；2014 年 2 月，作家刘心武以其作品《如意》(第 3 版)《刘心武海外游记》被私自上传至网站供读者在线阅读、下载及电子书订购，造成其著作权被侵犯为由，状告五车信息技术（北京）有限公司；2014 年 11 月，女作家棉棉因作品《盐酸情人》被谷歌中国网站的"图书搜索"栏目提供下载，因而起诉北京谷翔信息技术有限公司、谷歌信息技术（中国）有限公司……网络上的侵犯著作权案例，可谓屡见不鲜。如何保护作家的合法权益，使网络成为文学和作家手中的利刃，而不是爱恨交织的双刃剑，是网络传播需要达成的终极目标。就此而言，起点中文网"线上版权"概念的提出，不失为一次有益的尝试。这不但有利于好作品的传播，同时也使传统作家的权益得到一定保障，无疑值得网站借鉴。

综上所述，网络文学倡导的真我本色和个性膨胀，使作者在自由的名义下释放"本我"性情的同时，也可能导致他们主动放弃文学活动的审美价值和社会承担。网络传播利用互联网技术实现的蛛网覆盖、咫尺天涯等特点，突破了时空阻隔和传播壁垒，促进了文学的传播与交流。但随之伴生的作者著作权保护的失范、复制品和平庸之作的泛滥，也会给人们的阅读带来选择困难。面对网络上的"海量信息"，读者可能无所适从，由视觉疲劳带来的精神疲劳也可能让他们失去对网络文学的兴趣。就评价机制而言，网络评论的直言不讳和一针见血，将有利于改变传统文学批评不痛不痒的陋习，但网络评论的蜻蜓点水、感性直观和拒斥学理与思辨，又可能使文学批评流于片面性和粗鄙化。凡此种种，如一枚硬币的两面，附着在正在发展中的网络文学身上。成熟的文学需要自由的滋养，而网络的自由精神如一剂强心针注入传统文学略显苍老的躯体，在为传统文学带来无限生机和活力的同时，也为文学的发展带来了深深的忧思。未来文学与网络的联姻将走向何方，是一个值得花费精力探讨的大课题。

第四章　传媒时代严歌苓创作的应变与坚守

传媒与文学相伴而生，文学无法离开传媒而独立存在。进入大众传媒时代，媒介由文学传播的工具性地位跃升为左右文学发展的主导性力量，文学活动因而发生了极大变化，并导致文学的生存图景大为改观。面对文学生存语境的转换，作为文学创作主体的作家们在关注、感叹之时也在思谋如何应对世事变幻和文学更易，作家价值取向的多元化成为大众传媒时代毋庸置疑的文学现实。严歌苓既清醒地认识到文学大众化趋势不可逆转，同时又以精英作家的姿态坚守着文学的根本，在市场与审美之间开辟出一条新的文学创作道路，为传媒时代文学何去何从留下了深深的思索。

第一节　传媒时代的文学生存图景

大众传媒时代的到来，刷新了文学的媒介环境，也改写了文学的生存图景：大众传媒权力极速膨胀，并挤占传统文学占据了文化中心地位；大众文化伴随着市场经济大潮呼啸而来，冲击着社会生活的各个领域；文化产业平地崛起，文化的商业化时代不期而至。在全新的文化语境中，文学在迫不得已向边缘退却的同时，也开始了向大众化、商品化转向的求存之变。这既是文学生存的应对策略，也是文学生存图景更易之后文学的文化之变。

一、大众传媒权力膨胀与文学的边缘化

20 世纪 90 年代后期，随着中国社会的全面转型，发展市场经济的目标牵动了全社会的目光。经济大潮汹涌来袭，吸引了各方面资源积极介入，民众物质生活得到极大改善，随之而来的是人们生活观念的改变和生活内容的丰富与复杂。而无论工作、学习、婚恋、休闲，还是居家、出游等等，无不有赖于信息助力，信息成为人们生活中越来越不可或缺的要素。"现代人实际上生活在一个被媒介制造的'信息洪水'包围的世界里，对事物的感知、判断及采取的行动，大都以他们看到、听到的媒介现实为依据。"① 在这种情势下，能够便捷、及时地获取大容量、高时效的信息就成为民众普遍关注的问题。与此相应，人们的精神需求也转向能够及时带来娱性怡情效果的文化快餐，大众传媒的重要性得以凸显，大众传媒文化应运而生，并逐渐跃居文化中心，在很大程度上左右着人们的生活。"大

---

① 张国良：《新闻媒介与社会》，上海人民出版社，2001 年版，第 63 页。

众媒体对当代社会生活的全面参与，无疑深深地渗透到社会的各个方面，也对社会文化的构成产生了根本性的影响，使之在各个方面都发生了难以预料的，当然也是前所未有的变化。"①

从近些年社会发展变化情况来看，大众通过"注意力"所希望获取的目标主要是各类信息、资讯及娱乐需求的满足，而这正是大众传媒文化的强项。尽管在物资匮乏的年代，文学曾经在相当长一段时间内充当着报刊、广播、电视等媒体的重要传播内容，新中国成立后很长时间内，众多报纸的副刊也都曾是发表文学作品的重要园地，而且无数电影、电视剧、广播剧也都是依托文学名著制作而成。但时移势易，进入大众消费时代后，在市场经济的寒流中，文学迎来了发展的严冬：依然保留副刊的报纸寥寥无几，取而代之的是充斥着各类服务性内容的专版、专刊、特刊；文学期刊发行量锐减，一些期刊无奈转型或关张；广播中基本欣赏不到优质的纯文学节目；电视领域虽然还需仰仗文学作品制作电视剧，但相当数量价值颇高的文学作品仍被拒之门外，且不少由文学作品改编的影视剧在经济利益驱使下已然变调，难以成为精英文学生存的土壤；网络中的文学作品的确浩如烟海，但若要长时间对着电子屏阅读，也让人难以忍受。大众传媒时代，表面看来文学的传播渠道有增无减，但事实上适宜文学生存成长的阵地已所剩无几。与此同时，伴随着信息化社会的发展和新经济时代的来临，本来就与市场经济有着"天然联系"的大众传媒文化焕发出了更为强烈的扩张冲动。众多报业集团、广播影视集团、出版集团遍地开花，以工业流水线方式大批量生产和制造信息产品、文化产品。在大量"快餐式"大众传媒文化产品的不断冲击下，充满个性化的文学创作渐渐被击退到文化边缘。社会文化语境的骤变，使文学"阵地"萎缩，在社会生活

---

① 蒋原伦：《媒体文化与消费时代》，中央编译出版社，2004年版，第6页。

中的影响力日益衰退，文学逐渐失去了停驻于社会注意力中心的理由。文学话语权发生"流转"，也就成为一种社会历史的必然逻辑。"时代的变化导致文学的眼球效应丧失，国人的精力被电子类产品和快节奏的生活瓜分。"① 与此同时，内容定位更加明晰化的新闻、资讯及各种娱乐化大众文化产品，却依附于强势的大众传媒不断焕发生机，势如破竹般在社会话语体系中攫取了显赫的话语权。

综上所述，纯文学的式微与现代传媒占据文化权力中心、获取文化领导权有密切关系。如果详加分析，个中原因是多方面的。首先，如前所言，现代社会对信息的多元需求决定了大众传媒的主导地位，并形成了大众传媒以信息为中心的传播观念。由此，文学只能作为一种特殊的信息形态，等待它的只能是被挑选的命运。就如 20 世纪 70 年代阿尔文·托夫勒对信息社会的预言："物，用完就扔的社会""莫扎特加快了节奏""莎士比亚沦为半文盲"。② 由于生活节奏加快，生产追求高效，实用性成为社会的需要，使不同种类不同形态的多元信息成为大众的直接目标，因此以信息传播为核心的大众传媒崛起成为时代发展的必然，曾经居于文化中心的文学风光不再。其次，我国的大众传媒仍处于变动不居的状态，还没有达到稳定和高度发达阶段。因此，在社会倾向于实用和娱乐性之时，经验的匮乏使大众传媒迫切地选择那些能够立竿见影使受众获得即时享乐的内容。正如马尔库塞所言，"大众传播限制着升华的领域，同时也降低了对升华的需要"。③ 而文学是人类力图实现超越和灵魂升华的一种努力，这显然与大众传媒的欲求格格不入。因此，在大众传媒的强势进攻下，以提升人类精神境界为诉求的传统文学走向溃败自不待言。再次，大众传媒技术

---

① 胡泳：《十年一刊：从文化年代到媒体年代》，《读书》，2005 年第 9 期。
② ［美］阿尔文·托夫勒：《未来的冲击》，新华出版社，1996 年版。
③ ［美］马尔库塞：《单向度的人》，上海译文出版社，1989 年版，第 68 页。

的工具理性与文学的感性体验相冲突，导致了技术与文学的深层排斥。大众传播技术发展的基本特点是越来越大众化，从而决定了大众传播各个环节的相应变化。从人类口头传播到文字传播、印刷传播再到电子传播和网络传播，每一次传播技术的革新带来的显著变化都是传播范围的扩大，随之而来的是对传播内容通俗易懂的要求。相对而言，文学的受众需要具备一定的文学素养，否则就难以达成理解和接受。尤为重要的是，大众传播技术的发展遵循科学发展逻辑，在大众传播发展过程中，知识变得越来越具有物理特征，与技术的依存越来越密切。也就是说，大众传播发展的基本特征是实用化和物理化，而文学则以感性为基本表现方式，两者的诉求是相悖而行的。因此，新的传播技术带来新的传播形态风生水起，如影视文学、网络文学等都是文学与技术联姻的结果，而传统的书面文学则门庭冷落。

概而言之，随着时代变迁，社会文化语境全面更新，文学拥有显赫话语权的社会运行机制已然淡去。信息化浪潮的席卷和市场经济的冲击，以及社会分工日渐明晰细化带来的更趋专业化的要求，都让传统文学疲于应对，文学的诸多社会功能在新的文化语境中失去了用武之地。当经济意识蔓延到社会的各个角落，文学理所当然地退出了社会注意力中心，其曾经居于文化巅峰的话语权也逐渐被大众传媒文化所消解和取代。

二、大众文化的崛起与文学的大众化

大众文化产生于 20 世纪工业和消费社会，它以大众传播媒介（机械媒介和电子媒介）为手段，按照商品市场规律去运作，旨在使大量普通市民获得感性愉悦和日常文化形态。当前我国的大众文化就是 20 世纪 80 年代后期以工业社会发展为背景，从计划经济向市场经济体制转轨过程中，伴随着日渐繁荣的商业文化环境发展起来，并经技术革命特别是传播技术革命催化而出现的一种消费性文化。作为一种特殊的文化商品，大众文化的生产和传播必然受制于商品生产逻辑和市场运作规律，大众文化因此具有了新的文化特征，即商品性、通俗性、流行性、娱乐性和对大众传媒的依赖性。大众文化与大众传媒相伴而生，大众传媒为大众文化的运作、流通提供了广阔的空间。没有大众传媒，就谈不上大众文化。就此意义而言，大众文化也是一种传媒文化，大众文化与媒介文化是同义语。尤其在当今现代传媒凸显巨大威力的时代，大众传媒积极干预社会生活，深度介入人们的日常生活，无所不在地昭示着其不可小觑的影响力。人们通过大众传媒获取的信息，在总量上已远远超越传统的文化授受模式。就像斯诺所说："在当代社会，公众往往接受媒体所呈现的社会现实，因此，当代文化实际上就成了'媒体文化'。"①

20世纪以降，大众文化在中国经历了颇为复杂的历史进程，不同的政治、文化诉求，纷纷诉诸于大众文化领域。市场经济的导引和大众传媒的推波助澜，使无所不包的大众文化战胜了以启蒙为己任、以改革为旗帜、以唤醒民众主体意识为宗旨的精英文化和代表着严肃、深度、理性的正统文化，从而在三足鼎立的文坛春色独浓。大众传媒时代，传媒的受众广泛，内容驳杂，具有普泛大众的特点。而大众文化以大众传媒为依托，时时刻刻包围着受众。由于传播媒介的便捷，文学以越来越向大众化靠拢的趋势被大众接受。"与传统文学的那种崇高、严肃、宏大、华丽典雅的审美趣味不同，视觉文化语境下社会的文学观念已严重地向朴素、通俗、平民倾斜。以往文学家们居高临下的宣传真理、讴歌社会现象现在已经很

---

① ［美］戴安娜·克兰：《文化生产：媒介与都市艺术》，南京译林出版社，2001年版第4页。

难看到，取而代之的是一些无地位、无特殊身份的普通人。这些平民化的作家以或揶揄、或破坏、或嘲讽的姿态，用有意无意的俗语，借助嘻嘻哈哈戏谑的氛围，来调侃琐碎的生活和繁杂的世事。审美注意中心转移到大众的日常生活和日常思考中；尘世喧嚣与凡俗的纠葛不再被层层过滤，而是在文本中直接地以真实面目呈现出来，这与昔日的那些教诲式的严肃命题产生了巨大的反差。"[①] 这就导致以大众为传播对象的通俗文学大行其道，而曾经风光无限的纯文学渐趋衰微。如《作家》向时尚杂志看齐，发表的纯文学作品只占 1/3；即连当代文学颇具影响力的纯文学园地《收获》也曾陷入严重的生存困顿。与此相反，以通俗性、娱乐性、流行性、时尚性、商业性为旗帜的大众文化在现代传媒传播下，给了现代人精神以即时而强烈的满足，结果导致大众通俗刊物发行量飙升。有统计资料显示，上海的《故事会》发行量达 650 万册，北京的《啄木鸟》、山西的《民间文学》等也都爆出了巨大的销售量，这意味着大众文学有庞大的受众群体。

大众传媒时代，文学高居文化中心的权威色彩不断淡化，逐渐被大众化收编。曾经神圣的作家身份被泛化，自由写作者层出不穷，互联网的普及更使写作和文学批评这些曾经掌握在小众文化精英手中的专利下延到普罗大众之中，文学从生产、传播、受众直到批评环节都被大众的汪洋所包围。概括来说，当下文学的大众化呈现出如下特点：一是影视和网络成为大众在艺术形式上的重要选择。影视和网络介入文学，无疑对文学的发展产生了积极影响。比如缩短作者与读者之间的距离，打破了文学出版的垄断格局，拓展了文学的受众范围，增加了文学在社会生活中的比重。然而，受众对影视和网络过分依赖，也对文学产生了消极影响。即文学必须经过影视和网络传输媒介才能到达读者，在此过程中文学不可避免地会经

---

① 耿峰：《文学的坚守》，《齐鲁晚报》，2006 年 11 月 18 日。

过传媒基于大众化诉求的更改与重构，这在一定程度上会对文学自身造成伤害。为了保证实现商业利润，很多时候作家必须容忍甚至依赖这种可能与作家创作初衷风牛马不相及的篡改。因此，能否清醒地认识到传媒对文学的这种改变，并且能够在传媒规限下最大限度地保留文学自身的个性和品质，是决定文学水平和前途的重要问题。但令人堪忧的是，在当下文学大众化语境中，大众显然对此缺乏认识和警惕，甚至缺乏对此进行思考的兴趣。与文化精英相比，大众更倚重市场对文学的态度和评判，而对文学与传媒之间的鸿沟视而不见，从而导致文学势不可当地滑向市场所首肯的方向，这是影视和网络媒体成为文学的主要艺术载体之后，文学所面临的最大挑战，也是文学大众化中潜隐的极大危险。其次是以物质标准和商品意识衡量文学成为大众内在精神的主要表现。与传统文学负载历史、哲学与美学的形而上思考相比，大众内在精神的物质标准和商品意识诉求使描述物质生活的压力、表现日常生活的形而下感受成为文学创作的主要内容。反映在作品中，主人公基本定位于各种职业、各种生存状态的普通人，文学对生活的思考呈现琐碎、凌乱状态。当然，对于文学来说，改变传统文学居庙堂之高的神圣地位，使其走向普通民众是一个可贵的变化。但同时也要意识到，当下文学只求宣泄、不追根究底，只求满足、不做探索的明显表现，体现的是一种精神上的萎靡和困窘。对物质现实过分关切，导致对精神境界的追求日渐稀薄，文学作为特殊精神产品作用于人类灵魂的深远影响渐成为枯死在书页间的明日黄花。因此，当下文学的当务之急是引导和培养受众进入文学的视野。而且，越是在世俗化、物质化喧嚣的时刻，文学作为道德指引与精神境界提升的功能越不能丢弃。一旦文学疏离了人类的精神追求，蜕变成纯粹的消费品，那么文学将真正淡出大众视野。以消费品和娱乐品呈现的文学并非不可取代，但作为精神支撑、道德规范的文学则永远无可替代。

客观地讲，文学大众化现象是商品经济语境下文学的应变生存之策，它既可能给文学的生存和发展带来转机，也有可能造成文学品质的降低。这需要我们以正确的态度看待当下文学发展状况，透过现象看到本质，做出客观分析和判断，从而引导文学向着健康方向发展。

三、文化产业化与文学商品化

"文化产业"概念作为明确的文字陈述是由西方马克思主义法兰克福学派的霍克海姆和阿多诺在 1994 年的《文化产业：欺骗公众的启蒙精神》一文中首次提出，此后被收入《启蒙辩证法》一书。1990 年以前，我国学术界一直将其翻译为"文化工业"。金元浦先生在《理论——意识形态文化产业 / 文化工业文化产业概念探析》中曾对霍克海姆和阿多诺的文化产业含义进行过分析："霍克海姆和阿多诺提出的文化产业有两层含义。一是指现代文化的商品化生产制度化机制，它代表的是商业模式的文化活动的操作的方式，是商业原则下的不同种类的知识产品的生产。……第二层意义是指文化的生产是具有物质性实体性的产业基础，包括电影制作，录音设施，工厂，报纸的高速印刷，覆盖全球的广播电视台，甚至剧院，俱乐部和舞台表演等云集的大型场所。这两层意思各自独立又相互关联。'文化产业'的概念更多的指向'商品形式或商业模式的文化'。"霍克海姆和阿多诺认为，"文化产业"是现代科学技术的产物，以现代科技为依托，现代传媒（广播、电视、电影、录像、立体音响、现代出版系统等）是"文化产业"的根本标志。

在我国，随着大众传媒不断深入地介入社会生活，"文化产业"开始深入大众的生活。1984 年，国务院下发的关于产业统计文件开始把"文化"列入第三产业；1992 年，十四大之后出版的国务院办公厅综合司编著的《重大战略决策——加快发展第三产业》一书中使用了"文化产业"说法，这是我国政府主管部门第一次明确使用"文化产业"概念；2000年10月，在中共十五届五中全会通过的《中共中央关于制定国民经济和社会发展第十个五年计划的建议》中，"文化产业"首次在中央正式文件中出现；2002年，十六大报告又强调要"完善文化产业政策，支持文化产业发展，增强我国文化产业的整体实力和竞争力""发展文化产业是市场经济条件下繁荣社会主义文化，满足人民群众精神文化需求的重要途径"；2004年3月29日，国家统计局和相关部门讨论研究后，制定了《文化和相关产业分类》，为"文化产业"贴上了法定标签："为社会公众提供文化、娱乐产品和服务的活动，以及与这些活动有关联的活动的集合。"伴随着市场经济的确立，"文化产业"以其经济文化一体化的显著特征蓬勃发展。"文化产业""产业链""绿色文化产业链""海洋文化产业链""旅游文化产业链"等有关文化产业的词汇频频在大众传媒中出现，刷新着我们对文化的传统认知。"这种文化的'产业性'或大众的一面，从其出现至今已经渗透整个世界。"[①]

文化产业具有复制性、同质性、消费性、商业性、娱乐性等，因此"文化产业"在霍克海姆和阿多诺的"批判理论"总体倾向下带有强烈批判性和否定性。而我国"文化产业"的提出，则是为了应市场经济之需，繁荣人民的物质文化生活。但无论对"文化产业"的认知和分歧如何，大家已达成共识，大众传媒是"文化产业"提出的重要依托，大众传媒为文化产业的发展提供了便利的媒介基础。大众传媒时代，商品经济占据社会的主导地位，因此势必要求大众传媒纳入市场经济运行机制，建立自主经

---

① ［斯］阿莱斯·艾尔雅维茨：《图像时代》，胡菊兰、张云鹏译，吉林人民出版社，2003年版，第33页。

营、自负盈亏的现代企业制度。文学作为大众传媒传播的文化产品之一，也毫无例外地需要遵从市场逻辑，走上商品化道路。作为一种精神生产活动，文学与经济之间的关系变得空前紧密。从文学生产、文学传播到文学接受，文学活动的每个环节都与经济和商业产生了错综复杂的联系，并受到市场经济规律的制约。

在文化艺术被纳入产业化的过程中，文学开始走向商品化。在市场经济激荡中成长起来的"新生代"作家大多是自由撰稿人或自由职业者，他们顺应市场经济形成的文化语境，通过自己的创作劳动为自己定位，而稿酬制度的改革则为作家实现"职业化"追求创造了现实条件。大众传媒有意无意的导引，也使作家深谙自身的市场号召力与报酬的丰厚与否紧紧挂钩。在利益驱动下，作家与大众传媒合谋，利用传媒的强大影响力进行宣传、炒作，或对作家作品进行包装，以吸引大众的注意力，扩大文学的市场占有率，从而增加商业效益。在此过程中，文学批评也顺应传媒效应的规律，成为文学商品化的"助推器"。而大众则在现代传媒的"议程设置"引导下，进行文学消费活动。文学与传媒结合，纳入"文化产业"领域，使其本身拥有的受者增多，一方面满足了人们的文化娱乐需求，同时也带来了可观的经济效益。如海岩的一系列作品《永不瞑目》《玉观音》《深牢大狱》，六六的《双面胶》《蜗居》等被搬上银幕，既娱乐了民众，又创造了文化价值与经济价值。

大众传媒与市场联手，使文学商品化变为现实。当市场将文学作品明码标价进行陈列之时，文学即刻褪去贵族的光环，从文化特权者的专利转变成如可口可乐、口香糖一样人人付钱即可消费的商品。一向被视为神圣精神劳动和文化创造的文学开始退居到社会边缘地带，变成消费社会的"休闲品"；文学作为时代思想意识的主要生产和传播源的地位已经丧失殆尽，人们也不再以批判性、超越性来规约文学的消费，转而以大众性、畅销性来衡量文学作品的价值。与此同时，商业社会不断催生出读者新的审美趣味，原来居于文化中心位置的精英文学和高雅艺术，备受通俗文艺、影视、网络传媒等大众文化的强力冲击。在新的语境下，大量文学作品以满足受众的感官享受为宗旨，文学的娱乐功能取代了传统的教化功能。商业社会所带来的思想观念与价值取向的巨大变化，从根本上改写了大众的文学趣味，文学创作与欣赏都趋向多元化和时尚化，从而导致文学从社会化趣味演变成个人化趣味，从富有使命感的崇高事业转化为游戏式的个人自由创作。当文学不再成为民众关注的焦点，创作主体就从沉重的历史责任感和社会良心的沉重驱壳中退出来，体验道德责任之外的轻松，表达自我的独立话语成为文人笔下新的创作源泉，当代创作主体第一次有了贴近自我的表达能力。

在这样的社会背景中，原来备受冷落的商业文学，因为与市场、市民的天然联系和吻合都市大众的审美趣味，终于有隙抖落历史的风尘，在文坛风靡一时。股市交易、商界传奇、职场博杀、官倒投机、白领争锋……诸如此类的作品出版阵容空前，创作队伍庞大，内容直击商业活动。无怪乎评论家朱向前说："毫无疑问，全面走向市场的中国当代社会必将急遽改变我国的传统文学生态环境和价值取向。质言之，文学作品的商品属性将得到前所未有的正视、重视乃至一段时间内过分地夸大与强调。大部分文学生产力将逐渐从政治辐射下走出而卷入经济轨道运作，其意识形态色彩会日渐淡化而商业气息将愈加浓厚。这不是谁喜欢不喜欢、愿意不愿意的事，这是时代的潮流。留给作家个人的权利仅仅是选择与被选择，而个人与社会双向选择的结果便导致文学的分化。"① 当然，市场经济选择文学也好，作家追求世俗化快乐也罢，商业文学都以空前的生命活力绽放光

---

① 赵敦华主编：《西方人学观念史》，北京出版社，2005年版，第3页。

彩，装点着多元化的文学格局。历史变迁造就的文学变迁，再次证明着"社会存在决定社会意识"论断的正确性。

第二节　传媒时代严歌苓创作的应变与坚守

大众传媒时代，媒介对文学的发展产生了举足轻重的影响。"数字媒介对文学发展的影响力比前此的所有媒介都要广泛、深刻和迅捷得多——这不仅包括文学创作、欣赏、传播的方式，也包括文学文本的存在形式和功能模式，还有文学生存、生长的整个生态环境和文化语境，从而对文学转型扮演'消解'和'启蒙'的双重角色。"[①]因此，在传媒时代，文学要想继续生存并获得长足发展，必须做出与此适配的调整。严歌苓便是借助现代传媒的强大传播力量，使文学在大众传媒时代焕发新生的成功实践者。在文学按照商业逻辑运行的形势下，严歌苓有意在创作中迎合当下大众阅读喜好和审美旨趣，作品因而呈现出明显的大众化倾向；但严歌苓并非通俗作家，她自有其文学坚守。在大众文化普及的当下，她的小说以独特的审美范式显示了她在精英文化与大众文化、高雅品位与世俗格调等二元化价值体系中的坐标点所在。

一、严歌苓创作的大众化倾向

回望 20 世纪 80 年代严歌苓初涉文坛的作品——长篇小说《一个女兵的悄悄话》，其中就大量借鉴了时空跳跃和蒙太奇剪辑等电影技法，成功

---

① 欧阳友权：《数字媒介与中国文学的转型》，《新华文摘》，2007 年第 11 期。

塑造了性格迥异却鲜活饱满的年轻军人群像。在一篇访谈录中，严歌苓这样解释自己对文学和电影两种文学样式的认识以及自己进行小说与电影剧本双栖写作的心态："我对电影的参与是很积极的。第一，是对文学衰落的一种无可奈何，一种凄婉的心理，导致了我不断地在电影的创作当中获得一种回报。第二，看电影的人越来越多，那么能把小说中的一种文学因素，一些美好的东西，灌输到电影里去，使这个电影更艺术、更高级，我感觉对一个小说家也是一种欣慰。"这段话不仅反映了严歌苓对文学创作的由衷热爱和殷殷期望，也表现出她对文学生存危机的理性认知。因此，在创作实践中，在坚守文学根本的同时，她会着意向大众化倾斜，以期实现文学的市场突围。研读早期的《白蛇》《扶桑》到近年的《小姨多鹤》《第九个寡妇》《补玉山居》《妈阁是座城》等作品，可以明显感知严歌苓作品的大众化倾向。她本人坦承其间经历过一个转型期："我在国外时很喜欢和评论家碰撞，希望每一部作品都有独特的形式和深奥的思考，但这种小说在大陆不畅销，有点吃力不讨好。我想表达一个内容，绞尽脑汁想出一个形式，反而不被读者理解。但我想说的话总得说，就选择了一个容易被接受的形式。一个作家有表白欲、倾诉欲，如果别人听不懂就会抓狂，就要想尽办法让别人懂得。"[1] 严歌苓直言，"刚开始有点不屑于这种写法，因为形式美是小说审美价值中非常重要的一部分"。她表示自己喜欢郎朗和马友友，因为他们在演奏中融入了通俗元素，把大众喜爱的内容与丰富的情感汇进了音乐这种古老的艺术。严歌苓从中受到深刻启发，并改变了她对文学应该高高在上的认识。"文学同样是一种古典的艺术形式。要让更多的人来欣赏，就要给读者提供最好的表达方式、最好的故事，否则文学将走向死亡。有很多好的民间故事，作家不能把这些全撇开，还要

---

① 吕莉红、吴洋：《严歌苓：知足常乐》，《京华时报》，2012 年 7 月 28 日。

去当乔伊斯、博尔赫斯，认为小说就应该高高在上。虽然那也是一种追求，但我希望文学不死，希望文学越来越多地获得它生命的土壤，就是大众。"①近些年严歌苓作品影视改编热和她小说影视版权的抢手，一方面表明她的小说在客观上由于影视介入赢得了广泛市场，另一方面也反映出她的小说契合当下观众的审美向度，凸显了大众文化的质素。（注：严歌苓作品的影视化特征是大众化倾向的鲜明表现，本书第二章已展开具体论述，此不赘言。）

1. 对女性题材的偏爱和对男权话语的迎合

在某种程度上，大众化视觉呈现出女性化特质。女性作为被消费对象充斥着文化市场，以欲望代言人的身份，传递着消费时代人们被压抑的生理和精神诉求，广告、画报、影视等不遗余力地展示美女形体及性感迷人的魅力即为明证。严歌苓从早期《雌性的草地》《天浴》《少女小渔》《扶桑》到近些年的《小姨多鹤》《第九个寡妇》《铁梨花》《幸福来敲门》《一个女人的史诗》《金陵十三钗》《补玉山居》《妈阁是座城》直至刚出版的新作《床畔》，女性当仁不让地占据着主角地位。尽管严歌苓申明创作对女性的偏爱是因为"女人比男人有写头，因为她们更无定数，更直觉，更性情化"，②但消费时代的物质化和视觉化趋向，使严歌苓的女性书写无法完全逃脱被大众文化"催眠"的命运。其实单从严歌苓作品的选材和人物身份，即可窥见作者呼之欲出的市场化策略。日本遗孤的情爱、文艺女青年的痴恋、妓女的生活与情感、寡妇藏公爹等等，每个故事核心都具有燃爆读者眼球的热点。《第九个寡妇》中的寡妇王葡萄，风尘女子"金陵

---

① 金涛：《严歌苓：在历史中追问在创作中燃烧》，《中国艺术报》，2011年11月29日。
②《壹周读：写尽女人的苍凉与繁华——严歌苓》，新浪读书 http://book.sina.com.cn/focusmedia/2014-07-14/0931649942.shtml。

十三钗"，《一个女人的史诗》中的演员田苏菲，《白蛇》中的芭蕾舞演员孙丽坤等等，这些女子身上无不贴着鲜明的大众文化标签，她们的命运和情感欲望更容易产生大众化的共鸣，这不能不说是严歌苓的有意而为。更重要的是，作为"女性帝国的缔造者"，严歌苓却不是女性主义者，她的作品中隐含着对男权文化的传达和对男权秩序的顺从，因为她的这种女性书写，需要"得到男权叙事的默认和商业文化的接纳，采取对男性话语一边模仿一边解构的叙述策略，才能确立自己的文化身份，这样女性书写自己的历史才能成为可能"。① 因此，严歌苓笔下的女性形象，虽然表面上充满神圣的地母性，惯于以隐忍善良的姿态和救赎的名义去奉献、牺牲，事实上却在试图取悦男性、赢得男性认同过程中最终丧失了作为女性自身的主体性和独立性，而这实际上暗合了男权话语秩序的召唤。

严歌苓笔下的扶桑、王葡萄、江路、齐之芳、田苏菲、曾补玉、梅晓鸥等女性形象，个个风情美貌，极富女性魅力，但却无一例外都会痴情决绝地喜欢并崇拜某个男性，并心甘情愿地为他付出和牺牲，用所谓的爱情神话成全其"地母"特征。如田苏菲对欧阳萸的痴迷，江路对宋宇生的热恋等。就连"胆大包天"敢于在刑场上偷偷救回被处决未死的公爹的王葡萄，其能够在变幻莫测的动荡时局中躲过政治风雨，也仰仗于公爹孙怀清的智慧指点。可以说，孙怀清才是小说隐性的灵魂，是他的存在成就了王葡萄的传奇一生。因此，这些女性虽然勤劳智慧、魅力非凡，是"理想人生"的承载者，但她们的美丽必须由男性发现，穿越苦难的信念必须由男性来支撑，幸福必须获得男性的认同和陪伴。即使这些男性存在这样那样的缺陷，甚至是缺席的，却在女性的生命意识中无处不在、无时不在。换

---

① 佘艳春：《中国当代女性小说中的历史叙事》，2005 年山东师范大学博士学位毕业论文。

句话说，严歌苓的女性书写满足了男权文化对女性的各种期许和臆想，女性所谓的独立性和"圣女性"恰恰是通过男性的标准参照得到明确，最终打上了男权文化的烙印，从而迎合了当下大众文化的男权视角和男权意识。

2. 传奇式书写

严歌苓作品的大众化倾向还表现为她的传奇式书写。严歌苓曾坦言自己的写作，"想的更多的是在什么样的环境下，人性能走到极致。在非极致的环境中人性的某些东西可能会永远隐藏"。[1] 在这种创作理念指引下，严歌苓着意通过极端化的环境展示极端的人性，在刻意渲染的极端化反差中展开传奇式的书写，以期造成轰动效应。在严歌苓笔下，人物事件常常笼罩着传奇光环，叙述逻辑充满机缘巧合。极端的环境，非常态的事件演化，使小说悬念丛生，噱头迭起，从而激起了读者强烈的好奇心。如《铁梨花》中的凤儿本是盗墓贼之女，却被雄踞一方的军阀赵旅长抢作五姨太，从此迎来了颠沛流离的传奇一生。凤儿与生俱来、可搜寻到千年墓地疙瘩的通灵本事，奠定了女主人公命运的传奇基调。《金陵十三钗》讲述了在1937年南京遭受日本侵略的惨烈时刻，十三个秦淮河上躲避战火的风尘女子挺身而出，全然不计世人的轻蔑和女学生对她们曾经的咒骂，勇敢代替女学生们参加日本人的圣诞庆祝会，慷慨奔赴不虞的结局，显示出一种可贵的超拔情怀。在这些作品中，严歌苓都以一种边缘性视角对平凡人进行传奇化书写，在强烈的对比和发展中，铺展波澜迭起、激荡人心的故事脉络。在当下快节奏的商业社会，被钢筋水泥丛林包围的都市人在紧张沉重的生活重压下，内心益发渴望温情的关切、激情的冲撞和美满人生

---

① 庄园编：《女作家严歌苓研究》，汕头大学出版社，2006年版，第247页。

的慰藉，而严歌苓这种传奇式书写，无疑使当代人在不一样的生活样本中得到了幻想的替代性满足，因此在大众中引发了强烈共鸣和认同。我们同时应清醒认识到，严歌苓这种追求立意奇崛的传奇式书写，虽然造成了轰动的市场效应，但也使其"正不自觉地陷入象牙塔闭门造车的圄圈，这样创造出的'在夸张中形成强烈的形象和故事'必然会距生活的源头愈来愈远，其文字的热力也会因此而减弱"。[①] 在极端环境的刻意营造和传奇故事的极致铺陈下，读者紧紧被故事自身所具备的陌生性和新奇感所吸引驱动，而文学本身和思想的言说已变得无足轻重。正如陈晓明所说，"这种借传奇化将个人苦难推向极致的笔法表面看来似乎凸显了底层的苦难，其实质效果却是抽空了苦难本身，苦难沦为被消遣的故事"。[②] 因此，严歌苓对传奇故事的渲染，虽然构成了夺目的戏剧性效果，却也冲淡了生活的本来面目，导致读者一味在好奇心的刺激和驱使下关注故事的情节发展，却无暇发掘故事所阐发的深层精神意蕴，从而削弱了文学应有的力量。

哲学家雅斯贝尔斯认为，艺术的真正使命不在于满足大众一时的好奇心与娱乐目的，而在于通过它，使人能够认识人性的本性，并通过艺术倾听到超越存在的声音。因此，优秀的文学作品应当具备穿透遮蔽和魅惑的力量，探寻历史真相，挖掘人性深处的困境和隐忧，反映人类共同的命运和共通的情感，从而实现对灵魂的救赎，这才是文学之所以为文学的真正意义和文学应有的承担。在传媒时代，文学如何在取悦大众市场的同时，实现其普适性和超越性，是一个任重道远却义不容辞的课题。

---

① ［美］陈瑞林：《冷静的忧伤——从严歌苓的创作看海外新移民文学的特质》，《华文文学》，2003 年第 5 期。

② 陈晓明：《无根的苦难：超越非历史化的困境》，《文学评论》，2001 年第 5 期。

3. 对历史的消解与戏谑

商品经济的繁荣带来了物质的极大丰盈，人们在享受科技发展带来的生活便捷时，心灵却在快节奏生活的重压下日趋浮躁和虚空。由于生命本真被遮蔽、个体欲望被压抑，人们在潜意识里产生了渴望情感宣泄、追寻心灵慰藉的迫切需求。而"当接受方在现实中的愿望和追求的目标得不到现实性的满足时，由缺乏性需要而产生的补偿性机制便转向了能契合接受方愿望与目标的文体形式"，这些文体形式也就为"接受方压抑的心理能量提供了替代性的满足"。① 正是由于这种"缺乏性的需要"，以历史为镜像来观照、隐喻现实，投射当下的社会百态、精神旨趣，展开文学形式的述说，成为大众喜闻乐见的形式之一。严歌苓深刻认识到，能够契合当代人的心灵律动，才是作品畅销、吸引读者眼球的第一要义。她曾说过，每个作家都不希望受到冷落，"我当然也不希望，我不想听读者说，你写的东西我怎么看不懂。我不想失去现在已经拥有的读者群，我还没有牢牢抓住他们"。② 因此，在创作实践中，严歌苓适时调整叙事策略和审美旨趣，通过对历史的另类书写为读者展现了不同的景观。

尽管严歌苓无意于宏大的历史叙事，但她的小说却始终以历史为内核。无论早期的《天浴》《扶桑》，还是近年的《一个女人的史诗》《第九个寡妇》《金陵十三钗》《补玉山居》等，在叙写个体命运的浮沉跌宕时，客观上展示了民族和国家曾经的社会面貌和历史进程。事实上，将个人生存境遇和家族兴衰变化融入民族和社会发展历程中来构建民族或国家的现代历史，是当代文学屡见不鲜的历史话语表达形式。但与"三

---

① 赵小淇：《当代中国台港澳小说在内地的传播与接受》，中国社会科学出版社，2010 年版，第 53 页。

② 马小娟：《严歌苓：要观众，还是要读者，还真是个问题》，《人民公安》，2013 年第 8 期。

红一创"《青春之歌》等历史题材小说不同，严歌苓是站在大众文化消费的立场上来言说历史的。她不关注历史事件本身，也不在意去反映或建构历史，而是把历史作为文化消费的对象，以特有的方式来呈现，其中不乏解构乃至戏谑的成分。换言之，在严歌苓的历史书写中，叙事视点是个人的历史，国家的历史仅仅是人物活动的舞台和背景。国家、民族的历史因为依附于个人化的历史才具有了存在价值，而这种背景化的历史也常常被对个人命运的强调而冲淡或消解。比如大半个世纪的中国现代史在王葡萄眼里（《第九个寡妇》）就是"进进出出"，"天下无非那么几个故事""你来我走，我走了你再来，谁在咱们史屯也没生根""台上的换到台下，台下的换到台上"；《一个女人的史诗》述说了女性田苏菲的个人情感史，但把女人的情感史冠以"史诗"的名号，严歌苓是这样解释的："一个女人她并不在乎历史，只在乎心里的情感世界。她的情感世界多少次被颠覆，多少次寻找情感的版图。可以说一个女人的情感史就是她的史诗。国家的命运很多时候反而是在陪衬她的史诗。特别是田苏菲这样重感情的人，这么希望得到爱的女人，其他的东西，在她眼睛里模糊一片，她不清楚外部的历史长河发生了什么。"[①]"史诗"这一庄严宏大的词汇，就此消散于为了迎合消费社会所主导的生活化、个人化叙述。严歌苓基于大众文化立场对于个人化的历史记忆和集体经验的书写尽管因为颇具个性化而引人注目，但这种将历史个人化、戏谑化、碎片化的处理，同时也是对生活本相的一种扭曲和对历史性的消解，因而削弱了对历史思考应有的深度。

---

① 刘莎莎：《这是女人情感的一次"亮剑"》，《深圳特区报》，2009 年 1 月 15 日。

二、严歌苓创作的文学坚守

以传媒视域观照，严歌苓的作品无疑具有鲜明的大众化倾向，但这并不说明她就是通俗作家。在商品语境下文学创作向着欲望化和生活化转向时，严歌苓依然能够坚守文学的审美规范和艺术追求，这也是她获得商业化成功的同时能够备受学术界青睐的生动注解。

优秀的文学作品会关注人类生存的普适性问题，反映生命的困扰与绝望、焦虑与理想等，严歌苓正是在这一层面上力图开掘文学的丰厚意蕴并赋予作品经典的审美内涵。詹姆逊指出，大众文化不应理解为空洞的消遣或"纯粹的"错误意识，而要理解为对社会和政治焦虑与幻想的一种改造工作，这些焦虑和幻想必然在大众文化文本里有某种实际的存在，这种"实际的存在"在严歌苓的作品中呼之欲出。在快餐文化盛行的商品时代，严歌苓作品中始终闪耀着日渐稀缺的理想主义光芒，传达出她对经典或传统文学审美价值的自觉追求，正如她自己所言："我们这个年龄的作家很难摆脱使命感。无论怎样嬉笑怒骂，玩世不恭，可是骨子眼里都是理想主义者，嬉笑怒骂往往是掩饰理想主义。"[①] 这段话也可以看作是对詹姆逊观点的具体阐释。在严歌苓的作品中，无论是对复杂人性的全方位展示，还是对历史别开生面的另类书写，以及现实生存中她对创作自由的捍卫，都遮挡不住理想主义精神的熠熠闪光，昭示着作家对人类崇高精神品质和生命价值的坚守与追求。

---

① 楼乘震：《严歌苓说："这是一个非写不可的故事"》,《深圳商报》, 2006 年 4 月
26 日。

1. 对复杂人性的全方位展示

严歌苓曾说："我的作品都是关注人性、命运这样的大事。"①军旅生涯的战场亲历，让严歌苓切身感知到人作为生命个体的脆弱，于是她开始放弃英雄主义理想转向关注人性，以种种笔致描摹复杂人性的方方面面。严歌苓去国之前的作品《绿血》《一个女兵的悄悄话》《雌性的草地》等反思了特殊时代氛围中军营生活对人性的压抑和扭曲，从人道主义角度对"红色理想"主导下的集体主义和英雄主义发出了锐利的质问，表达了她对人性的关注和对个体生命价值的尊重。赴美留学的经历，为严歌苓的人性书写打开了新的视野。深入骨髓的母国文化记忆、中西文化的现实冲击和异乡求存的巨大经济压力与文化疏离，诱发了移民这个特殊群体人性中的奇特和神秘，因而汇聚成严歌苓笔下复杂而微妙的人性世界。单身汉老柴因为一些女人的贴身小物件而对素未谋面的女房东产生了一种莫名的情愫（《女房东》）；被劫持少女竟对抢劫犯产生了微妙的爱情（《抢劫犯查理和我》）；一个曾经事业有为的中年男人在异国他乡与一个异族未成年女孩发生畸恋（《阿曼达》）；在国内恪尽职守教书育人的教授到美国后经历着人性的异化（《拉斯维加斯的谜语》）；心灵世界被抛出常轨状态后，在陌生环境中移民人性的种种微妙与复杂变异（《红罗裙》《约会》）……可以说，严歌苓对"边缘人"隐秘内心的揭示，是她移民题材中最震撼人心的部分。对于移民生活的书写，严歌苓并不纠缠于他们在异域生活中的现实遭遇，而是着墨于他们心灵世界的碰撞与微妙变化。她以丰富的个人体验，从跨文化视角出发，对经济困境重压下人的精神世界及心灵困顿进行了发掘，通过形形色色的移民故事，展示了人性在失去其赖以生长的物质文化

---

① 袁洪娟：《〈金陵十三钗〉编剧严歌苓：今后作品"抗拍"》,《京华时报》, 2011 年 5 月 13 日。

环境后发生的种种变异。就此而言，严歌苓的移民小说已经超越了文化的樊篱，跨越了地域、国别和种族界限，集中探讨了人类共有的生存状态和精神困顿。通过书写各色"边缘人"的内心世界，展现了在异质文化冲撞中罕见的人性隐秘。

对故国回望中的人性洞察也是严歌苓人性书写中浓墨重彩的一笔。在这类作品中，作者对"文革"这段蛮荒蒙昧的历史投注了高度关切，将特殊时代背景下人性的扭曲变异刻画得入木三分。《老人鱼》中的老外公对穗子无限的疼爱终究敌不过时代对人性的扭曲;《人寰》中"我"爸爸与贺叔叔多年的友谊，顷刻间就输给了"我"爸爸在批斗台上给贺叔叔那狠狠的两巴掌;《穗子物语》反思了"文革"对青少年儿童尤其是正值青春期的女孩子们心灵的戕害;《天浴》以青春美丽的女孩儿文秀被环境的扼杀，深刻揭示了人性的无情变异;《白蛇》中舞蹈演员孙丽坤的美丽形象惨遭毁灭，昭示了在那个极度异化的社会环境中，人们动用集体力量去摧毁现存美好的扭曲人性……与国内同时期作家将"文革"岁月作为民族和国家的苦难进行文字上的挞伐相比，严歌苓笔下的"文革"更偏重在社会现实怪诞的底幕上，展开对人物命运的体察以及对人性变异的深刻思索。严歌苓曾说:"我到了国外之后，发现没有什么是不可以写的。我不想控诉某个人。我只想写这样一段不寻常带有荒谬的历史运动，让读者看到一种非凡的奇怪的人性。我对人性感兴趣，而对展示人性的舞台毫无兴趣。"[1]个中原因，与严歌苓的自身经历密切攸关。严歌苓的少年和大部分青年时期都处于"文革"那段历史之中，因此烙下了挥之不去的成长印记;成年赴美留学后，她大量吸收了西方文艺复兴以来"解放人性、以人为本"的写作自由思想，从而打开了全新的视野，使她能够以通达的视角和文化"边

---

① 曹雪萍:《严歌苓:小说源于我创伤性的记忆》,《新京报》2006 年 4 月 28 日。

缘人"的特殊身份，从传统桎梏中跳脱出来别开生面地书写这段历史。

严歌苓的作品不仅有纷繁芜杂的人性展示，更重要的是她能在复杂的人性中寻求美好的闪光点，发现令人感动的地方。少女小渔以她特有的善良唤回了近乎无赖的意大利老头的良知，人性的美好跃然纸上（《少女小渔》）；扶桑在污浊环境中流露出的美好品质，传达了作者对人性内涵的终极关怀和高度礼赞（《扶桑》）；日本女子竹内多鹤与小环在特殊时空中遭遇，继而泯却恩仇在同一屋檐下扶持度日，展现了超越政治与国界的人性良善与美好（《小姨多鹤》；王葡萄为报答公爹搭救之恩，不惜冒天下之大不韪从刑场上救下公爹，二十多年来把一腔殷殷之情倾注于保护公爹身上，人性的真纯醇厚撼人心魄（《第九个寡妇》）……在这些作品中，严歌苓以女性形象作为切入点，表达了她对理想人性的追求。尽管她尽量保持着不动声色的叙事语调，但笔端流淌的美好感情却如阵阵暖流激荡着读者。表面上严歌苓隐藏了正常与反常、是与非、善与恶的仲裁，但读者不难从文字中领悟她对美好人性的尊崇和坚守。严歌苓以一支生花妙笔，从容地游走于题材各异的小说中，多角度展示了跨越种族、时代、性别、文化限制的人类共同属性，既呈现了人性的纷繁复杂和善变多姿，也在复杂多维的人性之中发掘那些令人感动的地方，为读者点亮新的希望之光，这些都充分彰显了她作为一个作家的高度社会责任感和博大的悲悯情怀。

2. 透过小人物的命运沉浮演绎历史风云

严歌苓善于在宏阔的历史底幕上描摹小人物的命运沉浮与人性变异，世事更迭声色不露、浑然天成地融合在主人公数十年的岁月中，使作品在细腻的女性气质之外，呈现出在历史中恣意纵横的磅礴大气和宽阔胸怀。严歌苓曾说："个人的历史从来都不纯粹是个人的，而国家和民族的历史，从来都属于个人。"①因此，她力图通过摹写小人物在大历史中的命运遭际来演绎中国风云跌宕的历史。"我的想法是用中国各种各样的人物，如小人物、精英分子等的个人史来写我们的大历史。给他们每个人编一个个人的编年史，实际上把这个大历史就写出来了。"②在创作实践中，严歌苓以掺杂了复杂独特生命体验的审美化眼光，从"小我"生命轨迹的言说来获得透视历史和个体苦难的话语方式，从而展开文化批判和文化反思。

加西亚·马尔克斯曾经说过，文学就是跟人类的遗忘做斗争。华裔作家伍慧明也反复强调，"回忆过去赋予现在力量"。严歌苓发表于2005年的《金陵十三钗》的创作动因，就源于对南京大屠杀的纪念。作者坦陈："我想我还会写南京大屠杀的故事。固然有政治和外交来伸张的正义，但更重要的是民间，是意识形态。假如我们不那么好说话，不稀里糊涂'向前看'，不在令人不快的历史边上绕行，由强迫性失忆变为强迫性记忆，记住那些不忍回顾的历史，我们的民族才是健康的。"③这段话反映了严歌苓对人、对历史的深入思考，也表明她创作的许多"中国故事"不仅负载着深厚的中国传统文化，也承载着海外移民对自己历史的思索、想象和建构。海外学者刘康认为，"叙事的历史化首先意味着历史意识在混沌、扭曲、篡改，欲望却滞后的重新唤醒，与之伴随的是具有强烈而鲜明的当代色彩的期望视野，以求对近现代历史实践与话题作全新的阐释。这种充满着当代现实意义的历史主体与当代主体的对话，又使得历史反思本身具有突出的自觉和自省特征"。④日本战后曾产生了很多控诉美国的文艺作品，犹太人也通过自己控制的美国媒体、好莱坞、出版业对他们所曾经承受的

---

① 严歌苓《穗子物语·自序》，广西师范大学出版社，2005年版，第2页。
② 党云峰：《严歌苓：用小人物写大历史》，《中国文化报》，2014年6月12日。
③ 严歌苓：《失忆与记忆》，《小说月报》，2005年第6期。
④ 刘康;《全球化与民族化》，天津人民出版社，2002年版，第34页。

历史灾难进行了理性反思。反观我们的民族，长期以来却缺乏对所受伤害的理性认知。而对于一个国家、一个民族来说，无视自己的伤痛就意味着对自我和历史的背叛。因此，就此角度而言，严歌苓以形象化的手段摹写那场国人不堪回首的灾难，发掘深埋于民族底层的坚韧不屈精神，显示了她作为一个人文知识分子的良知。如果说《金陵十三钗》关注了我们民族的外伤，那么《第九个寡妇》则反映了民族的内伤。在《第九个寡妇》中，严歌苓几乎完整展示了新中国前后近40年的历史：抗日战争、土地改革、反右斗争、大跃进、四清运动、"文革"、改革开放等中国现当代历史的重大政治事件在小说中陆续上演，人们在这段历史中的种种反映也纤毫毕现。而《小姨多鹤》则穿越中日民族战争的重重历史迷障，倾听卑微弱小的人物早已消散于历史深处的无助哭泣。作家在渺小卑微的个体生命和情感关注中完成了主体言说，让读者领略了动荡大时代中底层平民的生活和挣扎，为历史立此存照。就像吴宏凯所说："移民作家在其小说文本中多半会将个人的生存记忆与时代相重合，使得个体的诉说转化为对国家和民族的慨叹，最终获得了对人性思考的广度与深度。"[①]在异域的故国回望中，严歌苓重新审视那些中国人不能忘记，也不该忘记的历史——抗日战争、南京大屠杀、土改、反右、大跃进、四清、"文革"等，掀起尘封历史的一角，并极力穿透生活的表层去触摸历史的世相。严歌苓由个人记忆书写上升到民族、国家的记忆书写，反映出她作为精英知识分子历史意识的不断增强。

---

① 吴宏凯：《海外华人作家书写中国形象的叙事模式——以严歌苓和谭恩美为例》，《华文文学》，2002年版第2期。

3. 捍卫创作的自由

自由是人类的终极追求，也是古今中外文学的重大主题。作为一个具有人文情怀的作家，严歌苓也对"自由"这个永恒的命题"一再思索，一再玩味"。她曾借扶桑（《扶桑》）阐释自己对自由的理解。扶桑饱受命运的不公，却从不怨天尤人，她像地母一般承受一切苦难，吞咽一切肮脏，只留给观望她的人以美丽和善良。文本中那些貌似自由的嫖客肆意践踏作为妓女和奴隶的扶桑，却不知扶桑自由的灵魂正站在一个高处，以一种"超脱和公正的目光俯视着他们"。正如严歌苓所说："我1995年写《扶桑》，一个性奴隶，我有一句话就是说：她虽然跪着，但是她宽恕了所有站着的男人。她内心的那种自由，不是人家可以给她的，也不是谁可以拿走的。像美国人要拯救这种不幸的女人啊，基督教精神啊，救赎精神啊，但是扶桑那种复杂性，她那种博大，像土壤一样，被践踏但永远也无法伤害她。"[①] 她曾自陈在后来给陈凯歌写的《梅兰芳》剧本里，也提到过自由。在近年的长篇小说《陆犯焉识》中，严歌苓又描写了一代知识分子对自由的彻悟。严歌苓坦承"自由"是《陆犯焉识》非常重要的主题。陆焉识倾其一生一直在寻求一种知识分子式的自由；冯婉喻的自由却在她失忆后才实现：她一辈子端庄，失忆后才可以在不愿意的时候破口骂人，甚至连衣服给她的不自由她都不要……可以说，自由是严歌苓作品连贯追求的主题，内中倾注着她对人类生存终极价值的关怀。

严歌苓不但在作品中坚持不懈地表达对自由的探寻，在写作实践中也一直在捍卫创作的自由。全球化的市场经济并未从根本上改变人的生存困境，赐予个人更多的自由。市场利润法则通过铺天盖地的大众传播手段，入侵到生活的每一个角落，文学自然在劫难逃，作家被商业利润绑架从而

---

① 刘珏欣：《严歌苓：归来与自由》，《南方人物周刊》，2014年5月27日。

放弃创作自由的例子屡见不鲜。而严歌苓却在喧嚣的传媒时代努力捍卫着创作的自由。从 1986 年登上文坛至今，严歌苓基本保持着年均一部长篇小说的产量，与惊人的产量匹配的是颇高的销售额与可观的版权费。但严歌苓说，如果这张成绩单必须拿舒适的创作状态来换，她不情愿。她坦言"需要有一些技巧来维护自己的自由。比如说越来越多的媒体活动等会剥夺你的自由，会在下意识当中影响你对自己的看法。比如评论家说我的文字风格怎么样，我下意识会觉得他们说我那样写好，那么我继续那样写"。她认为这已经是在失去自由，"还有媒体，看到我在什么地方说了什么，会觉得这次说得挺愚蠢，那次说得挺好，种种反馈回来会在你的潜意识里形成一些东西，让你觉得似乎在被什么左右着。这种身不由己就是自由失去的开始"。对此，严歌苓自有一套保护自己自由的方法。"比如说我不会上微信，不会写微博，不会被谁的好话、谁的坏话弄得一喜一悲。"而严歌苓选择在国外定居，由于时差等原因客观上也给予了她一定自由度。此外，她写作的时候，从早上 9 点到下午 4 点关机，把整个世界屏蔽在外面，绝对保持一种独立清醒的思考状态。严歌苓解释自己现在对自由的理解，"就是你所有的东西都要经过自己脑子，从来不可以不假思索地去接受，特别对搞艺术的和尊重知识的人来说应该这样。中国现在流行的语言哪，风气呀，所有这些东西你都要去怀疑一下，然后思考，然后或者接受，或者不接受，或者把它作为一个写作必须知道的知识，保存起来"。[①]这种独立意识让严歌苓对中美文学中所谓时髦的思潮都保持着相当的审慎与冷静，用侧目而视的姿态和眼光看待那些时兴、好卖的东西。严歌苓坦言，她很难想象有人像文学界盛传的那样，专门有自己的工作室，雇"枪手"组成团队进行创作。因为那样写出来的作品，不可能有自己的灵魂。

---

① 刘珏欣：《严歌苓：归来与自由》,《南方人物周刊》, 2014 年 5 月 27 日。

而她之所以能保持旺盛的创作力，很大原因在于长时间生活在国外，不像国人那样习惯了热闹，习惯于参加太多的社会活动，而这些活动谋杀了一些人的创作力。

新媒体环境下，人们更倾向于碎片化的阅读和视觉享受，文字吸引力的减弱对作家来说无疑是个新挑战。但严歌苓认为，这就更需要作家沉下心来坚持创作。"文学的魅力是任何形式的媒体都无法取代的。所谓挑战，对于心沉写作的作家来说，也是一个很好的发展机会，因为它自然而然地淘汰掉不坚定的人。"[①] 正是源于对写作的热爱，严歌苓能隔离现实世界的喧嚣浮躁，坚守着心灵的澄净之所，不让市场的雾霾遮蔽了灵魂的自由，在梦想和现实之间自由游弋，用极富魅力的文字为读者呈上高蹈于肉身之上的精神盛宴。

第三节　严歌苓跨媒介写作实践的困境

随着媒介文化影响力的扩散与渗透，大众传媒深刻改变着文学的生产、传播与消费，并跃升为左右文学发展的主导性力量。消费社会的形成，媒介的迅速发展，使文学面临着前所未有的挑战。如果文学创作一成不变沿袭传统的运行规则，势必使其不断萎缩的生存空间愈加逼仄。为了在新的语境中求存，文学商品化、作家产业化成为在所难免的时代现象。严歌苓因《少女小渔》与影视媒介结缘，从此步入跨媒介的写作。透过严歌苓的作品，我们可以清晰发现她对大众审美趣味的迎合。与此同时，随

---

① 聂传清、赵觐源：《严歌苓：勤奋有"瘾"的华人作家》，《人民日报·海外版》2014 年 6 月 16 日。

着作家产业化发展的逐步成熟，严歌苓在新华先锋传媒公司的打造下，以作家品牌形象进入市场化运作阶段。自此，无论她创作的小说还是剧本，都因其良好的品牌运营而获得丰厚的经济回报。然而严歌苓的志向绝不是成为一名通俗作家，在跨媒介的写作实践中，她有意坚守文学的自律性，提出了"抗拍"宣言，表现出一种鲜明的精英意识。这使严歌苓在获得商业成功的同时，也获得了精英文学的首肯，成为在市场和审美夹缝中成功的穿行者。尽管精英文学与大众文学虽非决然的二元对立存在，但其间仍有不可弥合的裂缝，严歌苓的跨媒介写作实践因而矛盾渐现：与影视合谋，却遭遇影视改编削弱原著文学性并陷入编剧工具性泥淖；她提出"抗拍"宣言试图表明自己对文学立场的坚守，事实证明这个宣言也悖论重重。

一、严歌苓与影视共谋的文学表达困境

如上节所述，严歌苓虽然与影视媒介联系密切，但值得肯定的是她作品中的文学意味尚在，这是文学评论界她的创作研究热情不减的原因，因而也使她与海岩、六六等专为影视提供改编素材的作家判然有别。严歌苓把自己的作品定位为严肃文学，并曾在多种场合竭力维护自己的精英作家姿态。事实上20世纪90年代严歌苓的作品也确实在不同程度上流露出这种倾向，如《海那边》《白蛇》《人寰》等讲究文学技巧，在形式上和结构上颇具匠心，被台湾学者评为"雅不可耐"，并因此获得颇为专业的文学奖项。事实上，与那些动辄以充满感官诱惑的文字招徕读者的通俗小说相比，严歌苓的作品的确表现出一种蔑视低俗的"高贵感"，比如在她的作品中，你捕捉不到露骨性的语言。即便是通俗作家青睐有加的性爱描写，严歌苓也只是以含蓄的笔致点到即止，从来不做大肆渲

染。她所孜孜以求的，乃是文学独有的文字之美。她说："我觉得中国文字很好，我想在我写作时还是尽量能把这个文字写得更加新一点。比如说像顾城过去说过，我们对文字现在就像对钞票一样，拿过来就用，也不想一想这个钞票用得很脏了，是不是可以重新把它漂洗一下，让它新一点。所以我希望在遣词造句的时候，能够让它组合起来的时候更新颖一些，这就是我对自己文字永远有一种不懈的追求。"①不难想象，如果没有影视介入，这样的作品除了学院派读者钟情，普罗大众很难青眼相向，更遑论轰动效应。当然，审美趣味与大众隔膜并不意味着严歌苓的小说与大众文化的对立泾渭分明。西方有论者指出，进入后现代主义时期，消费文化已经将一切差别和边界消解了。杰姆逊就说："后现代主义的文化已经无所不包了，文化和工业生产的商品已经是紧紧地结合在一起，如电影工业，以及大批生产的录音带、录像带等。……后现代主义阶段，文化已经完全大众化了，高雅文化与通俗文化、纯文学与通俗文化的距离正在消失。"②退一步讲，即便严歌苓不是刻意以精英身份与大众文化对立，她自小所受的文化熏陶和科班出身，也使她在潜意识中坚守着文学的人文情怀。因而在文学表达上，她自有其独立意识。比如她对"文革"题材有着独特的处理思路。在严歌苓看来，"中国人喜欢用'血泪史'来形容此类历史，或者'血迹斑斑'等词汇。……大概'文革'中各种控诉、各种失真和煽情的腔调让我听怕了。我觉得'血泪史'之类的词里含有的庸俗和滥情，是我想回避的。我觉得越是控诉得声泪俱下，事后越会忘却得快，忘却得越干净。因为情绪铺张的宣泄之后，感官舒服之后，是很少有理性升华的。而缺乏理性认识的历史，再'血

---

① 罗皓菱：《严歌苓要写一部抗拍的文学作品》，《北京青年报》，2008 年 7 月。

② ［美］杰姆逊：《后现代主义和文化理论》，唐小兵译，陕西师范大学出版社，1997 年版，第 147 页。

泪斑斑'也不会使自己民族及其他民族引以为证、引以为戒。缺乏理性思考的历史，无论怎样悲惨沉重，也不可能产生好的文学。"① 因此她极力规避"血泪史"之类的滥情，并因此成就了《天浴》《人寰》等"文革"题材小说的独特性。

但在与影视媒介的共谋中，严歌苓逐渐感受到这种独立的文学性表达受限的困惑。文学和影视媒介的融合，固然促进了文学的传播速度，拓展了文学的受众范围，但在大众化媒介传播过程中产生的文学娱乐化倾向也不容忽视，严歌苓作品的影视化改编无疑也面临着文学性被削弱的负面影响。严肃文学以社会和人的启蒙为己任，而影视等大众媒介关注的重点却是观众的趣味和商业利润。尤其在当下以票房、收视率作为衡量影视媒介标准的语境中，奇观陈列、视觉特效往往成为获取"注意力"的手段，因而影视改编在对文学的重构中往往有意淡化和忽略文学中所蕴含的种种人文理想，这使严歌苓作为原著作者无法回避文学性受弱化的问题。同时，作为一名职业编剧，她还遭遇到编剧工具性的困扰。

毋庸置疑，传媒时代文学与影视的关系可谓唇齿相依。张艺谋就曾在多种场合表达过影视对文学的依赖。"没有层出不穷的优秀文学作品，电影想繁荣，门儿都没有。"②"全世界的电影都从文学中汲取营养。哪怕是动漫，也来源于一本漫画书。文学是电影的母体，只不过电影更为普及。全民对文学的关注没那么高，但实际上影视靠文学养活。中国电影想要对抗好莱坞，中国的文学就一定要好。"③ 没有好的文学作品固然不会产生好的

---

① 严歌苓:《波西米亚楼》，陕西师范大学出版社，2009 年版，第 109 页。
②《张艺谋：没有优秀文学作品，电影繁荣门儿都没有》，《北方新报》，2012 年 10 月 31 日。
③ 蒋肖斌:《张艺谋：中国电影对抗好莱坞要有好作家》，《中国青年报》，2014 年 5 月 13 日。

影视作品，但优秀的文学作品经过影视改编，也会因不同媒介的艺术诉求不同而产生天翻地覆的变化，导致文学作品关注的人文底蕴荡然无存甚至与作者的初衷相悖。由严歌苓作品改编的电视剧，这种问题极为突出。本文在第二章曾以《小姨多鹤》和《第九个寡妇》为例就影视改编对原著人文情怀的损害展开过具体论述。既然出售了版权，那么二度创作权就不受原著作者支配，作品如何被改编，也不在作家的控制之列。作家同意改编，就要遵循影视媒介的游戏规则，做好面对一部与自己的作品貌合神离的影视剧。如果严歌苓是一个纯粹为影视剧提供剧本的作家，她就不会有焦虑与无奈。但她首先是一位有精英意识的作家，内心深处对影视剧改编伤害作品的文学性颇为不安。严歌苓曾说过，电视剧的改编，自己要承受很大的妥协。她所谓的妥协就是影视改编对文学作品的伤害，这是严歌苓跨媒介创作实践困惑的外化。

面对自己作品被他人修改得面目全非，严歌苓深为焦虑。那么作为一名职业编剧，由自己亲自上阵操刀，情况也并未改观，仍然无法摆脱编剧的工具性困境。文学创作是一种极具个性化的生产活动，作家想怎么写自己说了算，别人丝毫不能干涉。但影视创作却是一种集体性的劳动，尤其是在当下文化产业链中，编剧充其量只是这个链条中的一环，其职责是把导演的意志转换成文字，剧本中能够融入多少自己的思想和审美是个未知数。比如张艺谋如获至宝的剧本《金陵十三钗》，当记者问及作为编剧之一的严歌苓担任哪部分工作，她这样回答："我也不知道，因为除了我和刘恒还有其他编剧，有时候张导演自己也会把戏路顺一下，顺完了以后他说歌苓你再重新帮我写一遍，所以应该算是一个集体劳动成果。"再加上编剧的创作过程是一个动态过程，已经定型的剧本在拍摄过程中仍然可以随时变化。因此，即使自己亲自担纲编剧，仍然逃脱不了工具性的无奈。综观严歌苓作品的影视改编，如果说《少女小渔》和《天浴》依稀尚存严歌苓的痕迹，那么在《梅兰芳》和《金陵十三钗》中，严歌苓已彻底隐身，电影呈现给观众的只是陈凯歌的"梅兰芳"和张艺谋的"金陵十三钗"。为了打入国际电影市场，张艺谋将《金陵十三钗》原著进行了大幅度改写：神父被重新塑造，玉墨与军官的感情变成了与神父的爱情……尽管严歌苓这部作品由自己担任编剧，但她只不过作为工具性的存在，负责把导演意图转换为文字版本，电影的走向也不是她能控制的，因而电影呈现的色彩和景观，都印刻着深深的"张氏风格"。而担任电影《危险关系》的经历，则凸显了严歌苓编剧身份的工具性困顿。《危险关系》本是法国作家拉克洛的书信体小说，迄今为止已被多个国家改编为电影剧本。制片方看中了严歌苓的强劲市场号召力，同时也希望她的海外背景有助于中西文化的转变，因此力邀严歌苓担任编剧。在 2012 年电影上映前期，一再以"严歌苓改编"的名头进行宣传，但电影上映后并未取得预期效果。原因是故事和主题浅薄，且商业气息太浓。这无疑为商业价值可观的严歌苓带来了消极影响，因此她不得不在多个场合极力为自己辩解。虽然严歌苓无法否认自己是《危险关系》编剧的事实，但每次媒体采访相关话题时，她都要强调最终上映的故事和自己原本所写剧本出入很大："一些心爱的台词、场景都被删掉了，我有无可奈何之感。"[1] 严歌苓一方面希望借助文学和影视的良好互动扩大自己作品的影响，但同时也想通过大众传媒传达自己的人文理想，树立自己与大众文化异质的精英形象，从容维护自己严肃作家的身份和声誉。然而在市场和文学两种截然不同的运作机制中，"鱼"与"熊掌"兼得的梦想不可能顺利实现。因此，严歌苓跨媒介表达的困境展露无余。

---

① 新文：《严歌苓"不想再做编剧"》，《西安晚报》2012 年 10 月 26 日。

二、严歌苓坚守文学立场的"抗拍"悖论

严歌苓的跨媒介实践直接促成了她的炙手可热，但成也萧何败也萧何，她的焦虑和无奈也在于此。无论进行新书发售宣传，还是媒体进行采访，常常把目光聚焦于严歌苓的影视创作或改编上，而严歌苓自己最在意的严肃作家身份常常被忽视了。长此以往，文学性只能在不断妥协中被消磨，这显然使作为学院派作家的严歌苓深感焦虑和不安。她希望大众将她奉为文化精英，但与影视媒介的亲密联系却在逐渐消解大众对她精英作家的身份认同。为了改变现状，摆脱身份与实践困境，严歌苓提出了"抗拍"，想借此表明自己在大众化语境中对纯文学立场的坚守。严歌苓所谓的"抗拍"，是指用文学元素对抗影视改编，让文学元素大于一切，以此保持文学的纯洁性，其目的在于厘清文学与影视的界限。从表面上看，这确实表明了严歌苓对文学主动性的强调和大众传媒语境下对文学立场的坚守。但透过"抗拍"表象，却发现其无论从主观还是客观都充满了悖论。

从主观上来看，严歌苓潜意识里并不想让作品真正抗拍，因为那样会造成读者流失，这是任何作家都不愿面对的结局。严歌苓初次提出"抗拍"是在 2008 年 7 月，由于当年 4 月推出的新作《小姨多鹤》登上各大图书排行榜热销且将被改编成电影。严歌苓虽直言目的在于卖书，对自己的小说频频被拍成电影感到"大为困惑"，还在接受媒体采访时说："我也会质疑自己，我会想我的作品太通俗了吗，为什么你们都要拍电影呢？"并无奈地表示"下一步我会写一部'抗拍'的作品"。由此可以看出，严歌苓把自己定义为精英而非通俗作家，她更希望自己的作品是通过文字而不是以影视方式获得大众认可。话虽如此，严歌苓也坦承，能够看到自己的作品被搬上银幕，还是很满足她的虚荣心的。"我也会寻找一些例子来安慰自己，就连《尤利西斯》也多次被拍成电影，尽管哪一个版本都不成

功。纳博科夫的《洛丽塔》被拍过两次，还得过奥斯卡奖。至于创作的动机，每个作家都要相信自己的主张是好的。"①"抗拍"作为夺人眼球的关键词被媒体大张旗鼓地报道，是 2011 年 5 月 12 日《金陵十三钗》在北京的新书发布会上。此次提出"抗拍"的背景是这样的：2005 年严歌苓发表中篇小说《金陵十三钗》，旋即被张艺谋买下影视版权，并邀请严歌苓担任编剧。在与张艺谋的合作过程中，严歌苓发现要完整展现"南京大屠杀"的历史全貌，需要更多史料乃至历史细节支撑，很多内容需要重新书写。因此在完成《金陵十三钗》的电影剧本创作后，她将自己的中篇小说内容信息大量调整和修改，扩展成了一部史实更为充盈丰富的长篇小说，并在电影上映前顺势推出该书。严歌苓在接受媒体采访时谈到为什么要重写"十三钗"时有言："不管是写小说，还是创作剧本，只要是自己的文字，我都会有种偏执，保持着内心的小清高，娱乐化、商业化根本改变不了我。"②《小姨多鹤》《第九个寡妇》等作品借助影视热销，使严歌苓意识到自己精英作家的身份开始受到大众文化的消解。而电影《金陵十三钗》的成功宣传，更进一步让严歌苓清醒地认识到文学与影视过从甚密，结果会销蚀文学自身的"高贵"，进而使其沦为影视媒介的附庸。因此她不失时机地提出"会在未来的文学创作中写作一些'抗拍性'很强的作品"。她以纳博科夫的《洛丽塔》为例，认为那就是一部抗拍性很强的作品，尽管它被拍成了电影，有的电影还获得了奥斯卡奖，但是没有哪一部能还原这部小说的荣誉。严歌苓直言，她不是圣贤，写电影剧本带来的巨大收益也曾让她沾沾自喜，并在创作上做出妥协。所以她很警惕，将来在潜意识

---

① 罗皓菱：《严歌苓要写一部抗拍的文学作品》，《北京青年报》，2008 年 7 月 14 日。
② 张漪：《严歌苓：我为什么要重写"十三钗"？》，《扬子晚报》，2014 年 12 月 1 日。

里就掐灭那些为电影而作的念头。①事实上，严歌苓这样做的目的是人为制造文学和影视的距离，以此提醒大众，文学自有其不同于影视的审美价值，从而试图把大众的视野拉回到原著中，最终指向还是最大限度地留住读者。

关于影视改编对文学的影响，严歌苓始终保持着理性认识。她一方面坦承"影视剧带来的收益和影响力会让人不自觉地去写""影视剧能让一些原来不看书的人加入到阅读的行列"，另一方面也认识到，"影视剧同时也会对文学造成伤害，文字的美感被影像粗糙化了"。②因此她提出文学和影视划清界限，也就是剧本和小说分开创作。她说："我想写一些'抗拍性'强的作品，文学就是文学，不能老让人乱拍。但另一半的我精力过剩，会专门为电影和电视剧创作，但这两件事不会再混在一起了。"③严歌苓的意思是要在文学和影视各自的审美范畴内创作，文学是文学，要对抗改编；而影视是影视，不能将剧本作为文学作品出版。她希望在两种不同的媒介中寻找到平衡点："我只能将文学和影视彻底分开来。我有影视编剧的训练，文学创作又是科班出身，这两个东西都可以做，所以我只好自己直接去写剧本。写长篇小说的时候就写长篇，写剧本的时候就写剧本，这是一个解决的好办法。"④如果说在这次"抗拍"宣言中，严歌苓强调了自己作家和编剧身份的分离，那么接下来她提出不再担任编剧，则从某种程度上表明了回归文学的坚定决心。

---

① 袁洪娟：《〈十三钗〉编剧严歌苓：今后作品要"抗拍"》，《京华时报》，2011 年 5 月 13 日。

② 王雯淼：《严歌苓重写"十三钗"：小说和电影完全独立》，《北京晚报》，2011 年 5 月 14 日。

③ 王雯淼：《严歌苓重写"十三钗"：小说和电影完全独立》，《北京晚报》，2011 年 5 月 14 日。

④ 黄咏梅：《严歌苓：让幸福来敲门》，《羊城晚报》，2011 年 5 月 15 日。

2012 年 10 月，严歌苓在参加"海外华文女作家协会第十二届双年会"期间接受采访时表示，因为创作的剧本中一些心爱的台词、场景都被删掉，所以不打算再干编剧这个活了，致使"不再当编剧"又成为媒体的新闻眼。细数这个时间节点，恰在电影《危险关系》上映（2012 年 9 月 27 日）之后。鉴于《危险关系》改编并不成功，这可以视作严歌苓对编剧工具性地位的一种抵制。同年在新书《补玉山居》出版后，严歌苓再次表达了不再创作剧本的决心，并称《补玉山居》的电视剧剧本是自己亲自操刀的最后一个创作剧本。严歌苓与影视媒介的共谋，势必消耗她大量精力。她自己坦言由于剧本创作占用了大量时间，无法全身心投入小说创作。"我觉得弄影视非常疲惫，让我没有时间写那些想写的小说，憋在那里很着急，激情过去了，可能这辈子就错过了。"[①] 严歌苓自认为影视创作才华远远不及小说创作才华，与影视媒介的合谋不仅耗费了她大量精力，而且也损害了她辛苦建立起来的文学声誉和认同。因此，一再提出与影视划清界限，以表明自己对文学立场的坚守。

然而检索严歌苓与影视既共谋又抗拍，本身就是行动与主观意愿的悖论。这不但关乎影视和文学在艺术表达上的不同通约性，也关乎基于作家和编剧身份的不同审美诉求。而这种无法弥合的裂缝，终极指向是当今作家在生存现实与理想追求之间的矛盾。市场经济体制的启动，使中国卷入了消费社会的历史进程中，文学形态在商品经济语境下发生了深刻重构。曾经居于文化中心的纯文学逐渐退却至文化边缘，与市场同根共生的大众文学后来居上。作家也在市场经济大潮中开始了为市场和为艺术的分化，而网络媒介的勃兴则使人人都有成为作家的可能。严歌苓职业作家的

---

① 吕莉红、吴洋：《严歌苓新书〈补玉山居〉出版，称不再创作剧本》，《京华时报》，2012 年 8 月 1 日。

身份使她以创作严肃文学自居，20世纪90年代创作的《海那边》《白蛇》《人寰》等作品确实是以精英姿态登场的。尽管这些作品得到业界的认可和褒奖，但普通读者对这种"雅不可耐"的文学并不买账。没有读者也就没有市场，对职业作家来说就是丧失了生存空间。加上她品尝到《少女小渔》《天浴》等影视剧改编带来的巨大甜头，因此创作上开始转向。《小姨多鹤》《一个女人的史诗》《第九个寡妇》等一系列故事性强烈的小说显示了严歌苓有意识寻求跨媒介合作的努力。"文学和电影的关系密切起来是这二十年的事。现在中国很多小说家，包括我自己，都是靠影视做广告，这是可悲的，但是媒体时代的必然现象。如今又似乎是'有欲则刚'的时代，影视财大气粗，文学向影视靠拢，也是经济社会'物竞天择，适者生存'达尔文法则的又一次证实。"[1]严歌苓这番话是其寻求与影视合作的佐证，也是商品时代作家生存现状的写照。通过与影视共谋，严歌苓名利双收，生存问题自然迎刃而解。

其实商品语境中作家积极拥抱市场无可厚非。但事实上，知识分子批判文学商品化的呼声从20世纪90年代以来就没有停歇过，因为他们对文学的自主审美抱有极大的理想主义。严歌苓也不例外，抗拍就是对这种审美理想的坚守。然而，在市场规律制约下，文学的商品性和文学的自主审美之间存在着不可逾越的沟壑，因此注定了作家生存现实与审美理想无法和谐共生。严歌苓一方面与影视媒介共谋，同时又提出"抗拍"，而共谋和抗拍的悖论折射的其实是当代作家生存现实和审美理想之间无法调适的矛盾。

严歌苓对文学与市场的关系有清醒认知，她选择与影视媒介共谋也在情理之中。尽管她现在已声名显赫，但如果真要抗拍，读者的流失不可避

---

① 庄园编：《女作家严歌苓研究》，汕头大学出版社，2006年版，第283页。

免。在严歌苓眼里，如果 100 万观众中有 20 万回头买她的作品，她就心满意足。所以如果没有影视传播，这 20 万的读者群也很难保证。严歌苓曾坦言害怕失去自己的读者，在接受采访时也一再承认潜意识里希望自己的作品被拍成电影。① 她认为影视上映开播，读者群马上会扩大，影视观众进而会变成自己的小说读者。诸如此类的表述，证明严歌苓非常在意读者，而一旦她的作品真正达成抗拍，观众的流失势必带来读者流失，这是严歌苓内心所不愿看到的。

从客观上来讲，提出抗拍并不意味着抗拍能够成立，也不能表明严歌苓的文学理想就能达成。就文本层面而言，抗拍是无法成立的。抗拍的出发点在于对文学的主动坚守，但当下视觉时代的主动权掌握在影视而不是文学手中。一些严肃文学之所以很难被改编成影视，其原因不在于文学的抗拍性强，而在于没有遇到优秀的导演。而且随着科技的日新月异，影视制作对文学面貌的改写是惊人的。比如李安执导的《少年派的奇幻漂流》，就是对文学抗拍性不成立的最好注解。小说《少年派的奇幻漂流》曾被誉为世上最不可能拍成电影的小说，因为不仅故事结构简单，且内容皆为主人公的心理活动，正好贴合了严歌苓所说的文学性大于一切的概念，因此对影视改编来说并无任何优势。但事实上《少年派的奇幻漂流》被李安以 3D 大片的形式搬上荧幕，并获得了全世界观众的一致好评。就连严歌苓认为自己创作的抗拍性极强的《陆犯焉识》，也被张艺谋改编成了电影《归来》。"我在写作之前，跟很多记者说，这部小说（《陆犯焉识》是有抗拍性的，就是要写一部谁也拍不了的作品，但写完'老谋子'很快就说要买这个作品，我当时就在想这哪能拍啊，结果最后 30 页就拍了个电

---

① 《严歌苓：潜意识里渴望自己的书被拍成电影》，网易读书 http://news.cpd.com.cn/n19016/n47141/c16875750/content.html，2011 年 5 月 20 日。

影。"① 严歌苓以自身的经历佐证了这样一个论断：商品经济语境中，在文学与视觉文化的对抗中，文学并没有掌握主动权。所谓文学的被"拍"与"不拍"，取决于导演；因而文学的所谓"抗拍"，事实上并不存在。由此可见，严歌苓在当下传媒语境中提出抗拍，不但主观上并非真正如此，事实上也不能成立。

在包括文学在内的艺术受到商品经济侵蚀的当下，艺术自身的合理性存在受到挑战。很多像严歌苓一样的作家被卷进大众文化工业的生产中，成为文化产业链条上的一个环节，其创作的大众化倾向已是不争的事实。如果严歌苓就此把自己定位为大众文学作家，她的跨媒介实践也就不存在任何纠结。但她却以严肃作家的身份自居，这种身份的定位必然引起她跨媒介创作实践和对自身期待的悖论：一方面她要迎合大众获得生存，另一方面又要表现出高于大众的精英姿态。这种矛盾性必然需要她寻找到一个在大众媒介中维持自己严肃作家身份的合法性理由，于是"抗拍"就成为她掩盖文学大众化倾向和坚守文学立场的旗帜。其实说到底，这不过是严歌苓在亲近大众媒介时为自己严肃作家身份找到的合法化证明，归根结底只是作家在大众文化语境中生存的一种策略。但这同时也从另一个侧面说明，在为了生存不得不迎合大众文化之时，严歌苓已警醒地认识到大众化对文学性的削弱与消解，因此她努力探求如何在大众与流行中避免流俗，在精英文学通俗化和文学市场化过程中坚守自己的思考方式，从而在文化制衡中不断寻找适合自己文学发展的稳妥前行的路径。②

---

① 谢晨星：《严歌苓：〈陆犯焉识〉具有"抗拍性"》，《深圳商报》，2014 年 7 月 21 日。
② 本节参考了肖雨竹：《跨媒介视野下的严歌苓研究》，暨南大学硕士学位论文，2013 年。

结语　传媒时代文学何为

我们置身传媒时代，大众媒介跃升为文化空间中占主导地位的结构性力量，已经是一个毋庸置疑和无可更改的事实。大众传媒在改塑我们生活的同时，也在改造着文学。大众传媒不仅改变了文学的传播方式和途径，也影响着作家的思想意识和读者的审美趣味，更改了文学的接受视野。王富仁认为，到了当代社会，媒体的主动性加强了，媒体的选择在有形与无形中影响着文学的生产。[①] 在传媒作用下，文学的生存图景发生了巨大变化，文学的存在受到了严重挑战，有学者甚至抛出了"文学终结论"悲调。当然，也有论者认为大众传媒为文学的发展提供了新契机。那么，传媒之于文学，究竟是消解还是建构？

首先我们必须承认一个事实，大众传媒对文学的消解是明显的。第一，它导致了创作主体的知识分子角色弱化。大众传媒时代，商品意识取

---

① 王富仁：《传播学与中国现代文学研究》，《读书》，2004 年第 5 期。

代启蒙意识成为社会的主要话语，作家对传统精神的坚守受到威胁；加上盛极一时的网络写作彰明较著的游戏心态，放逐了作家的社会使命感和责任担当。第二是文本形式美的消解。电子媒介的广泛应用迎来了"图像霸权"时代，促使文学作品走向视觉直观化，从而消解了传统文学中语言的蕴藉性和想象空间，损害了语言的诗性美。第三是读者世俗化。大众传媒时代，读者的审美追求趋向感官愉悦、当下享受和欲望的释放。影像媒介利用自身优势大举入侵，改变了传统文学阅读培养的具有抽象深度的审美感知习惯。读者阅读时不再喜欢思考和追问终极意义的人生理想，而是沉溺于世俗化的浅阅读领域。最后，传媒时代带来了文学价值与社会功能的弱化。大众传媒时代，电子媒介借助其强势地位和技术优势重构了社会文化，"现代电子媒介的本性就是大众性。当它轻而易举地凭借其现代高科技以压倒优势排斥书写和印刷媒介，夺了文化主导权，成为生产和传播文化的主渠道的时候，文人、知识精英的文化地位和权威就被颠覆了。原先文字能力对人的文化身份所做的区分已不再普遍有效。文人、知识精英的文化立法权也已经过期作废，面对人人都可以直接感知理解的泛滥的图像和多媒体，竟连阐述者的角色都显得多余"。[1]文学在社会文化生活中的中心地位被取代，其承载文化价值观的传统和经典意义逐渐丧失了文化繁衍能力。

在承认传媒消解文学的严肃性、纯洁性造成的消极作用时，我们也应理性地看到，大众传媒同时为文学的发展带来了新气象，并在一定程度上刷新了文学的面貌。首先，大众传媒拓宽了文学的传播渠道。大众传媒时代，来势汹汹的影视传媒凭借高科技电子媒介的传播优势，极大地推进了与之相关的文学的传播。严歌苓即凭借作品的影视改编传播一路走红且蜚

---

① 马大康：《电子媒介时代文学的文化生态》，《文艺争鸣》，2007年第7期。

声文坛，这已经成为传媒时代一种司空见惯的文化现象。而文学借助互联网媒介拓宽传播渠道、加快传播速度也是不争的事实。不但诸多年轻作家或草根作家借助网络写作获得了文坛瞩目，而且文学开始从真正意义上参与到全球化语境中。借助于互联网，文学作品的传入与输出都在飞速运行，中西方文学的交流顺利完成"对接"。严歌苓以中、英双语创作的小说常被翻译成法、荷、西、日等多国文字，因此她不无感慨地说："现在整个世界都是新媒体，包括微电影、手机小说，在这种情况下，我非常希望影视观众会变成我的小说读者，这也未尝不是一个推广纯文学的路子。"① 其次，大众传媒促使文学回归民间本位。大众传媒瓦解了精英书写的成规旧制，在对僵硬政治话语的破坏、颠覆和重新整合中走向民间立场。民间创作崛起并逐渐与主流文学并驾齐驱，极大提升了文学的民主化进程，传媒在此过程中起着结构性作用。而网络创作的开放性和民间姿态不啻是文学生产力的一次新解放，它打破了专业作家对舆论工具的垄断，分享了社会精英、文化贵族的话语权。因此作家陈村发出了振聋发聩的质问："文学的全部的意义并不仅仅在于它有高峰。许许多多的人在文学中积极参与并有所获得，难道不是又一层十分伟大的意义吗？"② 最后，大众传媒衍生了新的文学样式。影视、网络技术日新月异的发展，不但更新了文学的传播方式，也拓展了文学的表现空间，衍生出新的文学形态。正如金元浦所说："今天，电子媒质引起的传播革命，又一次引起了文学自身的变革。文学面临着又一次越界、扩容与转向。一大批新型的文学样式如电影文学、电视文学、网络文学甚至广告文学，一大批边缘文体如大众流行文学、通俗歌曲（歌词）艺术、各种休闲文化艺术方式，都已进入文学

---

① 马小娟：《严歌苓：要观众，要读者，还真是个问题》，《人民公安》，2013年第2期。
② 陈村：《网络两则》，《作家》，2000年第5期。

研究的视野，由文学而及文化，更多的新兴的文化艺术样式被创造出来，成为今日文学——文化学关注和研究的对象。"①可以说，大众传媒与文学结合衍生的新的文学样式，为读者开辟了新的审美领地，使文学的受众群体扩大，这本身就是对文学一种有意义的建构。

由此可知，媒介对文学既有消解，也有建构。因此，"文学终结论"的提法未免失之偏颇和悲观。尽管传媒时代文学风光不再，但文学和文学性的泛化也是不争的事实；文学文本的读者虽然减少了，但文学的参与者却与日俱增，文学的泛化致使人们在无意识的生活实践中即参与了文学制作与消费。因此，影视、网络等媒介形式的繁荣带给文学冲击之时，却也未必不是文学借机向前迈进的有利时机。严歌苓就对此种现象做了生动解释。2011年她回国参加作代会，闻听关于国内文学正在边缘化、图书市场非常差、读者缩水的抱怨时，曾表达过这样的看法："我现在才知道我还是一个比较幸运的人，就是不管怎么样我的小说总是被影视剧改，虽然我一边在那说改出来的东西我都不敢相认，但是不管怎么样他们都做了我小说很好的广告，在我这里我还没有看到文学缩水的可能性。"②

当然，一个时期的文学特征，不仅受时代环境制约，更与文学的生产方式攸关。因为生产直接决定消费，而消费反过来又影响着生产。大众传媒时代，媒介实质上已作为文学生产和消费的重要环节介入到文学产业中。就像鲍德里亚所言，"消费"被用来描述后现代社会特征，对应于用"生产"来描述的现代社会。生产和消费——它们是出自同样一个对生产

---

① 金元浦：《文化研究：学科大联合的事业》，《社会科学战线》，2005年第1期。
②《"视线"第6期：严歌苓称十三钗选取角度很妙》，凤凰网·文化 http://culture.ifeng.com/view/special/yangeling/。

力进行扩大再生产并对其控制的巨大逻辑程式的。[①]因此,消费社会背景下,媒介无论是以消解还是建构的力量出现,对文学而言都是一种革命性的力量。一方面媒介将文学从政治权力话语的桎梏中解放出来,在提供新的文学语境之时也更改着文学的生存图景,重构了主流文化、精英文化与大众文化三足鼎立的多元文化格局;但随着政治话语的淡出,媒介的话语力量又对文学构成了另一种威胁,即商业色彩的加重。媒介为个体提供创作平台之时,伴随的是机械复制带来的类型化困境。因此,我们在看到传媒为文学提供生成空间和消费场所的同时,不能忽视它在不断限制文学生产的自由与个性,必须警惕文学生产方式工具化倾向所带来的负面影响。传媒在市场中也有发展的诉求,且其发展最终需要依赖承载物的品质,文学在传媒的影响下是回归自身,还是背离了自身,最终只能由文学自身做出回答。那么,传媒时代文学该当何为?

大众传媒为信息传播搭建了四通八达的渠道,也为文学传播提供了更多载体。昔日以纸媒为主要传播载体的文学,同时搭乘广播、电视的羽翼飞翔,并借助互联网的广阔平台,冲破重重传播障碍,全方位覆盖了社会的每个角落。影视、网络传播与报刊图书同台共舞成为屡见不鲜的现象;而印刷出版与影视剧改编、网络发布同步进行的文学传播形式的盛行,更凸显了文学传播的整合趋势。文学生态环境和文学市场环境的剧变,使文学界清醒地认识到,"我们已经进入了一个以先进科技手段为基础,大众传媒和现代市场联姻的时代。传媒、市场、科技,当代世界三大强势元素纠合一体,交叉覆盖,在人类头顶笼罩了一层传播文化网膜,造成了一种比实态真实还要强大的拟态真实。文艺家和他们的作品如果不通过传媒,

---

①[法]让·鲍德里亚:《消费社会》,刘成富、全志钢译,南京大学出版社,2001年第74页。

不构成传媒现象的一部分，不进入拟态真实的天空，已经很难与民众、社会见面。文艺的作者、传者和受者，都只有经由传播文化网膜的折射才能确证自身的存在，不在网者即不在场"。① 可以说，在大众传媒时代，文学与传媒的关系比以往任何时候都要更广泛、密切、深入。文学和传媒的互动不仅表现于相互利用，更体现于相互影响、渗透以及因此而产生的变革。其中大众传媒对文学的影响和渗透，要远远超过文学对大众传媒的影响、渗透。因此，文学在大众传媒力量作用下发生的变化更多、更大、更深刻，表现出文学对大众传媒这一强势文化力量的依附和大众传媒对文学内部的深层介入。于是，文学对大众传媒的充分依托和利用，就成为大众传媒时代的必然，这也是文学对新的生产方式的理性认同和积极选择。尽管文学与大众传媒之间的矛盾和消极效应显而易见，但文学并不会因此抵触、抗拒大众传媒。文学要做的是理智接受主要传播方式已经改变的事实，主动适应大众传媒时代，在书刊传播居于边缘地位之时，借助新的传播方式传达文学理想。就如作家熊召正所说："既然我们已置身在传媒时代，我们就得认真思考，如何在新的社会形态下承传文学的薪火。"②

不过，文学要适应传媒时代积极做出调整，并不是让文学被市场绑架，成为大众传媒的附庸和傀儡。"文学是一种人文精神性的价值存在，它浸润的始终是创作者的审美情怀，释放的是审美化的诗性魅力，营造的是人性的心灵家园。"③ 在文学多元化的大众传媒时代，文学作为一种特殊的精神生产，仍然要坚守人文价值的精神原点，以其丰富多彩的人文价值给传统文学注入新的活力，而不是随着传媒的优势随波逐流，放弃自身可贵的品质，在求新求变中丧失自我。因此大众传媒时代的文学之变是可

---

① 蔚蓝：《论新闻媒介与文学的互动关系》，《新闻与传播研究》，2002 年第 3 期）。

② 熊召正：《传媒时代：作家如何面对》，《光明日报》，2004 年 10 月 20 日。

③ 欧阳友权：《数字媒介与中国文学的转型》，《中国社会科学》，2007 年第 1 期。

以和必然的，但要确保这种变是文学的一种新的发展，而不是一种自我沦陷。当下文学应该从传统精英文学中汲取营养，坚守文学的人文价值立场，利用传媒的优势拓宽文学空间，使其获得更大的发展；同时，传统文学也应在调整中吸纳新媒介文学的优势，在丰富和改变自身中塑造文学。比如影视和网络技术介入文学产生的影视文学和网络文学以及文学产业化，表面上是文学对媒介的屈服和对文学性的放弃，但事实上，真正的经典作品无论媒介如何变换，依然会焕发出顽强的生命力。因为文学真正的生命力是由文学生产的第一个环节——作者决定的，新媒介的介入并不会扼杀经典作品的生命，只是采用"曲线救文"的方式，以更丰富的形式、更广泛的范围向大众传播。因此，文学与大众媒介联手，貌似"屈服"，实则是"坚守"。这种"屈服"促使文学以一种更为灵活有效的方式在社会和媒介环境剧变的当下获得自身发展，而"坚守"则保持了文学血液中高贵的因素，延续了文学的生命力。事实上，涉足影视创作的作家未必丧失文学立场和价值理性，他们在两栖创作实践中划定了一条鲜明的价值分界线，创作影视剧时遵守影视的规则，创作小说等文学作品时依照文学的价值标准，努力维护着文学的价值标准，力避影视干扰。如严歌苓既写小说也做编剧，多部作品被改编为影视剧，她坦言为了经济利益和广告的原因被迫卷入影视潮流，但还是觉得可悲。她承认文学借影视剧进行传播，导致文学自身的价值和美感下降，比如过于重视情节，语言日益粗糙等。但同时也表示："我的小说可能会用电视剧来做宣传，但我的小说写作决不会向电视剧投降。"[①] 严歌苓的两栖创作和她的小说写作决不向影视剧投降的价值准则就颇具代表性，代表了当下不少作家的真实心态：能够在影视潮流中坚持小说写作的特性和品质，自觉维护小说的审美价值。这说明

---

① 严歌苓：《文学成为影视的工具很可怕》，《新京报》，2006 年 7 月 5 日。

作家虽然卷入了影视剧潮流，但并未完全放弃文学的价值标准，没有丧失坚守价值理性的定力。就此而言，文学只是影视剧的优质资源而不是其附庸，仍然保持着文学的独立品性，是人类精神表达的一个高端出口。

综而论之，面对大众传媒带来的冲击和挑战，文学应当在与大众传媒的冲突与融合中实现自身的建构和发展。我们要从消极的"文学终结论"中走出来，把大众传媒时代作为文学发展的新契机，积极探索文学如何充分利用传媒优势，发挥其对人类文化发展的价值，创造新语境下的新文学。一方面要提倡借助大众传媒的优势，适应读者的审美需求，促进新文学的发展；同时又要坚守文学之为文学的价值本质，避免在大众传媒时代随波逐流，迷失自我。从这个意义上来说，严歌苓为我们提供了大众传媒时代处理文学与传媒关系的有益样本。

在五光十色的商业诱惑面前，严歌苓以敏锐的感知力，审慎地在文学和影视的天平之间保持着一定的平衡性。她既能借助影视、网络等大众传媒以及与文化传媒公司合作来拓展作品的传播渠道，也能捍卫创作自由、坚守文学的人文价值，保持写作的高贵。文学和影视的双向度坚持，为她的文学创作注入了不竭的动力。当然，我们也需思考，这种微妙的平衡性长此以往是否会对她未来的创作产生模式化影响？传媒发展日新月异，作家能否一直瞄准文学与传媒之间微妙的制衡点进而保持两种文化间的平衡？如果某一天这种平衡被打破，作家是选择投入到五彩斑斓的商业文化庇护下，还是固执地坚守在精英文化的堡垒中？作家在文学和影视艺术间获得物质和精神双丰收的同时，也需对上述几种可能性时刻保持警醒和反思态度。

主要参考书目

1 〔德〕本雅明:《机械复制时代的艺术作品》,王才勇译,中国城市出版社,2002 年版。

2 〔法〕罗贝尔·埃斯卡尔皮:《文学社会学》,符锦勇译,上海译文出版社,1998 年版。

3 〔法〕让·波德里亚:《消费社会》,刘成富、全志刚译,南京大学出版社,2001 年版。

4 〔加〕马歇尔·麦克卢汉:《理解媒介——论人的延伸》,何道宽译,商务印书馆,2003 年版。

5 〔美〕丹尼尔·贝尔:《资本主义文化矛盾》,赵一凡、蒲隆、任晓晋译,生活·读书·新知三联书店,1989 年版。

6 〔美〕尼尔·波兹曼:《娱乐至死》,章艳译,广西师范大学出版社,2004 年版。

7 〔美〕乔治·布鲁斯东:《从小说到电影》,高骏千译,中国电影出版社，1982年版。

8　［美］威尔伯·施拉姆、威廉·波特：《传播学概论》，何道宽译，中国人民大学出版社，2010年版。

9　［美］W. J. T. 米歇尔：《图像理论》，陈永国、胡文征译，北京大学出版社，2006年版。

10　［英］理查德·豪厄尔斯：《视觉文化》，葛红兵等译，广西师范大学出版社，2007年版。

11　曹聚仁：《文坛五十年》，东方出版中心，1997年版。

12　陈平原、山口守编：《大众传媒与现代文学》，新世界出版社，2003年版。

13　陈刚：《大众文化与当代乌托邦》，作家出版社，1996年版。

14　陈林侠：《从小说到电影——影视改编的综合研究》，中国社会科学出版社，2011年版。

15　陈龙：《大众传播学导论》，苏州大学出版社，2013年版。

16　陈伟军：《传媒视域的文学》，广西师范大学出版社，2009年版。

17　程光炜：《文人集团与中国现当代文学》，人民文学出版社，2005年版。

18　程箐：《消费镜像——20世纪90年代女性都市小说与消费主义文化研究》，中国社会科学出版社，2009年版。

19　杜寰宇：《交流的彼岸——严歌苓作品从文字到影像的转移》，哈尔滨师范大学硕士毕业论文，2013年。

20　杜骏飞：《网络传播概论》，福建人民出版社，2004年版。

21　方伟：《文化生产力：一种社会文明驱动源流的个人观》，河北教育出版社，2006年版。

22　高洁：《论严歌苓的网络传播》，陕西师范大学硕士毕业论文，

2012 年。

23 高楠、王纯菲：《中国文学跨世纪发展研究》，人民文学出版社，2008 年版。

24 管宁：《传媒时代的文学书写》，江苏大学出版社，2010 年版。

25 郭庆光：《传播学教程》，中国人民大学出版社，1999 年版。

26 海岩：《我笔下的七宗罪》，文化艺术出版社，2002 年版。

27 黄发有：《媒体制造》，山东文艺出版社，2005 年版。

28 黄发有：《文学传媒与文学传播研究》，南京大学出版社，2013 年版。

29 黄发有：《中国当代文学传媒研究》，人民文学出版社，2014 年版。

30 黄怀璞：《影视学导论》，甘肃人民出版社，2000 年版。

31 黄会林、周星：《影视文学》，高等教育出版社，2002 年版。

32 黄书泉：《文学转型与小说嬗变》，安徽教育出版社，2004 年版。

33 潘知常、林玮：《大众传媒与大众文化》，上海人民出版社，2002 年版。

34 李彬主编：《大众传播学》，清华大学出版社，2009 年版。

35 刘文辉：《传媒语境与 20 世纪 90 年代文学转向》，人民出版社，2013 年版。

36 彭吉象：《影视美学》，北京大学出版社，2008 年版。

37 宋玉书：《坚守与应变：大众传媒时代的文学及传播形态》，文化艺术出版社，2013 年版。

38 蒋述卓、李凤亮主编：《传媒时代的文学存在方式》，广西师范大学出版社，2010 年版。

39 蒋原伦：《媒体文化与消费时代》，中央编译出版社，2004 年版。

40　金丹元：《电视与审美：电视审美文化新论》，学林出版社，2005年版。

41　金惠敏：《媒介的后果》，人民出版社，2005年版。

42　蓝爱国：《好莱坞主义：影像民间及其工业化》，广西师范大学出版社，2003年版。

43　厉双庆：《论严歌苓小说的视听化特征》，暨南大学硕士毕业论文，2010年。

44　李燕：《跨文化视野下的严歌苓小说与影视作品研究》，暨南大学出版社，2014年版。

45　梁旭燕：《论大众传媒对当代文学的影响》，南京师范大学，2007年版。

46　刘茂华：《媒介化时代的文学镜像》，武汉出版社，2010年版。

47　刘悦笛：《视觉美学史——从前现代、现代到后现代》，山东文艺出版社，2008年版。

48　刘登翰：《双重经验的跨域书写——20世纪美华文学史论》，上海三联书店，2007年版。

49　路善全：《中国传媒与文学互动研究》，中国社会科学出版社，2007年版。

50　倪立秋：《新移民小说研究》，上海交通大学出版社，2009年版。

51　欧阳友权：《网络文学论纲》，人民文学出版社，2003年版。

52　欧阳友权：《网络文学的学理形态》，中央文献出版社，2007年版。

53　单小曦：《现代传媒语境中的文学存在方式》，中国社会科学出版社，2008年版。

54　邵培仁：《传播学导论》，浙江大学出版社，1997年版。

55　谭德晶：《网络文学批评论》，中国文联出版公司，2004年版。

56　王冠含：《严歌苓小说的影像叙事》，华中师范大学硕士毕业论文，2009 年。

57　文红霞：《新媒体时代的文学经典化》，南京大学出版社，2012年版。

58　吴秀明：《转型时期的中国当代文学思潮》，浙江大学出版社，2001 年版。

59　吴玉杰、宋玉书：《冲突与互动——新时期文学与大众传媒研究》，辽宁人民出版社，2006 年版。

60　肖伟胜：《视觉文化与图像意识研究》，北京大学出版社，2011年版。

61　肖雨竹：《跨媒介视野下的严歌苓研究》，暨南大学硕士毕业论文，2013 年。

62　许巍：《视觉时代的小说空间——视觉文化与当代中国小说演变研究》，学林出版社，2008 年版。

63　尹鸿：《跨越百年：全球化背景下的中国电影》，清华大学出版社，2007 年版。

64　袁勇麟、李薇：《文学艺术产业——趋势与前瞻》，四川大学出版社，2007 年版。

65　张邦卫：《媒介诗学：传媒视野下的文学与文学理论》，社会科学文献出版社，2006 年版。

66　张邦卫：《大众媒介与审美嬗变——传媒语境中新世纪文学的转型研究》，中央编译出版社，2016 年版。

67　张咏华：《媒介分析：传播技术神话的解读》，复旦大学出版社，2002 年版。

68　庄园：《女作家严歌研究》，汕头大学出版社，2006 年版。

69　周海波:《现代传媒视野中的中国现代文学》,中华书局,2008年版。

70　周海波《传媒时代的文学》,人民文学出版社,2007年版。

71　周宪:《视觉文化的转向》,北京大学出版社,2008年版。

72　周涌:《影视剧作元素与技巧》,中国广播电视出版社,2002年版。

后　记

　　粽叶飘香之后，夏日的热辣旋即掠过滚滚麦浪长驱直入——芒种在即。在深长的岁月之流中，对于时序的感知已悄然从四季交迭转向二十四节气更替，仿若如此更能汲取老祖先智慧的生活经验，满怀复古的仪式感欢度浮生。小书就在这东隅已逝、桑榆非晚的后知后觉中接近尾声。

　　这本书是在我的博士后出站报告基础上完成的。2011 年我进入河南大学中国语言文学博士后流动站，师从文学院院长、博士生导师李伟昉教授从事博士后研究工作。在站的几年间，我经历了工作性质由行政向教学的转变，也面临着专业由文学向新闻传播的转型，于是本已计划好的报告选题也进行了相应调整，因而出站时间不断后延。感谢目前来说相对比较自由的教学岗位，能够给我更多读书和思考的空间，从而安放不惑之年生命中不能承受的俗世倦怠。

　　由衷感谢导师李伟昉教授，从选题到报告完稿，他一再给予我认真而谨严的指导，让我获益匪浅；尤其在我面临专业转型的困惑期，向导师求教，得到他及时而富有专业眼光的点拨，从而避免了我在学术求索中多走弯路；导师在政务缠身的繁忙之中，坚执对学术的探寻和追求，也让我深感钦敬。同时也感谢河南大学文学院的侯运华教授等，在站期间诸多繁琐事务都由他们操劳，对于我的帮助可谓不厌其烦。

　　小书付梓之际，恰遇六月毕业季。校园里深深浅浅的离愁别绪，遮挡不住奔赴前程的意气风发。而我已是关山飞度，猝不及防地闯入中年。春花秋月、夏雨冬雪，自然界的大美被光阴如水裹挟的焦虑冲刷得日渐褪色。学者余世存在《时间之书》中说："年轻人，你的职责是平整土地，而非焦虑时光。你做三四月的事，在八九月自有答案。"

　　以此自勉。虽然流光抛人，我已韶华不再。

2017 年 6 月于郑州